死印

エクスペリエンス 原作
雨宮ひとみ 著

序章

夾帶溼氣的熱風吹來，整個肌膚黏乎乎的。

視線前方，溽暑的熱氣往上竄，看起來就像在地面擺動、爬行一樣。

這才想起，剛才離開餐廳的時候，那傢伙好像抬頭看著天空說：「如果天空一直打雷，就代表梅雨季快結束了」。也不知道是真是假。畢竟是個來歷不明的傢伙。不過，遠方的天空，似乎隱隱傳來地殼震動的聲響。

要是下雨的話就麻煩了。

我加快步伐，踩著停車場的砂礫地面，唰唰唰地前進。

不久後，一陣尖銳的聲音刺入耳膜。

「那個，能不能聽我說一件事？」

「嗯？什麼？」

「這話題可能有點不舒服，可以嗎？」

「ＯＫ。」

是兩個女高中生。兩人的睫毛和嘴唇都畫著漂亮的妝，她們用鞋底拖著路面，並肩走著。

「不是有個叫山口的嗎？那個教古文的女老師。」

「啊——那個戴眼鏡、穿得土土的。」

「對。聽說，她好像突然不見了。」

「嗯？妳是說她失蹤了？」

「不是。是在圖書館突然消失了……只留下一隻手臂。」

「什麼啊，有夠嚇人的！」
「對吧對吧!?」
兩人如此聊著。
那個名叫山口的古文老師，似乎是在放學後到圖書館查資料。
當時她向圖書委員借了本有關民間傳奇的書，所以很肯定人在室內。
然而到了閉館時間，山口卻遲遲沒有出來。
她是個性格認真的人，不太可能會不打招呼就自己離去。
於是感到不對勁的圖書委員，便前去山口平常坐的、位於圖書館最角落的某個死角偷看了一眼。
結果，那裡卻沒有山口的蹤影。
只有一隻鮮血淋漓的手臂在眼前滾動。
那隻手還握著原子筆，就這麼躺在桌上。彷彿上一秒仍在寫著什麼。
「而且啊，據說那隻手上還有個奇怪的斑紋。形狀就像被狗咬過的痕跡，怪噁心的。」
「真的假的!?……啊，我想起來美樹之前好像也說過她腳上長了個奇怪的黑斑。該不會是一樣的吧？」
「說不定喔……難道『詛咒斑紋』的謠言是真的？」
「別、別說了。我晚上還要熬夜準備明天的考試耶，不要嚇我。」
「啊哈哈。妳明明就不會唸的說。」

我稍微拉起大衣的領子，藉此阻隔了她們的說話聲。

儘管她們的語氣裝得很害怕，但八成不是真的相信那傳聞。最好的證據，就是兩人漸行漸遠的談話聲，已經把話題轉到了流行偶像新出的唱片去了。

幼稚的鬼故事。大概是回家路上為了排遣無聊而編出來的吧。

所謂的謠言，終究只是謠言

四周的路燈開始一盞一盞地點亮。

都是因為奉陪那傢伙的長篇大論，才會搞得這麼晚。

頭頂上不知何時已被烏雲籠罩，氣氛變得有些詭譎起來。於是我再次加快了腳步。

◆◆◆

回過神時，已身處在一個陌生的場所。

我拿下眼鏡，用力眨了眨眼睛。朦朧的視界逐漸恢復正常，然而視線卻還是對不到焦。遠方依稀能聽到隆隆的悶響，不過感覺又好像只是耳鳴。

喉嚨異常乾渴，全身都在發熱。大腦彷彿與心臟共鳴，噗通噗通地顫動。那感覺就跟喝醉時的不快感非常相似。

我扶著鄰近的樹木，調整紊亂的呼吸。

這是什麼症狀？我的身體到底怎麼了？

視線逐漸下移，只見腳下是一片修整過的青翠草皮。踩在上面，那適度的蓬鬆感讓人覺得十分舒適，可以感受到保養者一絲不苟的個性。

這是公園？還是哪裡的庭院？

調整好呼吸，我定睛看著眼前的黑暗。於是，正前方浮現了一棟大洋房。

那是一棟堅固的老舊洋房。

中央有一個西洋風的小塔，看上去似乎是明治、大正年代左右的建築。牆壁外觀的裂痕跟洋房本身給人的感覺也很搭，有種不可思議的妙趣。

但話說回來，我究竟是怎麼來到這裡的？

我記得自己走過了一個地上鋪滿砂礫的停車場，還在那裡聽到兩個女高中生正在談論『被詛咒的斑紋』。

可在那之後的記憶卻完全消失，簡直就像是被某人刻意消除了一樣，一點也不留。這世上真有這種事嗎？

我先讓自己冷靜下來，並試著確認現在的時間。

反射性地抬起左手，手錶卻不在手腕上。

是放在大衣裡了嗎？我立刻把手伸進口袋。然而卻沒有摸到任何金屬類的東西，反倒是碰到了一張名片。

名片上用漂亮的字體印著一行字。

【九條館館主 靈學治療師 九條沙耶】

「九條……沙耶……」

總覺得好像在哪裡聽過這名字。但又想不起來是在哪裡。每次試著挖掘記憶，腦中便像是蒙了一層白霧，看不到名字的根源。

於是我翻過名片，試著尋找其他提示。只見名片背面印著一棟建築物的照片。

被茂密的繁木包圍，坐落在林間隙光下的美麗洋房。

由於是白天拍的照片，因此乍看時沒有發現。不過仔細看便能注意到，照片裡的建築物正是眼前這棟巨大洋房。

「九條館……？這棟洋房叫『九條館』？」

名片上的『九條沙耶』這號人物，就是這棟洋房的主人嗎？

除了親自確認之外也沒別的辦法，於是我抱著抓救命稻草的心態走到洋房正門，在朦朧的燈光下尋找門鈴。但找了半天卻完全找不著，無可奈何下，我在如屏障般聳立於跟前的門上用力敲了敲。

「不好意思！打擾一下！」

咚咚咚！

「請問有沒有人在？」

因為沒有任何反應，所以我稍微加強了手上的力道。可門內依舊悄然無息。

「……沒人在嗎？」

我離開大門，回到能一眼眺望整座洋房的位置。方才沒有仔細確認，但重新觀察後才發現洋房的窗戶漆黑一片，看樣子似乎真的沒人在家。

才剛這麼想，洋房二樓的其中一個房間便忽地亮了起來。

知道有人在家後，我不禁鬆了口氣，正準備上前再次敲門。沒想到就在這時——。

「呀啊啊啊啊啊啊啊啊——！」

一陣女人的尖叫聲突然從館內傳來。

從聲音的來向判斷，正是那個點著燈的房間。再次抬頭，只見房內的燈光已經熄滅，窗戶又暗了下去。

我立即跑回大門前，使出全力拚命搥打門板。

「發生什麼事了！喂！喂！快開門！」

然而，就跟剛才一樣，大門沒有半點動靜。

再等下去也不是辦法，我決定轉轉看門把，結果門一下子就開了。

是忘了鎖門嗎？未免也太粗心了。我一面心想，一面全速趕往二樓的房間。那陣慘叫聲聽起來可不像是開玩笑。

踏入屋內，率先映入眼簾的是個空間寬闊、天花板直通屋頂的門廳。

牆壁上掛著好幾幅畫，還有歐風的優美飾架。架上整齊地擺放著無數的骨董。

水晶吊燈的下方，有座通往二樓的開放式階梯。

此外，耳邊還能聽到不知從哪兒傳來的時鐘滴答聲。

自窗外灑入的微光朦朧地照亮屋內的空間，使門廳飄蕩著一股詭異的美感。

不過，現在可不是慢慢參觀的時候。我穿過寬廣的門廳，跑向正中央的樓梯。

可就在此時，我突然感覺好像有誰在盯著自己。

感受到那銳利的視線，我倏地停下腳步，扭過身體。然而，背後什麼人也沒有。保險起見，我也順便檢查了一下大門，不過並未發現有其他人尾隨進入的痕跡。

是多心了嗎？

於是，我再次衝向傳來慘叫聲的二樓左邊最內側房間。

◆◆◆

轉開門把的瞬間，一道奇妙的香氣倏地撲鼻而來。

「什麼味道？」

宛若熟透的水果般甘甜，但要用芬芳來形容又不太適合。那股有如生鮮物放置了好幾天的發酵氣味，似乎就在附近。

我立刻用袖子摀住口鼻，小心踏入昏暗的房間內。

這房間就跟門廳一樣，整體呈現歐式的風格。但我只往前走了兩、三步，便倏然停下腳步。鞋底有種奇怪的觸感。啪沙。就好像踩到了什麼液體。

這種感觸……總有種不祥的預感。

我的眼球緩緩往下飄，只見某種貌似水窪的東西在地板上蔓延。

於微弱光線下漫開的，是紅色的液體。而且那液體現在也依然在緩緩地擴散，淹上我的鞋底。

劈啪！一道閃光瞬間照亮房內。天空劈下如閃光燈般的閃電。同一時間，從昏黑地板上浮現的——。

是一具腹部被撕裂，躺臥在血泊中的女性屍體。

「……！」

我踉蹌地向後退了半步。

微微張開的女人的嘴，就像生怕別人不知道自己是屍體似的一動也不動。被撕裂的腹部，不知是何原理，竟長出一叢妖異的草花，一路向上蔓生到脖子處。

那叢草花就像刀子一樣切開了女人的內臟，一邊微微顫動著，一邊反射嫣紅的光澤。

難以想像存在於現世的獵奇光景。除了驚悚以外找不到其他任何的形容詞，我感到腸胃一陣翻滾，連忙用手按住嘴巴，把視線從屍體上移開。

這真的是現實嗎？那植物是什麼東西？為什麼草花會從人的身體裡長出來呢？

「這具屍體……難道是……九條沙耶？」

九條沙耶、九條沙耶。來到這裡後，我不禁更加詛咒自己什麼也想不起來的大腦。

這時，視界忽地一下子亮了起來。天花板上的電燈打開了。是誰打開電燈開關的？我立時左顧右盼，卻沒見到半個人影。

然而下一瞬間，我卻注意到了一個可怕的事實。

女人的屍體——消失了。

地板上只留下血跡，那叢妖異的草花、流淌的鮮血，突然全都從屋內消失得無影無蹤。方才挪開目光不過是短短一、兩秒的事。這麼短的時間內，屍體就像蒸發一樣不見了。

到底是怎麼回事？難不成是我在作夢？

超越理解能力的現象，使我忍不住發出乾枯的笑聲。

對了，肯定是這樣沒錯。剛剛看到的一切全都是夢。來到九條館之前的記憶會如此模糊，全都因為這是場惡夢。

既然知道這是夢，就有辦法逃離這不知真面目的恐懼情景了。

然而，現實卻沒有那麼美好。周圍依舊飄蕩著那股甘甜的臭味，地板上也清楚殘留著人形的血跡。

我轉過身體，像要逃離那詭異狀況似的，一股腦兒地奔出門外。

◆◆◆

「……哈、……哈。」

我頭也不回地衝到大宅中央的樓梯。

這種情況應該馬上報警才對。可是我該對警察說什麼？有個女人的肚子因為長出花而裂開？然後屍體就像露水般消失了？

這全都是事實。但是，不可能會有人相信的。就算說出去，也只會讓人懷疑到我頭上。雖然自己說起來有點怪，不過客觀來看，最可疑的嫌犯就是我自己。

「到底是怎麼回事……」

儘管沒有任何人在聽，我還是忍不住開口抱怨。

「我到底、被捲進了什麼狀況啊……」

走下樓，門廳就跟剛剛的房間一樣燈火通明。連優雅分叉的燭台也全都搖曳著火光。

我重新環顧眼前擺滿了裝飾品的空間。這裡簡直就像一間小型的美術館，充滿了古色古香的美感。可如今根本不是欣賞的時候，我迅速奔往來時的大門，把手伸向門把。

我現在只想到外面呼吸新鮮空氣。首先要讓混亂的大腦冷靜下來。老實說，我巴不得假裝自己什麼都沒看到過，立刻離開九條館。

……不對，我有什麼不能離開的理由嗎？屍體都已經消失了。根本沒有報警的必要吧？

就在此時，背後忽然「哐噹」一聲……響起一個微弱的聲響。

我反射性地回過頭，那聲音又響了一次。

不知為何，總感覺那聲音似乎想阻止我離開。

說起來，剛剛踏入這裡的時候，就覺得背後好像有某種強烈的視線。難道說這個空間內還躲著其他人嗎？

我的目光再度在門廳內搜尋。不久，我留意到在樓梯旁的視線死角，擺放著一張紅色的沙發。

而且，那張沙發的中央——。

竟然坐著一個人。

是個金髮的少女。她戴著哥德風的黑帽子，身穿黑色禮服。少女緊閉著雙眼，跟四周的骨董一樣，只是靜靜地坐在那裡。

我一邊驚訝這裡竟然有人，一邊小心翼翼地出聲。

「……喂。」

「……」

我試著又叫了一聲，可少女還是不發一語，動也不動。

就算在睡覺，未免也太過安靜了。那模樣看起來就彷彿完全沒在呼吸。

不吉利的想法，使我的背脊冒出冷汗。

難道是死了嗎？該不會跟在二樓看到的屍體一樣，那身黑色的禮服下，也被開腸破肚了？

是不是應該過去檢查一下她的呼吸呢？可是萬一又被捲入毛骨悚然的現象該怎麼辦？要回頭的話，只有趁現在了。

「……」

猶豫了半天後，我還是戰戰兢兢地走向坐在紅色沙發上的少女。畢竟如果少女還有呼吸的話，就這樣丟下她跑走，我體內類似良心的部分，還是會有些隱隱作痛。

然而，還沒走到沙發前，我便發現了一件事。

那根本不是人。而是人偶。

少女彎曲的手肘中，嵌著一粒『關節球』。好像是叫『球體關節人偶』吧？一如其名，那是種手肘和膝蓋等關節處，裝有球形零件的可活動人偶。

剛剛聽到的聲響，八成是從人偶關節裡發出來的。

「拜託別嚇人啊……」

知道不是屍體後，我不禁鬆了口氣，有種如釋重負的感覺，回頭再次走向大門。看樣子，果然還是快點離開這棟房子比較好。

但——。

「歡迎蒞臨『九條館』。」

「……咦……」

轉向聲音的來源，只見一具睜著圓滾大眼的人偶，正定定地盯著我瞧。

「我嚇到您了嗎？」

人偶，說話了。

「如果嚇到您的話還請您見諒。因為主人命令我，平時要裝成普通的人偶。」

跟發現女人屍體時截然不同的另一種顫慄倏地竄過背脊。

先前為止的怪異現象，都還可以用旁觀者的心態去面對。但現在卻不一樣，那具人偶這一刻正對著我講話。

然而，我的大腦此時卻怎樣也無法思考。

接著，人偶眨了眨琉璃色的雙眸，用遲緩的動作交疊雙手，對我鞠躬行禮。

它似乎不僅可以眨眼，身體也能移動。五官也打造得異常精緻，要不是看得到手肘的球形關節，外觀簡直就像個面無表情的西洋美少女。

「我的名字叫梅莉。」

「梅莉……」

「是的。您方才見到的異變，我也已經察覺了。」

梅莉看起來有些悲傷地閉起雙眼。

「您在二樓最底層的房間，發現的九條沙耶大人屍體……」

九條沙耶。果然剛剛死掉的女人，就是這棟洋房的主人。

「我的主人，九條沙耶大人，還是沒能逃過【印記】的詛咒。」

「印記？」

我忍不住反問。印記，似乎在哪裡聽過這個詞彙。然後，梅莉的語調就像感到有些訝異似地，稍稍有了起伏。

「您難道不是為了手上的印記，才來造訪我過世的主人嗎？」

「不……再說妳說的印記又是……」

「請您看看您的右手手腕。」

我照梅莉說的舉起右手，轉過手腕。只見手腕外側居然有個奇怪的斑紋。

「這是什麼……什麼時候冒出來的……」

那斑紋宛若剛剛才烙印上去似地發紅發腫，形狀就好像被什麼生物咬過的齒痕。

『就好像被什麼生物咬過的齒痕』

這句話，驀地使我想起傍晚時，在停車場步道上聽見的女高中生之間的對話。

『而且啊，據說那隻手上還有個奇怪的斑紋。形狀就像被狗咬過的痕跡，怪噁心的。』

特徵十分相似。當時聽到的內容，好像是說某個女老師突然在圖書館裡消失，只剩下一隻手臂掉在桌子上。而那隻手臂上，就刻有同樣的斑紋。

「妳的意思是，這個奇怪的斑紋就是印記？」

「是的。」

「……」

所以說，我是為了見九條沙耶，才來到這座洋房的？記得九條沙耶的名片上，除了『九條館』的館主外，好像還印著『靈學治療師』這個頭銜。

印記的治療……雖然聽起來有點怪力亂神，但邏輯上倒是說得通。

「沙耶大人原本在調查逃離印記詛咒的方法。我可以代替過世的主人，告訴您主人查到的訊息……不過，在那之前——」

梅莉表示有個問題要先問我。

「請問，您記得自己的名字嗎？」

「名字？我還以為妳要問什麼呢。」

怎麼可能不記得。這種連幼稚園小孩都答得出來的問題，讓我不禁感到有些生氣。

「我的名字是……」

「……」

「我是……」

為什麼？為什麼沒有聲音？為什麼我答不出自己的名字？

就跟思索九條沙耶的時候一樣。一回憶自己的名字，腦中便會突然被一片迷霧包圍。宛如一片白紙的腦海，令我感到一陣愕然。而梅莉看到我的表情，自言自語地說了聲「原來如此」，微微點了點頭。

「果然是這樣。」

「……妳知道是怎麼回事嗎？」

「是的。不過，那個……還是有些不方便呢。這下該怎麼稱呼您才好？」

隨便取個假名也無妨，梅莉請我告訴她該如何稱呼自己。

「就算妳這麼說，但突然要我想個名字……」

不妨從喜歡的音樂、電影、小說等等裡面想一個，梅莉熱心地建議道。

「或者喜歡的食物也無所謂。」

可是，無論任何一者，我全都想不起來。

現在我腦中對自己的唯一認知，就是「一個孤身待在陌生大宅中的男人」。

我這麼回答後，梅莉沒有張口，只是「哼嗯」地點了點頭。

「那麼，不妨就從用這個當名字如何呢？」

「用這個？」

「也就是……八敷(註)一男。」

「……八敷……一男。」

「是。我覺得這是個很好聽的名字。」

好不好聽不知道。不過有了名字，儘管只是個假名，感覺就好像無家可歸的靈魂總算找到了棲身之所。

「那，就用這個名字吧。」

「我明白了。那麼八敷大人，我將為您說明有關印記的情報。您手上的印記，乃是死亡的刻印。」

被刻上印記的人，都將在不久之後死去。梅莉補充道。

「什……!?」

「難以置信嗎？但我說的都是事實，這點八敷大人應該最清楚不過了。」

「……妳是指九條沙耶的死？」

「是的。主人的死已經證明了這點。」

我倏地回想起那具可怖的屍體，與那甘甜的臭味。

還不確定九條沙耶是不是也有相同的印記。不過那種死法確實不是人類能辦到的，感覺更像是不屬於這世界某種力量所為。

「八敷大人，印記的可怕之處不只於此。被刻印的人，直到死亡那一刻為止，記憶都將一點一點地損壞。」

「……咦!?」

記憶會……損壞……!?

「被自我逐漸消失的恐懼折磨，最終迎來死亡……我的主人也是如此……首先是『九條館』館主的身分，然後是自己的名字、年齡，到最後所有的記憶全都消失。」

「那現在的我……豈不是已經非常接近那個時刻了？」

「是的。失去自己的名字這麼重要的記憶，代表您已相當接近死期……八敷大人，您……」

——將在今日破曉時迎來死亡。

註：日文的「八敷」（Yashiki）與「大宅」（Yashiki）同音

第1章

花彥君

睜開眼，映入眼簾的是陌生的天花板。但隨即便瞄到了放置在角落處的歐風間接照明設備，我忍不住嘆了口氣。

「對了……。」

我正躺在『九條館』內的其中一間客房。跟梅莉說話的途中，一陣暈眩感忽地襲來，我連站都站不穩，只好讓梅莉帶我到二樓的客房休息。

『請自便，沒有上鎖的房間皆可使用。』

我回想著那毫無起伏的聲音，緩緩撐起身體。

不知是因為睡得很沉，還是因為床鋪的品質太好，感覺精神恢復了不少。不過，一看到刻在手腕上的斑紋，心情就又瞬間跌至谷底。

我將在今日破曉時迎來死期。

這死亡宣告實在來得太過突然了。

我看了看邊桌上的時鐘，時間正好是晚上十點。

如果梅莉沒有說謊，那我的壽命只剩下七個小時。

怎麼可能會有這麼荒唐的事？我輕輕甩頭。可是，九條沙耶那異常的死法，以及印記導致的失憶症狀，卻都是不爭的事實。

難道，在日出前這段時間，我就只能坐著等死而已？什麼都不能做，只是呆坐在這兒……。

果然，想更深入掌握詳細的情形，還是得問梅莉才行。

「您感覺好點了嗎？」

梅莉就跟幾個小時前一樣，依然坐在門廳的那張紅色沙發上。

「……啊啊。至少可以下來找妳說話。」

「那真是再好也不過了。」

梅莉回答的語氣稍稍有些揚起。由於是人偶，因此表情無法有任何變化。但她的聲調和語速似乎可隨著對話的內容改變。難道她也有喜怒哀樂的情緒嗎？

這麼說來，那對玻璃珠般的藍色眼睛，也和人類一樣，眨眼的速度有時快有時慢。

而在說話的時候，她的肩膀和手臂也跟人類一樣伴隨著微弱的動作；那如絹絲般的長髮，也會跟著身體的動作搖曳。雖然沒有真實到會像人一樣呼吸，但感覺並不像是完全沒有生命的物體。愈想愈覺得梅莉真是個不可思議的存在。

話說回來，面對眼前這具會講話的人偶，還能如此冷靜分析的自己，也同樣不正常。

難道是印記的影響，使大腦中的一部分麻痺了嗎？

若是如此，幹嘛不連對死亡的恐懼也一起奪走呢。但很可惜，現實不盡如人意，現在的我正被聳立於門廳中央的大鐘滴答聲嚇得半死。

答、答、答……秒針空虛的轉動聲每響一次，感覺便像是這棟洋房正在替「死亡」進行倒數。

當然，前提是這具人偶所說的《死亡宣告》真的存在……。

「您很在意時鐘的聲音？」

我明明已經避免把感情流露在臉上了。梅莉似乎還擁有強大的洞察力。

「八敷大人，在日出之前，您還有時間……」

這種別有深意的語氣，難道她知道有什麼方法可以得救？我詢問之後，梅莉的關節喀噠喀噠地動了起來。

「若您想試試的話，或許。」

「……真是不肯定的回答呢。」

「非常不好意思。很遺憾，因為在問得詳情之前，我的主人沙耶大人便離世了……不過，沙耶大人曾調查過印記的事。在臨死前的數天，她曾經說過，有一個方法可以逃出印記的詛咒。」

「……咦？」

什麼方法!?我興奮地靠上前。但還沒把話說出口，梅莉便歉疚似地緩緩閉上眼睛。

「我並不知道具體的步驟。不過……」

說著，梅莉的眼睛就像綻放的花朵般，再次睜開看著我。

「是怪異。」

「怪異……？」

「也就是現代科學無法解釋的存在——應該這麼說嗎？」

「我不太懂妳的意思……」

「雖然我所知的也很有限，但我會盡力為您說明。」

於是，梅莉開始為我講解它從亡故主人口中聽到的、這種被人們稱為「怪異」的不可思議存在之故事。

在東京都H市內。

這座『九條館』所在的郊區市鎮，自一個月前開始流傳起一個奇妙的傳言。

那就是身體被刻上齒痕形『詛咒斑紋』的人，都會因不明原因而離奇死亡。

有人說是撞鬼，也有人說是不知不覺間被邪靈詛咒。儘管各種臆測滿天飛，但誰也不曉得印記出現的真正原因。

話說回來，那兩個女高中生，也曾提到『詛咒斑紋』這個字眼。

「那個傳言，跟妳說的怪異有關係嗎？」

「我不敢斷言，但恐怕……身為靈能力者的沙耶大人，在聽到傳聞後，便開始調查印記的事。然後，她發現所有被刻上印記且橫死的人，都有一個共通點……」

「共通點……」

「沙耶大人將身上擁有印記的人，稱之為『印人』。而所有的『印人』，似乎都曾出入過位於H市的某個奇妙場所……一個怪異之地。」

怪異之地？也就是俗稱的靈異地點嗎？我問，梅莉點點頭。

「會引起靈障的場所，您可以這麼理解。」

像是墓園或鬧鬼的隧道。

還有古戰場或舊市鎮、廢棄醫院、自殺名勝。

或者過去曾發生不好的事件、意外的地方。梅莉說。

簡單來講，所謂的怪異之地，指的就是都市傳說等科學無法解釋的超自然現象發生之處。

「意思是有印記的……『印人』都曾到過妳說的怪異之地囉？」

「是的。關於這一點，『印人』們似乎都有留下筆記，或跟身邊的其他人提起過。而根據沙耶大人的看法……『印人』們可能是出於被刻上印記的恐懼，才陷入渴望把自己的遭遇告訴他人，或是留下紀錄的心理狀態……」

總覺得可以理解那種心情。

我自己也是因為右手上的印記，才害怕得忍不住跑下門廳，與來歷不明的人偶說話。可即便如此，對死亡的恐懼也沒有消失。

不過總比獨自窩在房間裡發抖來得好。

「所以說，所有進入過那個危險場所的人，都遭到妳說的那個怪異詛咒，被刻上了印記嗎？」

梅莉低頭表示肯定。

「是的……沙耶大人的死，想必也是因多次踏入怪異之地調查之故……」

這麼說來，我也是因為去過怪異之地，才會被刻上印記的。

失去記憶之前的我，是對靈異和超自然現象那麼感興趣的人嗎？是因為那樣才會擁有九條沙耶的名片嗎？

但無論如何絞盡腦汁，還是什麼都想不起來。腦中彷彿被重重迷霧包圍住般，一片朦朧。

就在此時，大門突然咚咚地響了起來。梅莉發出「啊呀？」一聲，眼珠子轉向玄關。

「似乎有客人來了。」

「這種時間？都快十一點了還上門，這位客人未免也太沒有常識了……」

「如您所言。不過，這也是命運嗎？我感覺到了印記的氣息。」

「咦？」

「看樣子，除了您之外，還有其他人也被刻了印記。」

「為什麼妳會知道？」

「我也不曉得該如何解釋……儘管只有一點點，不過我似乎可以感應到與印記有關的人和現象。我想，這恐怕是沙耶大人授予我的靈力造成的吧……」

接著門外的來客就像在催促一樣，咚咚咚咚！又連續敲了好幾聲。

「八敷大人，不好意思，可以麻煩您替我招呼這位客人嗎？我的雙手可以活動，但雙腿似乎無法行走。不，就算能夠行走，如果出來應門的是具人偶，對方肯定會被嚇到的。」

我知道了——說完我走向大門，梅莉又補了一句「抱歉勞煩您了」。

跟我有著相同境遇的人。同樣身受死亡倒數所苦的人。命運被印記玩弄的人物。

對方究竟會是什麼樣的人呢……？雖然還不至於產生夥伴意識，但仍稍微勾起了我的好奇心。

嘰——推開門後，一股香皂般的香味撲鼻而來。從門後一邊咕噥著「您好」一邊探出頭的，是個完全不該出現在這種時間的人物。

「請問，這裡是九條沙耶老師府上嗎？」

來人是個穿著水手服的女高中生。

「那個，我想找沙耶老師……」

女高中生睜大眼睛，直愣愣地盯著我瞧。

「……大叔你、是誰呀？」

大叔。

即便失去了記憶，可我對自己的大概年紀仍有一些印象。儘管如此，聽到這兩個字，內心還是感到有些抽痛。

「啊！難道是九條老師的情人？」

真是意想不到的推測。

「雖然我只看過照片，但九條老師是個非常漂亮的美人，就算有男朋友也不奇怪。不過沒想到原來她是個大叔控，真意外。」

「不是、等等……」

對妳而言我的確是個十足十的大叔沒錯。可是跟九條沙耶的年紀相比，我應該沒有老到那種程度吧？雖然很想這樣吐槽她，但我還是壓抑住內心不成熟的衝動，故作平靜地搖搖頭。

「那個……我跟她，該說是熟人嗎……」

既然是從『九條館』出來應門的，老實告訴她自己跟九條沙耶完全沒有半點關係，似乎也不太恰當。

「應該說是師徒、之類的？」

喔──女高中生看起來沒有半點懷疑，然而，卻像感到沒趣似地點了點頭。

「算了，像沙耶這種等級的靈能力者，有一、兩個徒弟也非常正常。啊、對了，我叫【渡邊萌】。」

渡邊萌說完，從掛在肩上的運動包中掏出一本八開的雜誌。

「我是看到這個才來的。」

雜誌的名字是『月刊歐帕茲』。是一本以靈異現象、UFO、詛咒、超能力等各種超自然現象為主題的神祕學雜誌。

「這是我平常最愛看的雜誌。話說你應該早就知道了才對？畢竟這一集可是女性靈能力者的特集。也有沙耶老師的報導喔。」

「啊、啊啊。當然知道。」

看樣子這女孩似乎是九條沙耶的粉絲。這麼說來，渡邊萌的脖子上的確掛著一條雜誌廣告上常常出現的可疑墜飾。手腕上則戴著一條巨大的念珠。背包上也吊著一串UFO和詛咒草人的鑰匙圈。詭異的全套配件……如果她聽到這句話肯定會大發雷霆。看來她似乎非常喜歡神祕學。

「那，沙耶老師在不在？」

「……啊啊，她啊。」

我一時不知道該如何回答。不過腦袋轉了一圈，最後決定編了一個出差的謊言。畢竟渡邊萌雖然是個神祕學的愛好者，但九條沙耶的死狀實在太超出常理能解釋的範疇；再考慮到渡邊萌的年齡，以及她對九條沙耶的崇拜，實在不太適合告訴她事實。

聽到九條沙耶不在，渡邊萌失望地「唉——」了一聲，肩膀頓時垂了下來。

「是這樣啊。虧我特地用在朋友家過夜的藉口溜出來的說……真傷腦筋。」

渡邊萌露出垂頭喪氣的模樣，然後又突然想起什麼似地「啊！」了一聲，再次打開『月刊歐帕茲』，翻到一頁黏著便條紙的頁數。

「既然你是沙耶老師的徒弟，那你應該知道這個吧？」

【這種斑紋是一種會引發記憶障礙的靈障。若您擁有這種斑紋，請至九條館諮詢。——靈學治療師・九條沙耶】

這似乎是九條沙耶所寫的記事。這條記事旁邊還畫有一張令人聯想到動物齒痕的範例圖。這不就是!?——我忍不住驚呼，渡邊萌見了立刻神色一亮。

「你果然知道啊。太好了……那，不好意思，我想請你幫我看一下這個。」

渡邊萌急忙把包包放到地上，然後——。

「這個斑紋，跟這張插圖畫的是一樣的對不對？」

她倏地掀起自己的裙子。

從裙子下露出的白皙大腿上，印著一道清晰的痕跡。

「……總之先進來再說話。」

身穿制服的女高中生，大半夜的在門口掀裙子給男人看，要是被人撞見就麻煩了。於是我小心看了看四周，催促渡邊萌盡快進入屋內。

「唔哇——超豪華的耶！簡直就像電視節目裡看過的城堡一樣！這個天花板，是我們家的幾倍高啊？啊，這個壺，一看就很貴的樣子！」

該說這女孩是天真爛漫，還是太沒有警戒心呢？方才在我面前掀裙子的時候也是，簡直就像個不知世事的純真孩童。明明是第一次進來別人的房子，未免也表現得太隨心所欲、不知分寸了。

「我說，渡邊小姐。」

「啊，叫我小萌就可以了。家裡和學校，大家都是這樣叫我。」

「那……就叫妳小萌吧。」

我有點不放心梅莉的反應，斜眼瞄了一下，只見她正緊閉著眼，安分地坐在沙發上。

她打算一直保持普通人偶的狀態嗎？不管怎樣，她應該聽得見我跟萌的對話才對。要不要開口，就讓梅莉自己決定好了。

「那麼，小萌。關於那個斑紋。」

「嗯……」

萌的情緒一目了然地瞬間冷卻。

「沙耶老師的記事上也寫了，這是一種會造成記憶障礙的靈障。最近，我感覺自己變得特別健忘……」

有時突然想不起朋友叫什麼名字，或是忘記今天是星期幾。

又或者明明剛買了某個東西，隔天卻又再買了一次。

「不久之前也是，居然買了兩支一模一樣的唇膏。另外一支可以當成備用，倒是無所謂。可是以前從來沒發生過這種事。然後最糟的是……」

萌一臉走投無路般地看著我。

「我有時甚至會忘記自己的名字……」
噗通。我的心臟微微震了一下。忘記自己的名字──跟我的症狀一樣。
「雖然只有一瞬間，我在寫考卷時竟然一下子寫不出自己的名字……欸，大叔。這果然，是斑紋造成的嗎……？」
根據梅莉的說法，印記就是『印人』的記憶逐漸損壞的原因。但詳細的情形我也還不清楚，因此一下子不知該如何回應。
而就在這時──喀噠！旁邊忽地傳來積木掉落般的聲響。
「──是的。那個症狀是由斑紋造成的。」
「咦？」
「換言之，就是印記導致的記憶缺損。」
這是誰的聲音？從哪傳來的？小萌慌張地扭轉身體，在門廳內東張西望。
「歡迎蒞臨『九條館』。」
「哇……!?」
發現梅莉後，小萌的嘴巴就像慢動作播放般逐漸張開。
「人、人偶……說話……了。」
「很抱歉。我沒有嚇──」
可梅莉還未說完，小萌便興奮地尖叫「好可愛！」一口氣衝向那張紅色的沙發。
「好厲害！這個、就是傳說中的骨董娃娃吧？居然還有這麼大的啊！哇，連細部都做得好精緻唷！而且竟然還能說話耶！不愧是沙耶老師！」

看來比起驚訝，她似乎對會講話的人偶更感興趣。聽到『梅莉』這個名字後，小萌又再次「好可愛！」地興奮大叫。

「欸，梅莉妹妹，我可以摸摸妳嗎？」

「請隨意。」

「哇。手好冰喔。」

「因為我是人偶。跟萌大人您不一樣，沒有體溫。」

「這樣啊。不過，臉頰卻跟人一樣是粉紅色的呢。如果不伸手摸的話，簡直就跟真正的女孩子一樣。」

「很高興您能這麼說。」

儘管一點也不像是女孩子之間的對話，不過，兩人倒是挺聊得來的。幸好小萌的感性跟普通的高中生不同。

話說回來，真沒想到梅莉冷不防地就插嘴……開口前至少給我打個暗號嘛。我偷偷看了眼梅莉，只見她立刻眨了眨那雙大眼睛，好似在向我道歉。

還真是善於察言觀色的人偶。或許是死去主人的性格和意念，投影到了她身上吧。

不久後，大時鐘的報時鐘響了起來。咚……咚……一共敲了十一次。悠長的鐘聲，就彷彿連空氣都受到了詛咒。

聽到那虛無單調的節奏，小萌的表情也稍微沉了下去。

「……這個斑紋確定就是印記的話，代表我可能再過不久就會死掉了對不對？到底該怎麼辦才好呢？」

小萌不久前的朝氣頓時煙消雲散，垂下頭去。不過，梅莉就像在安慰她般，親切地告訴她。

「請別沮喪，萌大人，您還有很多時間。」

「是這樣嗎……」

「是的。而且您還記得自己的名字，以及自己學生的身分。然而，那邊的八敷大人……」

話鋒突然轉向自己，害我不禁渾身一僵。

「卻連自己的名字和居所都不記得了。」

哎？我的眉毛一跳。

「大叔你也有印記嗎!?」

「……啊啊。抱歉剛剛沒告訴妳。」

結果我保留了身為九條沙耶徒弟的虛構設定，變成是為了尋找印記的治療方法，才在九條館住下。

「那，大叔你的狀況比我嚴重多了耶……」

被她這麼一說，我才意識到確實是如此。不僅是名字，我連自己是什麼身分、確切的年齡、住在什麼地方全都不曉得，距離死期遠比小萌近得多。

「……那，小萌。我想問妳一個問題。妳還記得自己是在哪裡得到那個印記的嗎？」

據梅莉所言，被刻上印記的人，都曾在怪異之地停留。

所以若我的理解正確，代表小萌也去過那些可疑的地點。
而結果一如我所想，小萌扭扭捏捏地坦承自己曾去過『H小學』。
「因為，我將來的目標是成為靈異雜誌的記者……所以一直想親眼看看幽靈。後來我在雜誌上的讀者投稿上看到，有人曾在『H小學』目擊『花彥君』。」
——『花彥君』？
梅莉的身體沒有半點動作。然而，我卻隱隱感覺到她似乎對這個詞有所反應。
「雖然普通的小學不太可能讓外人隨便進入，但『H小學』已經廢校了，我才想說應該沒關係。」
「我聽過這個傳聞。是H市的小孩子們口耳相傳的幽靈對吧？沙耶大人也對這個傳聞相當感興趣。」
「……也就是說，這個幽靈跟印記有關？」
「一般來說，這的確也可以稱之為幽靈……不過這種情況，由於對方會在人身上留下印記，因此應該稱之為怪異才對。」
梅莉開始在所知的範圍內說明怪異的情報。
小萌的眼神突然亮了起來。不，這種情況，應該說是緊張起來才對？一方面感到恐懼，但另一方面卻又忍不住對此類話題感到好奇。
「也就是說，所有的『印人』都曾去過怪異之地？」
「恐怕是這樣。」

按照這個邏輯，在小萌身上留下印記的，八成就是『花彥君』沒錯了。

然而最關鍵的「那個」，小萌究竟有沒有看到？一問之下，小萌搖搖頭，表示「沒有看到」。

「……我是這麼覺得啦。可是老實說，我也不太肯定。」

「什麼意思？」

小萌說，她確實到達了傳聞中『花彥君』出沒的『H小學』鏡子前。然而——。

「那時我突然覺得背脊一涼……身邊還有股奇怪的寒氣……因為太害怕，所以來不及仔細看就回去了。」

慌張逃回家後，由於那股神祕的惡寒依然沒有消失，因此小萌一進門便直接把包包丟在玄關，衝到浴室去泡澡。然後她在浴缸裡伸展雙腳時，才發現烙印在大腿上的印記。

「因為我在雜誌上看過沙耶老師的記事，所以沒多久就認出來了。這就是那個『被詛咒的斑紋』……」

說完之後，小萌一邊不安地叨念著「大叔……梅莉妹妹……」一邊忍不住握緊自己的雙手。

那動作看起來，就好像在對我和梅莉哭訴著自己還不想死。當然這心情我也是一樣的。就這樣死去實在太早了，體內的求生本能如此反抗著。

「兩位的擔憂都是正常的反應。但所謂的傳言原本就是很容易遭到扭曲的事物。在口耳相傳的過程中，往往會發生誤解或混入主觀的偏見。」

所以還不一定會死——梅莉應該是想這麼鼓勵我們吧？

「目前我能提供的解決之法有二。」

一聽到這句話，我和小萌立即睜大雙眼。

「一是就這樣等待死期來臨。」

「……另一個呢。」

「選擇對抗印記。生與死是一體的兩面。既然印記是後天產生的東西，那麼應該也有消除它的方法……」

換句話說，就是消滅印記詛咒的方法。

使印記消失的鑰匙。

除了找出那個鑰匙外，沒有其他逃脫印記的方式。梅莉說著，靜靜闔上雙眼。

「首先，有必要仔細調查怪異出現的場所。」

「……妳的意思是要我們去調查怪異之地？」

「是的。雖然這就像從天而降的蜘蛛絲，只存在十分微小的可能性……」

我聽了不禁沉默。老實說，我本來期待能得到更有希望的答案。不過事情似乎沒有那麼簡單。

對於怪異沒有任何知識的我，真的能找到消除印記的方法嗎？應該把希望押在這不曉得可不可靠的方法上，輕率地踏入怪物潛伏的危險領域嗎？

「兩位意下如何呢？是要對抗印記？又或是……」

做出選擇的時候到了。小萌一臉不安地抬頭望著我。

「大叔……」

若什麼都不做的話，恐怕小萌再過幾天就會暴斃。而我則只剩下短短幾個小時……。

「欸，大叔……」

如果只有我自己一個人，大概會選擇不做任何抵抗吧？可是，我實在沒辦法坐視一個年紀輕輕的少女被那麼詭異的方式殺死。

我下定決心，對默默看著自己的人偶點點頭。

「……就相信妳的話好了，梅莉。」

「那麼……兩位選擇了反抗印記對吧。」

儘管希望很渺茫，但我也只能鼓起勇氣面對眼前被「死亡」擺弄的無情命運，直到最後一刻為止。

「我明白了。那麼在下梅莉，將遵循主人的遺志，盡一切所能協助二位。」

在說這話時，梅莉的聲音聽起來總覺得似乎有些喜悅。

◆◆◆

那之後，根據梅莉的靈力感測，的確在『H小學』感知到了疑似怪異之物的「氣」。於是我和小萌立刻動身前往該處。

梅莉表示我們可以自由使用停放在車庫的汽車，我和小萌便坐上了那輛鑰匙直接插在車上的老爺休旅車。

然而，準備發動引擎時，助手席上的小萌卻不安地「欸」了一聲。

「……那個。照梅莉妹妹剛剛說的，大叔你應該失去了大部分的記憶才對？」

擋風玻璃的倒影內，小萌的眼神緊緊盯著我。她的意思大概是擔心我還記不記得怎麼開車。

「放心，沒問題啦……應該。只要握住方向盤就會慢慢想起來了。」

說實話，這句話有一半是說給我自己聽的。

「搞什麼啊，聽起來很恐怖耶。」

另外小萌還問了我有沒有帶駕照，不過現在沒時間管那種芝麻小事。距離日出還有五個小時。沒有餘力悠哉地徒步走過去了。

「這可是人命關天的緊急情況。不好意思，就讓我稍微挑戰一下極限吧。」

「……大叔，你比外表看起來還要大膽得多呢。」

「說不定那就是我原本的個性。」

「……總之請你盡量保持安全駕駛！」

過了十分鐘左右，我們總算是在沒有引發任何交通事故的情況下，把這輛老爺車平安地開到了『H小學』。學校附近有個空倉庫和停車場，我和小萌把車停在停車場角落後，徒步前往『H小學』的後門。

背對月光的校舍，看起來有股說不出的詭異氣氛。

廢校之後已過了數年，校舍的牆壁龜裂得十分嚴重，窗戶的玻璃也不知道在誰的惡作劇下，幾乎都被破壞殆盡。

「真的有種隨時會有髒東西冒出來的感覺。」

「對吧。希望今天遇得到就好了，『花彥君』。」

「……明明被刻了印記，還想見到它嗎？」

小萌不知為何從包包裡掏出望遠鏡，嘻嘻一笑。

「我可沒說過我已經放棄尋找『花彥君』了喔。來，出發吧，大叔。我知道有條捷徑，可以快速抵達那面鏡子附近。」

也不知是天性樂觀還是在逞強。真是個讓人摸不透的女孩子。

「啊，話說回來。」

走在前面的小萌忽地停住。

「我剛來到『九條館』的時候，有看到一個小男生在大門外面徘徊。」

據小萌所述，對方的外表看起來像是小學三、四年級的學生。理著一頭鍋蓋頭，身上穿著件看上去很高級的夾克。

「……然後啊，我上去問他來這裡做什麼。結果他聽了一臉驚恐，掉頭跑掉了。」

難道他也是『印人』嗎？小萌一邊抬頭看著天空一邊思考。

「誰知道？如果真有什麼要緊事，應該還會再來才對？」

「說的也是。但是這麼危險的調查，實在不太想把那麼小的小孩子捲進來呢。或許讓他回去是正確的。」

這句話也同樣適用於妳這高中生吧。我一邊在內心吐槽，一邊追過小萌，走到前面領路。

「也算是為了那個孩子，我們一定得想辦法解除『花彥君』的詛咒才行。」

「啊啊。」

就在我們交談之際，不知哪裡忽地傳來一陣「慢著慢著！」的叫喊聲。

「你們兩個要去哪裡!?」

隨著這聲中氣十足的喊叫出現的，是個穿著警衛制服的男人。他右手拿著手電筒，皮帶上掛著無線電。看來是在附近巡邏的警衛。

「你們難道不知道這裡禁止進入？喏，這兒不是寫得很清楚嗎？」

警衛用手電筒指向前方【非相關人士禁止進入】的看板。

「還是說怎樣？你們也是來玩什麼試膽遊戲的？不行不行，就算說夏天快到了，這裡也不是遊樂場。再說，今天可是我第一天上班。我好不容易才得到這份工作，別給我惹麻煩。喏，快點回去、回去！」

警衛一口氣說完，又揚起眉毛，威嚇似地補充了一句「聽懂了沒？」後，便一邊碎碎念一邊走進廢棄的校舍內。

幸好這傢伙是第一天到任的菜鳥，警備的態度還十分鬆散。

於是我們互相交換了一下眼神，無視剛才的警告，來到目標的校舍後門。

「啊——嚇死我了。上次偷溜進來的時候，明明還沒有什麼警衛的說。」

趁著警衛不注意時溜進來的我們，來到了校舍的一樓門口。雖然後門上了鎖，但由於玻璃全都被打碎了，因此鎖門根本沒有意義。

「大概是因為跟妳一樣偷溜進來的傢伙變多了，才臨時加聘了警衛吧？」

「嗯，可能是喔。畢竟『花彥君』的傳聞在我們學校滿有名的。」

我一邊跟小萌聊著，一邊從窗戶伸手到內側轉開門鎖，然後走進了校舍內部。

「唔哇。裡面超黑的。」

超乎想像的黑暗，令小萌忍不住繃緊身體。上次她溜進來的時候，太陽似乎還沒完全下山，可視程度完全不能相比。

「夜晚的學校，氣氛果然很毛……」

儘管小萌平常看上去對這種恐怖的東西好像不怎麼放在心上，但果然還是會害怕。

現在也是，只不過是貼在告示欄上的老舊海報因一點微風而飄動，就讓她嚇得「呀！」地跳了起來。

「欸，大叔。這麼黑的地方，要怎麼前進啊……？」

「啊啊……」

看來還是得開手電筒才行。可是，由於直接往前照的話可能會被剛剛的警衛發現，因此我們只能朝腳下照射，避免光線擴散。

「……那，小萌，妳說『花彥君』出現的鏡子在哪個方向？」

「好像直走後再右轉？往前走到底應該有座樓梯。我記得是東側的樓梯。從那裡爬上去就到了。」

我按照小萌的指示，從校舍入口往右拐後，眼前出現一條伸手不見五指的長廊。簡直就像密不透光的隧道一樣。

這也難怪，因為走廊上被打破的窗戶全都釘上了膠合板補強，所以外面的光線完全照不進來；就連平常應該隨時亮著的火災警報器，也早就斷了電，變成了普通的碎塑膠。

「應該不會太遠才對。可是這麼暗我也搞不太清楚……」

「啊啊。總之只能先往前走了。」

為了避免走散，我們輕輕勾住彼此的手，小心翼翼地走進黑暗之中。

前進了一小段距離後，腳下似乎踩到了某種脆脆的物體。

我的體重一壓上去，那東西立刻啪啦地碎裂。看樣子是踩到玻璃了。

我放低手電筒，檢查地板的情況，只見地上到處都是碎散的玻璃片。

「小萌，妳自己小心腳下。」

穿著裙子的小萌有可能會被玻璃的斷面割到。

「哇。這麼多玻璃，要是沒踩穩的話八成會被割傷。要不要穿上運動褲啊？」

既然有帶褲子的話幹嘛不一開始先換？我一邊在內心吐槽，一邊要她晚點再換。雖然只是穿上而已，但這麼黑的環境，抬腳穿脫實在太危險了。

「了解……啊！大叔。裡面好像有什麼白白的東西。」

我順著小萌手指的方向瞇眼凝視，確實可以看到什麼東西。

那是一面白白的物體，是牆壁嗎？還是逃生口的門呢？因為感覺不到人的氣息，於是我大膽地舉起手電筒照過去。果然，是一扇印著逃生口的鐵門。

「那旁邊就是東側樓梯？」

「對。『花彥君』的鏡子就在樓梯間上。」

小萌說著小跑步起來。可就在下一瞬間——。

某種難以用言語描述的異樣感忽地從深處的黑暗撲來。那是跟風壓完全不同的強大壓力。同一時間，一股刺痛感竄過右手的手腕。

「唔……！」

這是什麼？就彷彿印記掐入皮肉內的強烈痛楚。這是『花彥君』的力量嗎？

因為太過黑暗，無法確認小萌的表情。不過，可以聽到她的呼吸也急促了起來。

我恐懼得不敢前進。但事到如今又不能回頭。

無論如何，都必須在天亮前找到消除印記的「鑰匙」才行。

於是我們一邊忍受著異樣的壓迫感，一邊向深處前進，爬上『花彥君』所在的東側樓梯。

到達樓梯間的我，對於眼前比一樓更清晰的視界，輕輕鬆了口氣。

看來二樓的窗戶沒有被釘死，戶外的光線稍微可以射入此處。

那面傳聞中的鏡子，是一面縱長極高的長方形鏡，大得可以把我的全身都照進去。然而鏡面霧濛濛的一片，只能隱約看到自己的身影。

「雖然髒了點，不過看起來只是面普通的鏡子……」

我把臉湊了上去，窺視霧濛濛的鏡面。不過什麼事也沒有發生。

於是我又用手指撫摸鏡面的裂痕。但，依然沒有任何變化。

「嗯——奇怪了。上次來的時候，明明馬上就有股奇怪的感覺說……」

小萌再次檢查了一下鏡子。可小萌的身影就跟我一樣，在鏡子裡只映出了朦朧的黑影。

「小萌，妳確定沒有搞錯位置嗎？」

「嗯嗯，就是這裡。肯定是這面鏡子沒錯。」

「……那再稍微調查一下吧。」

但就在這時，事情突然有了轉變。本以為是小萌倒影的黑影，驀地開始左右搖晃。

「噫呀!?」

小萌發出不成聲的驚呼，嚇得從鏡子前跳開。

「剛才、鏡子裡好像有東西動了對不對!?」

「啊啊……！」

最好的證據，就是小萌在退開後，那黑影依然在鏡子的表面晃呀晃、晃呀晃……不停晃動著。

「那玩意兒」看起來既像人影，又像由煙霧聚集成的奇怪團塊。

接著，小萌突然整個人跌坐在地上，按著刻有印記的大腿。

一秒後，我右手腕上的印記……也跟著一陣刺痛。同時不曉得是不是恐懼感在作祟，連意識都朦朧了起來。

「什、什麼東西，那個黑黑的……」

「那個黑影就是『花彥君』嗎……」

終於，「那玩意兒」接近人類嘴巴的部位，開始微微顫動。

『欸……。我、好看嗎……？』

那是個文弱男孩子的聲音。

『欸……。到底好不好看……？』

隨著那飄渺的呼聲，黑影再次開始左右搖擺。果然，「那玩意兒」不是幻覺，確實存在於鏡子中。

『好看嗎……？』

他一直反覆詢問著「我、好看嗎？」。

一定要回答這個問題才行嗎。根據回答的結果，或許可以找到消除印記的線索也說不定。然而，這個彷彿要汙染鼓膜的可怕聲音，卻凍結了我的臉部肌肉，讓我沒法吐出半句話。

大概是因為一直得不到回應，黑影貌似臉部的部分開始劇烈地晃動。

『……是嗎。我、果然……不好看啊。』

發出失望的聲音後，黑影的輪廓變得更加模糊，像是氣化般地向四周擴散。

黑影變得十分朦朧，簡直就像是鏡子裡的一團烏雲。

『……給我、紅色的。』

——紅色的，是什麼意思？

『喂……。在那裡的……。難道……是大人、嗎……？』

這問題難道是單純在詢問我算「大人或小孩」？可是那個語氣，感覺好像對大人抱有極大的厭惡。

我的直覺告訴自己，這裡應該回答「不是大人」比較好。

但若對方看得見我的身影，應該一眼就看得出我是大人。

這種情況，說謊說不定會有反效果……。

「喂，再不說話的話就糟了！」

「啊、啊啊……」

快點！雖然我也著急，可到底該怎麼回答？哪個答案才是正解？

就在我猶豫之際，癱坐在一旁的小萌突然表示「我來回答」，站到鏡子面前。

「『花彥君』！站在你面前的不是大人!!」

『——……』

「你看，我是高中生喔！而那裡的人、呃呃……他是我們班上個子最高的男生！所以我們不算大人!!」

然而，稍微停頓了一會兒後，黑影卻否定般地搖頭。

『高大的人……明明不可以來的。』

突然間，鏡子的表面劈哩！地龜裂。然後那裂痕從中心呈放射狀迅速向外擴散，噴出尖銳的碎片。

「危險！」

我立刻抓起小萌的手，在間不容髮之際及時拉著她躲開飛散四射的碎鏡片。

再次抬頭時，那黑影——『花彥君』已經從鏡子中消失了。

「……花、『花彥君』、不見了。」

「……啊啊，看來是在鏡子破裂的瞬間消失的。」

總之暫時逃過了當場斃命的結局。緊張感得到緩解後，我整個人癱軟地靠在牆上，吐了口氣。

然而，還來不及真正放鬆，這次不知道又從哪裡傳來一道「唔哇啊啊啊啊！」的淒厲慘叫。

噫!?小萌的肩膀又是一顫。

「剛、剛才的聲音是!?該不會!?」

「啊啊，八成是剛剛在外面遇見的警衛。」

除了那個警衛外，很難想像還有誰會進來這種地方。是在哪裡失足摔倒了嗎？又或是跟我們一樣，也撞見了不該遇上的東西呢？

從慘叫的音量判斷，好像是在不遠的地方。

『花彥君』消失的現在，已沒有理由繼續待在這裡。而且，聽到那樣悽慘的叫聲，置之不理也未免太沒人性。於是我轉頭呼叫小萌……只見她早已先一步拿起手電筒，用圓形的光圈的照向樓梯。

「大叔！那聲音聽起來很不妙耶！快去找他吧!!」

◆◆◆

我跟小萌穿越剛剛進來時的脫鞋場，往反方向的校舍前進。這一側的校舍跟先前不一樣，有明亮的月光照射，前進方便了許多。

「噫呀啊啊啊啊——！」

這是第二次慘叫了。

「不、不要啊！拜託你！別過來！」

接著是一連串嚇得發抖的喊叫聲。然而，在那陣喊叫之後，空氣便完全陷入靜默。前方的門上掛著教職員辦公室的牌子，慘叫似乎就是從裡面傳出的。

「我先進去！」

我一邊喊一邊把小萌推到身後，然後快速拉開拉門。就在那瞬間——。

「嗚咕啊啊啊啊啊——！」

門內突然跌跌撞撞地衝出一個身穿制服的男人。是那個警衛。

但他的半張臉上滿是鮮血，像是被某種有毒的植物腐蝕似的。

「呀啊啊啊啊啊!?」

可怕的光景，把小萌嚇得雙腿一軟，跌倒在地。運氣很不好的，發狂的警衛就正好壓到了她身上。

「嗚啊啊！好痛、好痛！我的眼睛……啊啊啊……啊……」

咕嘰。

「哎……？」

警衛的一隻眼睛，掉在小萌的臉上。

桃紅色的肉片和某種果凍狀的物體，啪答啪答地滴在小萌的臉頰上。

「噫……!?呀啊啊啊啊啊!!」

「小萌！」

我迅速抱住小萌的兩腋，將她從痛苦掙扎的警衛身下抽出。只見那警衛用力地衝撞牆壁，就好像身上著火似地拚命打滾。

「……荊、荊、荊棘……刺進臉裡……嗚……！嗚嗚嗚……！」

我把渾身癱軟的小萌拖到走廊旁邊後，跑回去想幫助那警衛。雖然不知道該怎麼做才好，但總不能丟下他不管。

然而。

「——!?」

咻！不知什麼東西飛射過來，刺中我的手臂。

低頭一看，只見手上插著一根尖刺。是某種形狀類似冰錐的尖狀物。

看樣子，似乎是從纏在警衛身上的植物射出來的。

隨後那植物繼續以一定的頻率噴出針刺，讓人想靠近也沒辦法。

「……唔，我的、臉……臉……到底怎麼……？」

警衛瘋狂地想把黏在臉上的植物剝掉。

可無論他怎麼用力，那植物就是剝不下來，臉皮就像黏著劑一樣牽絲拉長。

「嗚、嗚嗚……啊啊嗚……」

警衛拚命站起來，開始搖搖晃晃地往前走。

「大腦……要……被吃掉了……。得快點……逃……、快點……」

警衛再次發出「啊啊啊嗚」的呻吟，然後像發瘋似地跑向脫鞋場的方向。

「……哈啊……哈啊……哈啊。」

回歸寂靜的走廊上，只剩下我的呼吸聲在迴盪。

儘管想出聲詢問被嚇傻的小萌情況，不過喉嚨卻異常乾渴，發不出聲音。

拔出剛剛刺進手上的尖刺後，傷口立刻浮出一團血球。用袖子擦拭，傷口隨即傳來一陣刀割般的劇痛。

「……嗚！」

「……大、大叔!?」

大概是因為聽到我的呻吟，小萌終於回神，半走半爬地靠了過來。

「……沒事。只是……稍微有點麻而已。倒是妳沒事吧。」

沒事──小萌點點頭。雖然她看起來還是有點驚魂未定，但現在可不能繼續坐在這裡休息。

這地方潛伏著某種不尋常的東西。現在必須強迫她振作起來才行。

然而，由於東側樓梯的鏡子已經破了，因此接下來根本不曉得該往哪個方向調查。就在煩惱之際，小萌再次用仍帶著些微顫抖的聲音呢喃。

「……那個，剛才警衛先生衝出來的時候，我好像在教職員辦公室裡看到了其他人。」

「……哎？」

因為被警衛的身體擋住了視線，我什麼都沒看到。但據小萌所言，似乎有某個身高跟鏡中人影差不多的人，就站在辦公室內。

「……是『花彥君』嗎？」

「……大概是。」

也就是說，『花彥君』離開了鏡子，移動到了這裡？若真是如此，那麼這間辦公室內，說不定藏著跟『花彥君』有關的重要線索。

可在看到警衛剛剛的慘狀後，實在有點讓人不想進去。不過，若只是坐在地上發抖，就沒有特地跑來這裡的意義了。

日出時分正一點一滴地逼近……無論如何，必須在對方主動襲來前，找出「消除印記的方法」才行。

「小萌，我們去調查職員辦公室吧。」

◆◆◆

辦公室內就跟想像中一樣，沒有半張桌椅或置物架，空蕩蕩一片。再加上辦公室的面積比普通教室大，所以更讓人有種空曠的感覺。

牆壁上不知是誰用油性筆大大地寫著【愛染修羅大人】幾個字。

「愛染……？」

恢復冷靜的小萌，歪著頭望向我。

「修羅……大人？是什麼啊？」

「雖然沒聽過，但可能是某個神佛的名字吧。」

語感唯一能聯想到的只有阿修羅。那是佛教中擁有「三頭六臂」的鬼神，儘管在不同地域有著不同的地位，不過印象中應該是「戰鬥之神」。

「是喔……可是，為什麼要寫在這裡呢？附近都沒有看到其他塗鴉呀？」

「這麼說來……的確很奇怪。」

可話說回來，這塗鴉或許本來就沒有什麼特別的涵義。也有可能只是某個虔誠的佛教徒溜進這裡，恰好在教職員室內隨便塗鴉而已。

【愛染修羅大人】。

儘管有點好奇……但現在還是先調查『花彥君』的情報再說。

小萌跟我用8字形來回移動手電筒，在房間內四處尋找。可唯一發現的，就只有撕碎的文件，和不知道還能不能用的『破爛符咒』。

「沒什麼特別的呢……」

「是啊……」

難道教職員室沒有線索嗎？不僅浪費了不少時間，而且什麼都沒有發現，心情愈來愈焦急。

「那個，我說大叔。」

或許是想幫忙提振心情，小萌忽地用開朗的語氣說道。

「剛才黏在警衛先生臉上的植物，你不覺得有點像玫瑰花嗎？」

「玫瑰……這麼說來確實是有點像。」

跟從九條沙耶腹部長出的花有點不同，看起來很像玫瑰跟多肉植物雜交而成，醜陋、肥大又讓人毛骨悚然。

「不過，我絕對不會想把那種花戴在身上。雖然我不討厭紅色，但紅到那種程度，該說是噁心嗎？看起來就像鮮血一樣。」

——紅色。

話說回來，『花彥君』先前好像一直在呢喃「紅色的……」這句話。還有「高大的人不可以來」。那是剛才短暫的接觸中『花彥君』想告訴我們的事。難道他是有什麼原因，才會變成怪異的嗎？

思索至此，哐噹……背後忽地想起一道聲響。

「那、那是什麼，剛剛是不是有什麼怪聲!?」

用手電筒照去，只見一道嬌小的黑影從光線中閃過。繼續用手電筒的光追上去，只見牆壁角落——有一隻黑色的兔子。

哇啊！小萌跳了起來。

「是小兔子！而且還是黑色的耶！」

好可愛！小萌張開雙臂抱了上去。但兔子敏捷地躲開，出人意料地躲到了我的腳下。

「嗚哇！別、別過來。小心我踩你喔，喂！」

『嗚嗚。』

真是奇怪的叫聲。

話說回來，這隻兔子的體型和線條還真是勻稱，簡直就像雕塑般美麗。

美麗——對兔子用這種形容詞，感覺好像怪怪的……。

然後，那隻兔子又再一次發出奇怪的叫聲，接著便跳到辦公室的另一頭，鑽進了敞開的門縫中。

「啊，跑掉了。我本來想摸摸牠的說……牠是不是學校以前養的兔子啊？」

「如果是的話，應該早就餓死了。」

「說不定是回歸了野性，自己找到方法活下來了呀？」

只見兔子逃進去的那扇門上，寫著『教師準備室』幾個字。

「大叔！裡面說不定有兔子的家唷！」

◆◆◆

打開門，剛才的兔子已然消失無蹤。小萌嘟著嘴唇，不放棄地用手電筒照了照準備室的四角。

「啊——我想摸摸看的說。只有大叔你摸到太狡猾了啦。」

「我又不是自願的……」

小萌嘴裡一邊咕噥著，一邊搜索木製的置物櫃。

她在置物櫃中找到了【拆信刀】和【紅色原子筆】，但看了看覺得「應該都沒什麼用」，便把它們放了回去。

另一邊，我則找到了一個【發焰筒】。這是汽車上常常會放的緊急用信號燈。外觀看起來已經相當老舊，也不知道還能不能點燃，不過姑且還是留著以備萬一。

除此之外，房裡還放了理科課程用的人體模型和實驗器材，可每一樣都積滿了灰塵，似乎沒有什麼其他可能的用途。

「欸，大叔……這個房間，好像也跟『花彥君』沒什麼關係的說。」

「嗯……」

因為『花彥君』出現在教職員辦公室，才順便調查了一下附近，但看來是猜錯了。繼續找下去恐怕也是浪費時間。

「小萌，我看這邊就先告一段落，去找找看別的地方吧。」

才剛說完，唰……手電筒的燈光便冷不防熄滅。

「……怎麼搞的？」

「哎？怎麼了嗎？為什麼要關掉手電筒？」

「不是……我沒關掉，是手電筒自己熄滅了。」

接著，小萌的手電筒也跟著熄滅。

「啊咧？不會吧？騙人的吧!?不是出發前才換過電池嗎？怎麼回事？」

我跟小萌拚命來回撥動電源開關，可兩支手電筒都同樣點不著。

「喂，拜託了！別在這種地方熄掉啊！」

我拍打手電筒，就像幫它做心肺復甦術一樣，喀吱喀吱地嘗試讓手電筒復活。兩支手電筒都沒有反應，教員準備室完全被黑暗包覆。

「不可能兩支手電筒同時壞掉吧!?」

儘管機率非常低，但也不是完全沒可能。不過，這裡可是靈異事件的發生地。十之八九是某種超自然的力量在作祟。

「小萌！總之先離開這裡！回到走廊的話就看得見了！」

「嗯……！」

可當我握住教師準備室門把的那瞬間，整扇門忽地轟！地變形，發出強烈的震波。「咕啊！」、「噫！」。我們兩人都被震飛在地。

門外傳來一股強大的壓迫感。

就跟剛進入學校時，在走廊上感受到的壓力一樣。不，比那還要強上數倍。

「這扇門打不開了！」

「難道『花彥君』在外面!?」

「八成是……」

就算打開門一口氣衝出去，恐怕也會被瞬間殺死。可若繼續待在這裡，那扇門也擋不了多久，最終依然是死路一條。而且就像在落井下石一樣，手上的印記開始灼熱發疼。

這個房間沒有窗戶。除了正門以外似乎沒有其他逃脫管道。該怎麼辦？

……冷靜下來。總而言之，只能在最短的時間內找出逃離眼前危機的方法。

「大、大叔！地板……好像有什麼東西！雖然太黑了看不見，但我腳底下好像有什麼粗粗的東西！」

「在哪裡!?」

我循著小萌的聲音在地板上摸索。不久後，便摸到了某種粗糙的物體。

那大概是地下的收納空間。不過旋轉式的握把生鏽得非常嚴重，怎樣也轉不動。

「可惡！沒有什麼可以插進溝槽的東西嗎……！」

「大叔！這個可不可以!?」

小萌把某個尖銳的金屬物體塞進我手裡。

「這是……」

「拆信刀。我本來想說沒什麼用，但因為仔細看看還滿可愛的，所以就收起來了。」

我立刻把拆信刀插進金屬縫中，然後使出吃奶的力氣，一口氣把暗門拉起來。

結果在那四方型的大洞下面，並不是什麼收納空間，而是某個地下室的入口。

下面飄出一股奇妙的氣味，小萌「唔哇」地縮回身體。

「感覺完全不想進去……」

「不行！快進去！」

我一把扛起小萌，硬是把她丟了進去。然後自己也跳了下去，投身黑暗之中。

◆◆◆

不曉得墜落了幾公尺。不過幸運的是，底下鋪著某種柔軟的東西，因此只稍微跌疼了屁股。

接下來只能祈禱『花彥君』不會跟過來，到別的地方去了……。

但話說回來，這個空間到底是什麼？方才聞到的奇怪氣味變得更加濃重，可以的話真想快點離開。

啊……我聽到小萌的聲音，回過頭去，只見小萌的手電筒亮了。

「突然又好了！」

於是我也重新撥動手電筒開關，手電筒順利亮了起來，就好像剛才為止的故障都是假的一樣。

看樣子，兩支手電筒同時故障，的確是某種不可思議的力量在作祟。

這麼說來，剛剛從門另一頭傳來的強大壓力也感覺不到了。看來只要躲進地下，或者說離開教職員室附近，那玩意兒就會暫時撤退。

「希望這裡有路可以通到外面……」

我和小萌謹慎地用手電筒檢查地下室。接著在兩圈光環的前方出現的是——。

無數的屍體，以及縱橫無盡、纏繞在屍體上的植物。

眼前的畫面太過超現實，無論是我或小萌都被嚇得說不出話來。乾枯的屍體蜷曲成詭異的姿勢，彷彿直到現在依然在受苦。

而重重盤繞在屍體上，像是要阻止他們逃走的，則是某種類似紅玫瑰的植物。跟襲擊警衛的植物是同一種。

「這是……」

「——……」

「他們……全都死掉了對吧……？」

別看了。我本想這麼告訴她。但是，不論手電筒的光移到哪裡，都還是能看到屍體，無論如何都沒法不看到。

就在這時，小萌忽地發出「噫！」的驚呼聲，往後退了一步。

「怎麼了!?」

「好、好像有什麼在動！你看！就在那裡面！」

那邊！——小萌用手電筒照射的方向，擺著一張鐵管床。床墊底下滲出黑色的汙水，發出下水道般的臭味。

那種地方，難道還有什麼人躲著嗎？

「你、你看，又動了！果然有東西啦！」

我一邊警戒著一邊靠近鐵管床。結果，床的下方真的爬出了一個東西。

「喂喂喂，饒了我吧。我可是不折不扣的人類。可不是什麼怪物。」

從床下出現的，是個身披綠色風衣的男人。

年紀大約在二十幾到三十出頭吧。

男人有對目光犀利的細長雙眼。眼袋下還垂著兩三層帶著茶色的黑眼圈。

而且明明身在這種鬼地方，他的嘴角卻還帶著輕鬆的微笑，一眼就能看出不是普通人。

「人、人類!?為、為什麼會有人在這種地方!?」

男人一臉不耐煩的模樣，揚起一邊的嘴角。
「就跟你們一樣。我在走廊上遇到了怪物，最後逃到了這裡。這時你們正好從上面下來……」
男人說著，用下巴指了指背後的鐵管床。
「所以我就躲到了那張床下面。畢竟不曉得你們到底是敵是友……就算同樣是人類，也不見得都是正經的傢伙……」
充滿諷刺的冷笑──應該可以這麼形容吧。儘管才剛見面，也能看得出這傢伙不太好相處。
「……話說回來，你為什麼會跑到這種廢棄的學校裡？」
「你們不也一樣？大半夜，這裡可不是中年男人帶著小鬼該來的地方。」
他說得沒錯。可是，又不能回答我們是為了消除印記而來調查怪異的。正當我煩惱該如何回答時，男人忽地輕輕哼笑一聲，轉過身去。
「也罷。反正理由我大概猜得到。」
「……？」
「詳細的部分等離開這裡後再說。這種屍山可不是聊天的好地方。」
小萌立刻回答「贊成」，一邊發抖一邊站了起來。
「我叫【真下悟】，以前幹過刑警。」
聽到這句話，縮著身體的萌忽地睜大眼睛。
「你是警察嗎!?」
「就說是以前了……為了避免誤會我先說清楚。我是為了私人理由才來這裡調查的。」

看來他似乎很強調自己「前刑警的身分」跟「出現在這裡」兩者之間沒有關連。

「……對了。在離開之前，你們先仔細看看那張床墊。」

我照他說的把手電筒照過去，只見床墊到處都長滿黑色的黴斑。不對，仔細一看，那不是發霉。而是變色發黑的血跡。

「從那張床墊推理一下吧。這個地方究竟發生過什麼事。嗯……對了，床的旁邊還有繩子和球棒喔？另外還有蠟燭……」

「該、該不會……」

「小萌！妳不用去想沒關係！」

「呵……也罷，這對小鬼而言太刺激了點。」

真下嚇唬完小萌之後，冷不防地從她手裡搶過手電筒。

「上面的怪物似乎也消失了，這裡已經沒什麼價值。畢竟我想找的東西也都找到了呢。」

語畢，真下逕自走向豎梯開始往上爬。

「沒事就快走……別落後了喔。」

◆◆◆

爬上豎梯，真下已經離開了教員準備室。雖然早就猜到了，但那男人果然是個我行我素的傢伙。小萌見了，忍不住氣呼呼地鼓起臉頰。

「那個叫真下的前刑警，居然自己一個人就跑掉了。不覺得很惡劣嗎？」

「唔……」

儘管很難回答，但他大概是那種明明沒有惡意，卻很容易讓人起戒心的類型……應該可以這麼說吧？

這時，走廊的方向忽然傳來真下的聲音。

「喂！你們兩個！快點跟上！來看看這個！」

小萌似乎一聽到那命令般的語氣就一肚子火，但剛剛的聲音聽起來好像有點著急。說不定是發現了跟『花彥君』有關的線索，於是我和小萌急忙趕往走廊。

一離開教職員辦公室，便見到真下站在外面。他的神色跟方才不同，顯得格外蒼白。

「……你們剛剛過來的時候，就已經是這副模樣了嗎？」

這是什麼意思？我聞言往左右轉頭看了看。

「——!?這是怎麼回事!?」

只見走廊上，左右都被剛剛見到的那種植物覆蓋。地板上到處爬滿紅玫瑰的藤蔓，就像動物一樣蠢蠢欲動。

「不、不對。直到不久之前都還不是這樣的……」

「我想也是。我之前經過的時候，也還只是普通的走廊而已。」

變得快跟叢林一樣的走廊漆黑無比，月光幾乎完全照不進來。

天花板上，紅色的花瓣宛如飛雪般飄落。

「那個怪物終於開始動真格了嗎？這下可有意思了……」

只見真下的嘴角露出淡淡的微笑。那笑容究竟是發自內心，還是在虛張聲勢呢？跟感情真摯直接的小萌不同，這男人真的讓人難以捉摸。

「喂。話說那個小鬼去哪兒了？」

「咦……」

我聞言倏地轉身，張望四周。本以為待在自己身旁的小萌竟沒了蹤影。

「小萌!?跑去哪裡了!?」

「你們不是一起從地下室上來的嗎？」

「是啊！剛剛也是一起跑到走廊才對的……！」

就在這時，「呀啊啊啊啊啊——！」一道震裂空氣般的尖銳驚叫聲，不知從哪裡響起。是小萌的叫聲。我跟真下背靠著背，迅速察看周圍。

「真下！你聽得出剛剛的聲音是在哪個方向嗎!?」

「應該是脫鞋場那邊。但是聲音正在逐漸遠去。可能是想把她運到其他地方。」

真下接著說了聲「你看」，把手電筒往下照。

「小鬼八成是從那扇換氣窗被拖走的。」

換氣窗。的確，教室的下方都設有通風用的小窗戶。一般成人的體格絕對穿不過去。不過如果是小孩或身材比較纖細的女性，就有可能從那縫隙通過。

「仔細看，那扇換氣窗附近的草，全都往脫鞋場的方向倒。」

「……!?」

「那應該是人被拖在地上走留下的痕跡。」

不愧是前刑警，觀察力真不是蓋的，立刻就從現場找出了線索。

「這些礙事的草反而幫上大忙。快走吧。再慢吞吞的，小鬼的性命就有危險了。」

我們用兩盞手電筒照著腳下，穿過如獸徑般的走廊。

一路上陸續發現了應該是從小萌身上掉下來的鉛筆盒、手鏡、唇膏、還有她掛在脖子上的墜飾與望遠鏡等物品。

我一邊撿起那些東西，在心中默念著「拜託千萬別出事啊」，一邊拚了老命地向前跑。

然而，拖行的痕跡到了東側樓梯前就突然消失了。我著急地用手電筒四處檢查，卻沒見到小萌的蹤影。

真下用手輕輕按著眉頭。

「雖然只是推測……但小鬼會不會是在這附近，變成了浮在半空中的狀態呢？」

「你是說，有人把她抱到外面去了嗎？」

「不，走廊底部的逃生口還是關著的。我猜應該是為了方便上樓，所以才在樓梯前把她吊起來了。」

既然如此，很可能是被帶到有鏡子的樓梯間去了。

於是我全速衝到走廊轉角，三步併成兩步地爬上樓梯。然而，樓梯間卻沒有小萌的蹤跡，只發現了拉鍊半開著的運動背包。

「可惡，到底去哪裡了!?小萌!!」

就在此時，頭頂上突然啪噠……掉下了某個東西。我一瞬間還以為是血，但定睛一看才發現不是。是紅色的玫瑰花瓣。

「喂！快看上面！」

我聽到真下的聲音，抬頭往上看，立刻就發現了被玫瑰的藤蔓纏住，吊在半空中的小萌。

「小萌！」

大概是因為在地上拖行，她的制服被扯得破破爛爛，白皙的腹部和手臂都露了出來。儘管兩眼是張開的，卻空洞無神地失去了意識。

而且，被抓到這裡的不只小萌而已。

在她的旁邊，還有同樣被吊在天花板上的那個警衛。比起最後一次看到他時的模樣，他的臉已完全被植物腐蝕，眼睛和鼻子全都錯位。

抬頭仰望的真下，也被眼前從未見過的詭異畫面嚇得失去了言語。

「得、得快點把她放下來……」

可是該怎麼做？附近根本找不到能夠墊高的東西。

這時，真下忽地從風衣口袋掏出某樣物體。不，應該說是拔出才對。那是一柄手槍。

雖然知道他以前當過刑警，但沒想到竟會隨身帶著那種東西……就在我一下驚訝地反應不過來時，真下緩緩把槍口指向天花板上的小萌。

「……!?真下！你想做什麼！」

寂靜中，擊錘揚起的聲音劃破空氣。

「快、快住手！」

「別誤會了。」

真下用食指按住板機，熟練地扣下。

砰！一道比想像中更加輕巧的爆炸聲響起後，被藤蔓綁住的小萌忽地往前傾斜。

然後大概是因為剩下的藤蔓支撐不住人體的重量，天花板的藤蔓開始像骨牌般陸續斷裂。小萌的身體好似成熟的水果一樣掉了下來。

「小萌！」

我連忙伸出手。

千鈞一髮之際，我總算及時接住了她，沒讓她直接摔在地上。

「我不是說了相信我嗎？」

看來剛剛那一槍，瞄準的是綁住小萌的藤蔓。可這種作法未免也太冒險了。

我用力搖晃兩眼無神的小萌肩膀。

「快醒醒，小萌。」

「……唔……嗯？……啊咧？大叔？」

太好了，她的聲音聽起來跟平常一樣。眼神也恢復正常了。

但是撕破的衣服卻沒辦法修復。對了——我靈機一動，拿起掉在旁邊的運動包，從裡面翻出小萌的運動服。

「喏，總之先穿這個。」

儘管表情看起來還沒有完全清醒，不過小萌仍聽話地穿起運動服。

就在小萌把腳伸入運動服褲管的時候，我不經意地瞄見她大腿上的印記。那印記正紅紅地發腫，就像爛掉的石榴一樣。

「奇怪……怎麼印記突然刺痛了起來……。」

同一時間，我的右手也猛地顫了一下。

「……嗚！」

是跟之前一樣，有種宛如烙鐵般掐進皮膚的感覺。

難道是『花彥君』正在接近的徵兆？

我忽地轉向真下，但他看起來好像沒什麼反應。不過，他的眼神也跟我一樣，小心翼翼地觀察著周圍。

話說回來，真下知道印記的事情嗎？

他用怪物來稱呼怪異。換句話說，他對這些超自然現象本身似乎並不那麼感到驚訝。可是，他卻沒有問過我半句跟印記有關的事。

這時候，就像是察覺了我的心思似的——

「你的那個也會火燒一樣發疼嗎？」

真下突然問道。

「真下……難道你也知道這個？」

「哪有什麼知不知道。喏。」

說完他舉起左手手腕，只見那上頭也跟我們一樣，刻著一道齒痕般的紋路。

「原來你也被刻上了印記……」

「正是如此。換言之，我跟你們是命運共同體。雖然我沒興趣跟你們玩什麼夥伴遊戲，但我現在也還不能死。因為，我還有一件必須要完成的事。」

我本想問他是什麼事必須完成。不過在意識到那銳利眼神中釋放的無形壓力後，我決定暫時換個話題。

「……既然如此，回去之後可以諮詢一下。」

「諮詢？你那裡還有其他人？」

「啊啊。『九條館』那邊，有個對印記很熟悉的……」

──我正想說出「人」這個字，但話到喉頭又吞了回去。還是先別把梅莉的存在告訴他好了。

「……總之，我想一定能幫上你的忙。」

沒想到，真下卻對我的話嗤之以鼻。

「……居然說能幫上我的忙，哈。」

只見他一臉不爽地咬牙，好似在說「我還真是被小看了」一樣。

就在這時，不知哪裡突然吹來一陣風。是一陣夾帶著濕氣，不可能從沒有窗戶的樓梯間吹進來的溫熱腥風。附近的空氣一瞬間變得凝重，就彷彿重力忽然增加了一樣。

「……花彥、君？」

小萌用呆滯的語氣呢喃。她的眼神再次失去光芒。

或許是受印記影響，意識和記憶都開始逐漸朦朧。

「啊啊……八成就在附近。」

整個空間像是一點一點地被不可思議的力量壓縮。那種感覺就跟在教職員準備室被襲擊的時候如出一轍。可是，鏡子依然是破碎的狀態，不見任何動靜。『花彥君』……到底在哪裡？

接著，一樓忽然「啪噠」地，傳來一聲不知是什麼人踩上樓梯的細微聲響。我倏地回頭，才發現竟然是那隻黑色的兔子。

然而那隻兔子完全無視我們，匆匆地跑過樓梯間，直衝上了二樓。到了二樓後兔子才停下來，轉頭望著我們。儘管由於環境太昏暗，看得不是很清楚，可我感覺牠好像一直在盯著我。

難道說，牠是要我跟著牠走？即便覺得這想法很愚蠢，不過直覺卻強烈地這麼告訴我。

於是我跟著兔子爬上樓去。

「喂，怪物是在那邊嗎？」

「不曉得……總之現在先到二樓去。」

◆◆◆

等等、等等我啊……。

我追著兔子的尾巴，就像中了催眠術似地在二樓的走廊前進。
然而到了走廊的中央一帶時，兔子卻突然消失了。
是跳進了黑暗中，黑色的毛皮跟背景同化了嗎？
又或者是跑進了旁邊的教室呢？
不對，不是那樣。說不定那隻兔子根本就是超自然的存在，才會因某種無法解釋的原理而消失……雖說不曉得為什麼。
但就在兔子消失後的瞬間，我的腦中……竟響起一個不可思議的聲音。

『……用嫣紅之物……淨化之。』

那很顯然不是現實的音波，而是某種幻象。
可是，聽著那個聲音，不知為何卻有種安心的感覺。那聲音一點也不令我感到厭惡或害怕。

『……聆聽……痛苦之人的話語。』

不知不覺間，我開始無意識地小聲復誦出那聲音所說的話。
「……用嫣紅之物淨化之……聆聽……痛苦之人的話語。」
但就在下一瞬間，「給我清醒點！」一道鐵拳般的怒吼，把我的意識拉回了現實。

「混蛋！都這種時候了，你還跑去哪裡神遊啊？」

咆哮的真下身旁，小萌失焦的雙眼抬頭望著我。

「啊、啊啊……抱歉……」

他們似乎都沒聽見那奇妙的聲音。

「……所以呢，那個怪物就在前面嗎？」

「……雖然沒有證據……但應該是。」

『花彥君』就在前方。儘管我也不太清楚為什麼，不過就是有種強烈的預感。接著，一股強大的壓迫感再次從黑暗的深處撲面而來，我們連忙伸手護住身體。

『高大的人……不可以過來……我明明說過了。』

……那聲音——小萌起了反應。

「……那個，是『花彥君』對吧？」

「啊啊，跟在鏡子前聽到的聲音一樣。」

然後，就像是從黑暗中浮出般，某個東西緩緩地……顯現出身姿。

『大人……不可以進來學校……。我，明明說過了……』

果然是『花彥君』。

跟在鏡中的時候不同，此刻他的臉和身體都清楚可見。

那張臉的周圍長滿了詭異的植物，右半部就像被湯匙挖掉似地，只剩一個大窟窿。黑洞般的窟窿，既像凹陷的眼窩，又像是樹洞。

同時鼻子和嘴巴也偏離了中線，臉上到處都是血跡。

然後，最令人驚訝的是——『花彥君』的身上竟然穿著裙子。

這個嬌小瘦弱的少年，為什麼會穿成女生的模樣？

我不知道真相。但我有種預感，他身上的裝扮，跟他變成怪異的原因，背後應該有著相當深的關聯。

『花彥君』站在原地，身體輕輕地左右搖晃。

『……討厭……壞大人。』

凹陷的右臉中，緩緩長出植物的蔓藤，高高舉至空中。

尖銳的花棘，咻！地飛射而來。

跟上次想幫助警衛時，從警衛臉上噴出的尖刺是一樣的東西。大小一點也不像花棘，簡直跟冰錐差不多的尖銳尖刺，如導彈般鎖定了我。

糟糕，躲不開！

然而，真下及時撲了過來推開我的身體。儘管重重地撞上了牆壁，但也因此才沒被尖刺射中。

「傻愣著幹什麼！還不快起來！怪物要過來了！有沒有什麼能對付它的東西!?」

「大叔！那個呢!?你在教師準備室找到的那個！」

是說發焰筒嗎？我急忙從口袋掏出發焰筒，用力在地面磨擦點火口。但可能是因為太老舊的緣故，發焰筒只發出了香菸程度的微弱火花。

真下見了咋舌，再次拔出手槍。然後對準『花彥君』的眼睛，連續開了三槍。

噗咻——子彈射進『花彥君』的額頭。傷口隨即滲出橘黃色的液體。

那液體看不出到底是植物的汁液，還是人類的髓液。不過，這舉動似乎成功停止了『花彥君』的動作。

然而在靜止不動的『花彥君』背後，某種黑色的物體開始緩緩聚集。

無數的藤蔓開始騷動，像是鎖定了獵物般蠢蠢欲動。

『……欺負我的人……都去死。』

接著，從蠢動的藤蔓中——。

一根尖刺，朝著真下筆直射出。

儘管真下立刻往旁邊閃躲，但尖刺銳利的尖端仍搶先一秒擦中了真下的腳。

「……唔！」

我立即跑向跌倒的真下，撿起掉在附近的塑膠傘，把它當成盾牌防禦如箭矢般的花棘。
不過尖刺的威力實在太強，塑膠傘沒兩下就快被打壞。
然後『花彥君』——開始一邊不規則地搖晃，一邊緩緩逼近。

『……在死之前……給我……紅色的。』

紅色的？我一邊努力格擋尖刺，一邊拚命思考。
話說回來，那個神祕的聲音也曾說過「用嫣紅之物淨化之」。還說要「聆聽痛苦之人的話語」。
……意思是，只要給他紅色的東西就可以了嗎？
「小萌！發焰筒！」
聽到我的吼聲，待在我身後朦朧狀態的小萌這才突然回神，撿起點不起來的發焰筒，扔向『花彥君』。
「『花彥君』……！這個、是紅色的喔。」
然而，發焰筒還沒碰到他，就被玫瑰藤彈開了。
是在拒絕嗎？『花彥君』宛若在發抖似地輕輕晃動。
看來他說的「紅色的東西」，似乎不是發焰筒的樣子。
「小萌！妳身上還有其他紅色的東西嗎!?」
呃、我想想……小萌放下肩上的背包，動作溫吞地，好像連移動都很吃力似地開始翻找。

「小萌，快點！」
「奇怪，跑到哪裡去了……我應該有一支紅色的才對啊。難道是忘在學校了嗎……」
該不會，是剛剛被藤蔓拖行時，掉在走廊上的東西之一？
「小、小萌，我的……找找我的風衣口袋！」
我告訴她，她有些從包包裡掉出來的東西，被我收在口袋裡。於是小萌伸手插進我的口袋，翻出了某樣東西。
「……有了！」
大概是因為找到了想找的東西吧，小萌的眼神和聲音都突然恢復了力量。
然而『花彥君』此刻正震動著那異形的頭顱，開始全速朝這裡衝過來。覆蓋走廊的藤蔓也像從沉睡中甦醒，一齊擺動起來。難不成……他打算使用全部的力量，把全部的花棘一口氣射過來？在這麼狹窄的走廊上，我們三個人根本無處可躲。

『……大人……都去死！』

「等等，『花彥君』！」
小萌突然朝『花彥君』衝了過去。我和真下都瞪大了眼睛，完全沒預料到這突如其來的行動。
「小萌！妳想幹什麼！」
「喂！別做蠢事！」

但小萌沒有回頭，只用宏亮的聲音對我們叫道。

「大叔們！別擔心！我想，『花彥君』應該沒把我當成大人才對！」

小萌勇敢地跑向『花彥君』，然後把剛剛從我大衣口袋中找到的東西遞到他面前。

「是有顏色的唇膏喔！『花彥君』！」

唰——原本殺氣騰騰的藤蔓倏地停止動作。

「『花彥君』，你在鏡子前說過吧？要我們給你紅色的……所以……這種的在學校也可以塗喔，雖然不是純紅色的。」

『花彥君』伸出跟樹枝一樣纖細的手，顫抖著接下那支口紅。

「那支是我之前不小心多買的，就送給『花彥君』吧……啊，可以直接塗塗看唷。來，鏡子給你。」

『花彥君』愣愣地盯著唇膏，接著熟練地轉開蓋子，在嘴唇畫上一條紅紅的線。小萌把手鏡轉向他的臉，只見『花彥君』就這樣呆呆地看著鏡子中的自己。

『……**這個……是紅色的。**』

「嗯。」

『**一直**、**一直……在找這個。媽媽的……回憶……**』

是想起了變成怪異之前的回憶嗎？『花彥君』揚起了塗著護唇膏的嘴唇，露出微笑。

『**……我，……好看嗎？**』

「嗯，很好看喔。」

裙子也非常適合你。小萌補充道。聽到這句話，『花彥君』右半臉的黑洞，像在笑似地瞇成了彎月形。

然後，『花彥君』的全身被「眩目的光芒」包圍，滿懷喜悅地消失了。四周的植物也慢慢於黑暗中消融。

看著『花彥君』離開後，小萌「呼——」地鬆了口氣，跌坐在地上。

儘管難以置信，但她真的成功淨化了那擁有奇怪力量的存在。

「幹得太好了！小萌！」

我急忙奔至小萌身邊。

「大叔！『花彥君』帶著笑容消失了呢。」

「啊啊！」

不過率先拉起仍癱坐在地上的小萌的人，卻是真下。

「……腦筋轉得挺快的。如果只靠我們兩個，十之八九想不到這個答案。」

的確，光憑「紅色的」和「我好看嗎？」這幾句話，就想到他要的是有色唇膏，身為男人的我們鐵定辦不到。

因為他穿著裙子，所以我才覺得他可能想要能讓自己變漂亮的東西啦。小萌開心地笑著說。真令人佩服。

「那，大叔。雖然只是感覺，但我的……」

小萌拉下運動褲的褲腰，小心翼翼地檢查自己的大腿處。

「……果然沒錯！印記消失了！」

沒錯。既然『花彥君』消失了，被他刻上的這個印記，也應該要跟著消失才對。

「欸欸，大叔你們的印記呢？」

在她開心的語氣催促下，我也急忙查看自己的右手腕。但——。

「……!?」

印記沒有消失。那個像齒痕一樣的不祥斑紋，依舊毫無改變地刻在我的手上。

「……為什麼？為什麼我的印記還在？」

這樣一來，特地冒著危險挑戰怪異，不就沒有任何意義了嗎？而且，印記就像在提醒我的死期似地隱隱作痛。難道說，我的性命真的要在日出時結束了……？

我一臉呆滯，無言地望向真下。

真下領會了我的意思，也把左手腕轉過來給我看。

跟我一樣，他的手上也依舊清楚地刻著浮腫的印記。

「真下，你的印記也……！」

「啊啊。不過我早就知道了。打從踏進那片樹海的時候，我就做好了最壞的打算。」

「……樹海？」

樹海是什麼？真下對於印記沒有消失的原因，難道知道些什麼嗎？可儘管我開口詢問，他卻絲毫沒有回答的意思，連看都不看我一眼，逕自站了起來。

「總之，現在先回你說的那個地方吧。」

◆◆◆

「──歡迎歸來。」

回到『九條館』後，一個聲音立即前來迎接我們。

「八敷大人、萌大人……還有新來的『印人』閣下。恭喜三位順利克服對怪異的恐懼，平安歸來。」

誠心恭賀各位──那具微微歪著頭的人偶如此說著，依然跟先前一樣坐在那張紅色沙發上。

「對於諸位是否真的能打敗『花彥君』，我原本也半信半疑。但多虧了諸位的勇氣……」

儘管她的語調還是一樣沒有起伏，卻仍可感受到話中的喜悅。不過，我怎樣也開心不起來。

「哎呀，八敷大人。為何您一臉憂愁的樣子呢？」

梅莉眨了眨藍色的眼珠。

「想必是因為印記沒消失吧。」

「……啊啊。」

之前，梅莉說過她可以感知到印記的氣息。換言之，早在我們回到『九條館』的那一刻，她應該就已經知道這玩意兒沒有消失了。

然後梅莉又繼續說下去。

「……能夠想到的原因只有一種。印記沒有消失，是因為在八敷大人身體刻上印記的怪異，並不是『花彥君』。」

梅莉的話令我感到一陣暈眩。今晚拚了性命的調查，雖然救了小萌很令人開心，但對我而言卻是一場空。

「……也就是說……。」

於門廳迴盪的大鐘滴答聲，再次將我引向深不見底的恐懼。

「我很快就會死了吧……」

本來沒想說出口的。但是，沉重的打擊卻令我忍不住吐露了內心的想法。

「怎麼會……」

小萌一臉難過地抬頭望著我。真下則一語不發地坐在大廳的椅子上，凝望著遠處什麼都沒有的地方。

這時，喀啦哩，沙發響起一道微弱的聲響。

「八敷大人。方便的話，可以讓我看看您的印記嗎？」

只見梅莉轉向我，喀噠喀噠地舉起右手。我稍微彎下腰，對梅莉伸出右手。

過了一會兒，梅莉獨自點了點頭，說了聲「果然沒錯」。

「雖然只有一點點，但印記上的因果之力產生了一些扭曲。」

我倏地抬起頭。小萌和真下也因梅莉的話而轉過來。

「在前往『H小學』前，八敷大人的生命就如同風中殘燭。不過現在，儘管只有一點點，卻稍微有了起色……」

那句話的意思，是說我不會在日出時暴斃了嗎？我這麼追問後，梅莉回答道「正是如此」，金色的長髮輕晃了兩下。

聽到這回答，我就像把靈魂從嘴裡吐出似地，大大呼了口氣。印記沒有消失。但，至少成功避免了迫在眉睫的災難。

「大叔！」

雖說只有幾個鐘頭，可畢竟是一起共患難的戰友。小萌完全把我當成了自己人，興奮地撲了上來。只見她連連喊著太好了太好了，開心得像隻天真無邪的小狗一樣。

開心歸開心……我的腦中卻馬上浮現了另一個疑問。

那就是梅莉所說，在我身體刻上印記的怪異「不是『花彥君』」這句話。

因為這句話，就代表除了『花彥君』以外，「這世上還存在著其他能夠在人身上刻上印記的怪異」。

「正如您所想。」

大概是從我的表情讀出了思緒，還沒開口，梅莉便回答了我的疑惑。

「我也是在各位離開後才發現的……除了『花彥君』之外，還存在著其他的怪異……」

「梅莉妹妹，莫非妳的意思是……？大家口中謠傳的印記，其實不是由同一個怪異所刻上的嗎……？」

「您說得沒錯，萌大人。這座H市內，存在著會催生怪異的『某種東西』。」

但那「東西」究竟為何，梅莉也不清楚。

「……那麼梅莉，妳想說的是，要逃離【死亡】，唯一的辦法就是找出在自己身上留下印記的怪異才行嗎？」

「很遺憾……」梅莉有些歉疚似地垂下眼神。

「——恐怕，這些誕生自亡者怨念的怪異，對生者抱有無盡的憎恨。而那股扭曲的恨意，光憑殺死生者仍無法得到滿足。它們的願望，是『將【印人】逼至死亡的深淵，使其被恐懼和絕望所吞噬』。」

「——……」

「恐怕所謂的印記，正是為了達到此目的之工具。」

『印人』想逃離死亡的命運，除了找出怪異，與其正面對峙外別無他法……。

而這也是取回損壞記憶的唯一手段。

然而，沒有力量的凡人，要挑戰那些對活人抱有無差別強烈憎恨的怪異，就跟自殺沒有差別。

——什麼都不做的話必死無疑。

——但是，就算選擇面對也不一定能活著回來。

無從躲避的死亡之鎖，令整座大廳被結凍般的沉默包圍。

可是，就在此時，喀喀！——一道椅子拖行的聲音打破了靜默。是真下。只見他一臉不悅地站起身，用子彈般的視線射向梅莉。接著，獨自呢喃了起來。

「看來還是只能去調查看看了……『森林的斑男』……」

——『森林的斑男』？

這應該是我第一次聽到的名詞。但不知道為什麼，背脊突然竄過一陣涼意。坐在我旁邊的小萌也皺起眉頭，說了聲「這名字怪噁心的」。看來就連神祕學愛好者的圈子也沒聽過這名字。

「……妳說妳叫梅莉是吧？」

儘管是第一次見面，但真下對眼前這不可思議的存在卻毫不畏懼，大膽地走上前。

「妳聽說過在『H城樹海』附近有怪物出沒的謠言嗎？」

H城樹海？這麼說來，在打倒『花彥君』的時候，真下也曾提到樹海什麼的。他的意思，好像是說他於樹海被刻上印記的樣子。

梅莉一邊呢喃著「『森林的斑男』……『H城樹海』……」的字眼一邊思索。可最後還是低下頭，表示在目前的記憶中，並沒有類似的名字。

「非常不好意思。」

真下冷冷瞥了梅莉一眼後，走向門廳的中央。

「既然如此，就好好把這兩項情報記在『心』上吧。不過……不知道人偶有沒有那種東西就是了。」

喀噠！梅莉的身體發出聲響。那是告訴真下自己明白了的意思嗎？又或者是對那帶有嘲諷的說法表達抗議呢？

雖然不曉得是何者，但梅莉仍靜靜地告訴真下「我會記住的」。

「啊啊……那就好。」

真下冷漠地回應，然後逕自爬上中央的樓梯。

「我先去休息一會兒。連續三天都沒能在像樣的地方睡上一覺，果然挺傷身體的……」
「等等，真下！」
真下聞言，一臉不耐煩地回過頭。
「在那之前先告訴我。『森林的斑男』……到底是什麼？」
真下的回答很簡單——是怪異。
「不過，我也不曉得那是什麼樣的傢伙……」
「不曉得？那你的印記呢？那個『斑男』……你不是因為遇到他，才被刻上印記的嗎？」
「是啊。我本以為自己已經相當接近真相了……」
真下深呼吸一口氣後，又輕聲補充道。
「還有那起事件……」
——那起事件。
說出這句話時，真下的側臉閃過了淡淡的哀傷。
即便很想馬上把事情問個清楚，但時間已經快要凌晨五點了。為了眼睛早已快要睜不開的小萌著想，現在還是別深究下去比較好。
這時，真下像是突然想起什麼事，又走回我的面前。
「……這東西先借給你。」
真下拿出一本皮革書皮的筆記本。那是本相當厚重的筆記，可以看出使用者的性格。不過筆記的封面上沾著茶紅色的汙漬，書頁也被烤成土黃色。

「是在那間地下室找到的證物。」

這麼說來，離開地下室時，真下的確自言自語地說過什麼已經找到了想要的東西。他指的就是這本筆記嗎……？

「上床前稍微翻翻吧……很有趣喔。」

真下嘴巴雖然這麼說，臉上卻沒有半分笑容。不僅如此，那雙犀利的眼神深處，反而還隱隱燃燒著怒火。

筆記內夾著一張從報紙上剪下的新聞報導，小萌好奇地湊了過來想一探究竟。然而，真下卻默默地阻止了她。

「妳就別看了……」

為什麼？小萌反問。不過真下一句話也沒說，逕自走上了樓梯。

這裡還是按照真下的意思，先別讓小萌看到裡面的內容比較好。於是為了不繼續勾起她的好奇心，我迅速把筆記收入大衣的口袋。

「──那麼二位，太陽也差不多要升起了。」

想必兩位應該很累了才對。梅莉說完，表示希望印記消失的人盡快離開『九條館』。她指的，正是成功擺脫了印記的小萌。

「已逃離死亡命運的人，應儘速回到日常的世界……」

這是靈學治療師九條沙耶的遺志──梅莉一說完，小萌便老實地點點頭。

「好吧。雖然沒能親眼見到沙耶老師有點遺憾。梅莉妹妹、大叔、已經上樓的真下先生。還有……」

——『花彥君』，很高興認識你們。

小萌語畢，對我鞠躬道謝後，帶著笑靨離開了『九條館』。

「萌大人的印記消失，真是太好了。」

「是啊……」

「八敷大人。您也去休息一下比較好。」

「那就恭敬不如從命……」

既然印記還沒消失，我就還不能離開。這樣的生活究竟要持續到什麼時候呢……？我抱著落第考生般的心情，朝著先前使用的客房前進。爬上樓梯時，我忽地想起一件事。梅莉她——。

「梅莉……妳……」

「怎麼了嗎，八敷大人。」

「妳……會睡覺嗎？」

不會。梅莉搖搖頭。

「在這裡看守『九條館』，就是我的工作……所以我從來沒有過睡眠的念頭。」

「這樣啊……」

「是的。晚安，八敷大人。」

真想借個浴室，好好泡澡放鬆一下。可是，疲勞感遠遠壓過了泡澡的慾望，因此我一踏進客房，便直接倒在了床上。我懶洋洋地脫掉大衣，正要一頭鑽進被窩時，眼角瞄到了方才真下給我的那本筆記。

這種狀態下，完全不想去閱讀那小得讓人眼睛的文字。不過，我還是勉強瞄了一下已經打開的那一頁。只見上頭記錄著某位少年的故事。

這個……是『花彥君』還是人類時的故事。

那個少年就像女孩子一樣嬌柔，跟同齡人相比，身材格外嬌小。
多麼可愛的少年啊，見到他的那一瞬間，我情不自禁地渾身發抖。
決定收養他當養子的時候，我簡直興奮得不能自已，甚至忍不住吞了比平常多兩倍的藥。
但是，他卻有個「不像男人的怪癖」。
因為太過想念死去的母親，他開始穿母親的裙子，在嘴巴上塗紅色的口紅。
這可不行。不好的習慣必須從小矯正才可以。
這也是我身為『H小學』的校長，身為養父的責任。
我所做的一切，都是為了他光明的未來。

不過在那之後，汙濁的黑暗開始擴散。『H小學』的校長，同時也是身為『花彥君』養父的那個男人，是個異常的戀童癖患者，每晚都在那間地下室以「教育」的名義，對『花彥君』施以虐待。

筆記中的描寫簡直就像變態的色情小說。而且，上面還載明了男人會使用一種特殊的藥物。而那種藥物，正是從某種狀似紅玫瑰的植物中提取的汁液。

今晚也要給那孩子滿滿的營養才行。為了那個可愛的孩子。

一股令人作嘔的鬱悶感湧上心頭。這的確不是能給小孩子看的內容。真下的判斷是正確的。

而後面的頁數，也鉅細靡遺地記錄著男人每天的教育，以及少年逐漸衰弱的情況。簡直就像記錄植物成長的觀察日記。

然後，夾在筆記中的那則舊新聞上——

【下落不明的男童屍體已尋獲（坂井花彥，十歲）。全身有多處傷痕。是變態的犯行嗎？】斗大地寫著這樣的標題。

我看完急忙衝向廁所，抱著馬桶把胃裡的東西通通吐了出來。

第2章

森林的斑男

「——你那眼神是什麼意思？」

真下一開口，便對我拋出這句話。

你對我在這裡有什麼不滿嗎？真下的眼神彷彿如此說著，坐在二樓走廊上的小桌子前，嘴裡叼著麵包，毫不客氣地瞪著這裡。

「……你要愣在那裡看到什麼時候。」

說著，真下拿起咖啡罐喝了一口，另一隻手則往塑膠袋裡翻了兩下。

「喏，這是你的份。要的話就拿去。」

我按照他的吩咐，伸手接過兩個麵包和飲料。

這是在便利商店買的嗎？可我記得『九條館』附近應該沒有商店才對……昨晚開車出去調查時我才注意到，這棟大宅不知為何蓋在森林裡面，宛如刻意與世隔絕。

不過先不管那種小事，我的肚子剛好也餓了。於是我不客氣地打開包裝，在真下的對面坐下。可才咬了一口，真下便一臉不悅地嘆了口氣，說了句「真受不了」。

「居然呼呼大睡到了十點多才醒，你還真是悠哉啊？明明是個隨時可能會死掉的人。」

我把嘴裡咀嚼的食物一口吞下肚，不滿地回望他。

「我有什麼辦法……」

在睡前看了那麼可怕的日記，哪有人能睡得好。

然而，真下似乎完全不把我的抗議放在心上，逕自看起大概是買麵包時順便買回來的早報。雖然早就猜到了，但這傢伙的反應未免也太我行我素。這個男人總是只活在自己的步調中。

直到差不多看完一頁時，真下才總算把目光轉過來。

「很糟糕對吧？那東西。」

然後一臉不屑地說道。

「……啊啊。」

日記的主人坂井，是『H小學』的前任校長，也是『花彥君』的養父。坂井以「教育」的名義，每晚都對『花彥君』施暴。而且不只如此，他還在校舍的地下室栽植有致幻作用的植物，對自己和『花彥君』施打從那種植物的汁液中提煉出的藥物，甚至每天用立可拍相機記錄『花彥君』逐漸衰弱的模樣。

為了滿足一己私慾，把少年玩弄至斷氣後，將之棄屍於山林——其行為之惡劣，簡直就跟惡魔沒兩樣。

這時，真下又從口袋裡掏出一張紙，從桌子的另一頭推到我面前。

「我就再告訴你一個情報吧。」

打開那張摺起來的紙，只見上頭印著一排貌似班級名簿的姓名。

裡面的姓名有男有女，乍看之下並無法判斷是怎樣的名單。然而那些名字的職業欄中，全都是「政治家」、「金融業者」、「大型承包商」、「學校法人經營者」、「教職員」等社會地位崇高的職種。

「這份名單是……？」

「那間地下室所有死者的姓名。」

「……咦!?」

「我從好幾年前，就在祕密調查這些人的下落。」

據真下所言，他之前還是刑警的時候，本來正在調查一起於H市內發生的神祕失蹤案件。

「而那張名單上的人，在失蹤前全都跟『H小學』有過某種形式的接觸。不過，跟教育事業沒有關係，而是其他不可告人的理由。」

「如果我猜得沒錯……是跟錢有關嗎？」

從名單上的職業來看，這些人的共通點，就是都跟金錢有關。連外行人都能看得出來。

「當然。除此之外也沒別的原因了。」

據說，他們會在學校放學後，於校內的某個地點買賣坂井祕密生產的藥物。

「主謀不用說當然是坂井。這傢伙是個在地下社會也很吃得開的販子。甚至在警察署內也有他的傳聞……」

說到這裡，真下的表情忽然變得沉重。

「後來，我好不容易抓到了他的把柄。但沒想到我才剛把證據正式提交給上層——」

真下說著舉起手刀，輕輕在脖子上敲了兩下。

「就馬上被革職了，是嗎……」

「革職的理由，是對部下性騷擾……如果我沒記錯的話。但我從來沒幹過那種事。」

當時的我太過愚蠢，毫無警覺地跨過了不該跨過的那條線——真下的臉上露出自虐般的冷笑。

「順帶一提，坂井本人應該也在那座屍山裡面。」

「……也就是說……殺死那些人的……」

——恐怕。

「你應該也猜到答案了。那個怪異，大概是想對曾虐待過自己，並且最後殺害了自己的坂井報仇吧。」

而曾跟坂井做過交易的人，大概也是被那份殺意牽連而死的。真下推論。

「與其說是災難，這更像是某種因果業報……不過，我早就不是刑警了，就算想結案也無從呈報。而且就算告訴別人，又有誰會相信呢？那些從事地下交易的罪犯居然不是失蹤，而是被名為怪異的怪物殺死？」

在別人聽來，大概只會被當成笑話吧。真下說完，推開椅子站了起來。

「總而言之，我在地下室時也說過了，我的行動純粹是出於私人的目的……包括另一個案件也是如此。」

——另一個案件。

他說的是昨晚睡前提到的「那起事件」嗎。我心想這次一定得問個明白。但，真下就像不想讓我開口一樣，快步走向中央的樓梯。

「好了……吃完的話就快走吧。去找在樓下看門的那玩意兒。」

「早安，八敷大人。」

沐浴在自天窗灑落之陽光下的梅莉，轉過頭來看著我，輕輕歪著頭。

她的眼珠顏色跟白天看起來不太一樣，是宛如映照著清泉般的淺藍。此外，肌膚也像冬日的積雪一樣皎白，在灑落的光線下看起來就像某種神祕的生物。

而實際上，她的存在也的確十分神祕……。

「請問怎麼了嗎，八數大人。」

被她突然詢問，我默默地搖了搖頭。雖說對方只是個人偶，但被察覺自己盯著她的臉瞧，感覺還是有點尷尬。

「是嗎……話說，比起昨天凌晨，您的氣色似乎好了不少呢。」

雖然不算是完全睡飽，但借了淋浴間，把身上的髒汙沖掉後，感覺精神舒爽了許多。我這麼回答後，梅莉微微點頭。

「那真是太好了。過世的吾主沙耶大人也曾經說過，要維持健康的身心，每天入浴是必不可少的。」

過世的吾主——真下聽到這句話，似乎並沒有什麼特別的反應。

難道是在我醒來前，已經向梅莉打聽過事情緣由了嗎？

而我的猜測果然沒錯。真下大約兩個鐘頭前，已經向梅莉問過了九條沙耶的事，以及印記的有關資訊。

話說回來，真下昨晚從『H小學』回到這裡時，對眼前會說話的人偶好像一點也不驚訝。

現在也是，他竟然能一派平靜地跟梅莉交談。難道真下也跟小萌一樣，平時就喜歡神祕學和超自然的事物嗎？但開口詢問後，真下卻表示「完全沒興趣」地瞪了回來。

「我對神祕學或世紀末的預言什麼的，一點興趣也沒有。只不過親身接觸過那個叫怪異的玩意兒後，會說話的人偶什麼的，根本沒什麼大不了。」

再說——真下突然露出一臉神妙的表情。

「我曾經近距離接觸過『森林的斑男』……嘛，不過今天沒看到它的蹤跡就是了。」

今天？他到底、是什麼時候去樹海的？

大概是發現我皺著眉頭的表情，梅莉立即解答了我的疑惑。

「八敷大人，悟大人是剛剛才從『H城樹海』回來的。」

「哎？」

「啊啊。我借了這裡的車。」

真下解釋他想趁太陽下山前先去樹海一趟，便借了停在車庫裡的車，到樹海周邊轉了一圈。然後，回程時順便在幹道旁的便利商店買了食物。

難以置信，這男人竟然在我醒來前，就辦完了兩件事。

他明明睡得比我還少。我敬佩地轉過頭望著他。但真下只給了我一個犀利的眼神，並說了句「這點小事沒什麼好大驚小怪的」，便走到昨晚坐的那張椅子上用力坐下。

「以前執行跟監任務時，我還曾經在車子上住了整整一個禮拜……」

在床上睡三小時已經足夠恢復體力了。真下說。是因為曾經當過刑警嗎，男人的精神和肉體到底有多強韌啊。

「那，梅莉。昨晚之後，妳有查到『斑男』的任何情報嗎？」

「沒有……我的能力可以清楚感知的，最多只有『印人』的氣息。不過，多虧悟大人今晨去了『H城樹海』，我現在稍微可以看見『森林的斑男』……」

聽聞梅莉看見『斑男』的捷報，真下倏地跳起。

「那傢伙長得什麼樣？知道他出現在哪一帶嗎？」

梅莉冥想般地閉上眼睛。

「……它擁有非常龐大的身軀。在黑暗的森林中緩慢地前進，目的地似乎是山上的小屋……手裡……還握著一個圓錐狀的尖銳物體。」

說到這裡，梅莉睜開眼。

「非常抱歉，我能看到的就只有這些。而且，也無法確定看到的畫面是現在，還是過去……」

「不，這就夠了。」

真下嘴裡喃喃著「山上小屋嗎」的字眼，然後快步走向玄關。

「喂，八敷！別磨磨蹭蹭的。那片樹海連在白天也非常昏暗，最好趁還有陽光時行動。」

行動力可是查案的基礎——聽到真下的催促，我連忙起身，追著他跑了出去。

在緩緩闔上的門縫中，微微傳來一聲跟昨晚一樣沒有抑揚頓挫的美麗聲音，對我說道「請慢走」。

◆◆◆

宛如一座由樹木打造的要塞，在擋風玻璃外延展開來的，是一片完美契合樹海之名的蒼鬱長牆。

這裡以前似乎曾是踏青步道，入口處立著一扇大大的拱門。

然而，拱門上的油漆剝落得十分嚴重，露出茶紅色的生鏽表面。

拱門附近還有一名跨坐在機車上的男高中生。他一個人大聲地不知在自言自語什麼……總覺得好像聽到了「印記」這個詞。

我本以為他也是『印人』，於是上前攀談。不過還沒開口，那高中生便罵了聲「少管閒事啦大叔！」狠狠瞪了我一眼後便離去了。

「該不會，剛才的高中生……」

「別理他。反正如果真的在調查印記的話，最後肯定會到『九條館』去的。」

比起那個，現在更重要的是處理我們自己的事。真下說完走進昏暗的小路，獨自一人快速地前進。然後，他頭也不回地看著前面，對緊跟在後的我說道。

「這裡自古以來就是有名的自殺地點。」

光從找到的遺體數量來看，每年便至少有百人左右的死者。真下冷冷地說著這讓人不寒而慄的話題。說起來，從剛剛開始，路邊就到處能看見供養死者用的卒塔婆。有的還能清楚辨識寫在上面的梵文，有的則模糊到看不清楚……一想到這些卒塔婆代表了在此自殺者的人數，就讓人忍不住鬱悶。

「別太盯著看比較好。」

「咦……」

「那些含恨而死的亡靈可能會纏上你。話說回來，你有沒有聽到什麼奇怪的笑聲……」
經他這麼一說，我感覺樹林裡真的隱約有個「呵呵……」的詭異聲響。
「唔，不過最近進入樹海的人八成都不是自殺……而是被『森林的斑男』殺死的吧……」
『森林的斑男』——這名字真是怎麼聽怎麼噁心。之所以這麼稱呼它，是因為它是個全身都是斑點的男人嗎……？還有，聊著聊著我才突然想到，真下又是從哪裡得知『斑男』的情報呢。之前他明明斬釘截鐵地宣示自己對超自然的東西沒有任何興趣……。
一問之下，出乎意料地，真下竟然回答他是在網路上從別人口裡聽來的。
「有個對『H城樹海』非常清楚熟悉的傢伙……」
真下說，是那個人告訴他那個被稱為怪異之『森林的斑男』的事情。
「這或許……只是身為前刑警的直覺。我感覺那個怪異，可能跟我在追查的某個案子有關。」
「——……」
我無言地站在原地。而真下也停下腳步，回頭問我「怎麼了？」。
「真下，你也差不多該說清楚了？你說的那個案子……是在『H城樹海』發生的事件嗎？」
真下吐了一口氣，然後點點頭。
「連自己的名字都不記得的你，沒有印象也是正常的……我在追查的，是五年前的邪教組織，『蜜蜂家族』的事件。」
「……蜜蜂……家族？」
於是真下回答「就當作是踏青的閒聊吧」，一邊撥開前方的草叢，一邊說起『蜜蜂家族』的故事。

——邪教組織『蜜蜂家族』，是一群脫離現代社會，擁有獨自的信仰，共同生活在一起的奇特集團。

他們在山中建造了一個小聚落，過著基本自給自足的生活。而他們的其中一項收入來源，便是建於住處附近的養蜂場，靠販賣蜂蜜和蜂子維生。而他們所有人，都穿著相同顏色的衣服，是個在外人看來除了古怪之外找不到其他形容詞的團體。

不過，他們從未引起什麼大問題，對附近的居民也相當友善。

正因如此，最初其他人都不太干涉他們的生活，他們就這樣靜靜地生活在郊外。

然而，後來他們所居住的地區改變了政策，『蜜蜂家族』的團體生活被勒令停止。

家園被奪走後，他們就像被流放似地搬遷到了『H城樹海』的近郊，又重新跟以前一樣，建立了養蜂場，過起與世無爭的日子。

然而——。

有一天，『蜜蜂家族』突然決定集體自殺。他們跟他們飼養的蜜蜂全都服毒而死。

「本來，因為他們刻意隱藏了組織的名字和地點，所以這起事件的詳細經過，一般社會幾乎都不知道。但我在事件發生時，正好是調查組的一員……」

真下說自己當時的職權，可以自由閱覽這些禁止對外公開的情報。

「然後……這件事在署內也是最高機密，那個指揮了集體自殺的人，正是『蜜蜂家族』的指導者。」

「指導者……？」

據真下說，那個人奠定了『蜜蜂家族』基礎，是個年約五十歲左右的男人。

「為什麼要做出那種事——你應該也很納悶吧？聽說那個男人在組織內是個非常有領袖魅力的傢伙……傳說組織裡的所有成員，都被那男人每天的教誨，以及他們稱為蜂蜜的藥物所洗腦。」

「……而那傢伙現在也還活著？」

「不，紀錄上那傢伙也跟其他人一起自殺了。」

可是，卻沒有找到那男人的屍體。不過，由於附近不論晝夜都有許多野狗和野獸出沒，因此指導者的遺體也有可能是被野獸連骨頭都吃掉了。

後來，真下從「某個人」那裡看到了那男人的照片。

「指導者擁有一副巨大到異常的身軀。是個肥胖到已經稱得上病態的高大男人。」

這時我忽地想起出發前梅莉說過的話。

那傢伙——一個擁有龐大身軀的怪異，正在森林裡緩慢地前進。這時真下似乎也看穿了我的心思，看著我繼續說下去。

「……梅莉的描述跟『蜜蜂家族』的指導者，特徵非常接近對不對？」

「啊啊……」

「所以我推斷，那傢伙可能變成了怪異，至今依然在這片森林中徬徨著。」

「……你是說那個指導者變成了『森林的斑男』？」

「我是這麼認為的。反正都說到這兒了，我就順便告訴你，為什麼發生了這麼大的事件，新聞卻幾乎沒有報導的理由吧。」

這麼說來確實很奇怪。新聞媒體明明最喜歡這類話題了，但一般人卻幾乎沒聽過這起事件，究竟是怎麼回事？

「原因就跟『花彥君』的案子差不多。」

「你是指『H小學』的校長……」

光是回想就令人噁心。

「因為『蜜蜂家族』的指導者，是某個警界高官的兒子。」

「咦……」

因為這緣故，『蜜蜂家族』事件的全貌，以及指揮了集體自殺之指導者的相關資料，大部分都被高層壓了下來。

「好黑暗的世界……」

我情不自禁地感嘆，真下聽了露出戲謔的笑容。

「你才知道啊……」

真下忿忿地呢喃，然後一口氣跳向附近的岩石地。我追了上去，只見岩石地的對面，是一片彷彿要阻絕外人進入的濃密森林。因為陽光照不進來，地上到處長滿了青苔。一座座被青苔染成綠色的地藏王菩薩插在地面，貼著好似隨時會風化的『破爛符咒』。

而在茂密的樹林前方，還堆積著老式洗衣機、沒有門把的冰箱、類似錄影機的機械、壞掉的摩托車等各種雜物。

「這是……非法丟棄嗎？」

「啊啊，各種有害的工業廢棄物都會被運來這裡丟棄。而且，被丟棄的對象不限於『物品』。甚至有些年輕的媽媽，還曾經把剛出生的小孩偷偷埋在這兒……雖然只是傳聞。」

另外，也有傳聞曾有殺人犯把遺體運到這裡偽裝成自殺的樣子，放上偽造的遺書，然後丟棄在樹海深處。真下這麼告訴我。

「除了這些還有很多喔，要不要聽？」

「不，不用了……」

反正肯定都是讓人胃痛的故事。這個鬼地方已經夠陰森了，要是再聽那些可怕的故事，我八成會完全失去前進的動力。

「……再往前的區域，連我也沒有進去過。」

這一帶似乎是以前的森林步道。然而再往前的部分，道路很明顯已嚴重荒廢。

「梅莉提到的山中小屋，不曉得是不是在這前面……」

只能親自去看看了。真下說完舉起手電筒，朝荒廢的森林步道走去。

林內的地面到處可見沒有長草的漆黑空洞。大概是風穴吧。得小心別滑倒跌進去了……。

就在這時——眼前出現了一條狹窄的小道，往斜前方拐了出去。那是一條只能勉強容納一個人通過的小路。

不知為何，那條小路深深吸引了我的注意力。於是我順著內心的衝動，從口袋裡掏出手電筒，往陰暗的樹林內照去。接著，光線的前方有什麼東西忽然動了一下。

「那是什麼……？」

我凝神仔細觀察，接著同一處草叢又晃了一下。然後——。

『嗚嗚。』

我聽見一個似曾相識的鳴叫聲。

「這聲音……」

該不會？我心念一轉，立刻朝叫聲的來向舉起手電筒。然後，只見眼前出現的，正是那隻在『H小學』看過的黑色兔子。

兔子在草叢中靜止不動，靜靜地盯著我看。不知道是不是因為光線的關係，牠的眼珠看起來又紅又藍，反射著不可思議的色澤。

那隻兔子與我對視了一會兒，突然一百八十度轉過小小的身軀，朝樹林的深處跳走。

「啊……！等等！」

回過神時，我已不自覺地往小路跑去。

「八敷？喂!?」

你要去哪裡!?真下的怒吼從背後傳來。

但是那隻兔子在『H小學』時，曾經引導我找到『花彥君』。我無視了真下的制止，追逐著那一蹦一跳的身體。

緊接著大約跑了二、三分鐘，我追著那隻兔子，來到了一座傾頹的鳥居前。鳥居的後方座落著一間小小的神社。
我在這遺世獨立的角落停下腳步。
「這裡是……神社……？」
鳥居的深處可以看見一條石階，儘管已經十分老舊，卻仍散發著神聖的氣息。
接著那兔子又發出『嗚嗚』的叫聲，沒有進入神社，反而跳進了旁邊的長草堆中，消失無蹤。
「啊……」
我忍不住伸出手，就在無際可施之際，真下突然喊了一聲「八敷！」用力扳過我的肩膀。他猛然抓住我的衣領，雙手粗暴地將我提起來。
「混帳！你到底在想什麼！單獨行動可是會送命的！」
「對、對不起。」
真下的反應一點也沒錯。可是。
「那、那個，我看見了一隻兔子……」
真下聽了眉頭一皺。
「你這傢伙，在『H小學』也說過同樣的話吧？那隻兔子到底是什麼來歷？」
「我、我不知道……可是，我總感覺牠好像在對我說話。」
「……那玩意兒……是怪異的同類嗎？」
「這個我也不曉得。但是……」
「——……」

「我在想那隻兔子可能有什麼祕密……」

隨後真下終於放棄似地鬆開了我的衣領，輕輕嘆了口氣。

「在我看來只是隻普通的動物就是了……」

真下的反應也是正常的。然而那時在我腦中響起的聲音，感覺就好像那隻兔子在告訴我提示。

「算了……不過可沒有下次了。以後不許再這麼冒失。」

「啊啊，我知道了……」

真下怒目瞪了我一眼後，轉過身去。

「……我們要找的不是神社，而是『斑男』可能存在的山中小屋。快回去原來那條路吧。」

可就在此時，不知什麼地方傳來了某種聲響。嗡──……像是某種類似許多小螺旋槳同時運轉的奇怪噪音。而且那聲音變得愈來愈大，好似正在一點點地朝這裡靠近。

…………嗡──。

真下臉上的憤怒逐漸消失，被不安所取代。而我也有種不好的預感，太陽穴開始隱隱發涼。

──嗡──。

──嗡嗡嗡──。

──嗡嗡嗡嗡嗡嗡──。

鳥居的深處，一坨黑霧般的團塊朝我們飛來。

「八敷！提高警覺！」

「──!?」

「那團東西、是蜜蜂！」

仔細一看，那團黑色的霧霾，原來是一大群蜜蜂。

那群蜜蜂就像有人指揮的軍隊般井然有序地飛行，帶著濃濃的敵意，朝著我們直直飛來。

「可惡！」

真下連忙脫下風衣，準備用它驅趕蜜蜂。但我馬上制止了他。

「不可以，真下！用手或其他東西驅趕的話，反而會被當成敵人！」

我也不曉得自己為什麼會知道這種事。不過，總覺得以前好像曾有人教過我似的。接著，被蜜蜂攻擊時的知識開始在腦海自動浮現。

「動作太大的話會被盯上！就這樣壓低姿勢，然後慢慢退出這裡。」

此時眼角正好瞄到方才兔子消失的那片草叢。現在最好的辦法就是躲進去，等待蜂群自己離去。於是我抓起真下的手臂，拉著他躲進那塊可以藏身的茂密草叢中。

從草叢的縫隙偷看，只見蜂群像海浪般在空中鑽動，搜索著我們的蹤跡。而我和真下只能屏住呼吸，趴在潮溼的泥土上靜觀其變。

最後蜂群大軍大概是因為找不到目標，又沿著原本的路線飛回鳥居的深處。

◆◆◆

回到剛剛的叉路口後，我們才動手拍掉衣服上的樹葉和泥土。

「那群蜜蜂簡直就像守門的衛兵一樣。」
「是啊。沒想到竟然會一下子襲擊過來……」
「不過，多虧了你才逃過一劫。」
真下一邊用岩石的凸起處磨掉沾在鞋子上的泥土，一邊說道。
「八數，該不會你——」
總是面無表情的真下，突然罕見地瞇起眼睛，一副若有所思地盯著我。
「在失憶之前，其實是『蜜蜂家族』的一員？」
「拜託饒了我吧。」
儘管我的腦中有對付蜜蜂的知識，可我實在不認為自己會加入那種特立獨行的團體。真下聽了露出惡作劇似的笑容，靜靜地說了聲「我開玩笑的——」。
「能做出那麼大膽判斷的人，除了你之外也只有『那個人』了。」
『那個人』——果然是跟『蜜蜂家族』事件有關的人嗎？
「這種地方不適合長談，細節我就不多說了……我說的『那個人』，是我還是刑警時的一位前輩。」
總歸來說，那個人是真下剛當上刑警時，領導真下所屬團隊的隊長，也是與真下一同解決了許多棘手案件的夥伴。
據真下所言，那個人是在刑警界待了三十年以上的老兵，曾偵破數百件刑案。儘管個性溫厚，卻很有行動力，是個深受大家信賴的傑出人物。

「我還在警署時，那個人總是幫我解決我惹出的麻煩……」

多虧了那個人的影響，真下的性情變得比以前老實許多。

「唉，雖然成天跟人起衝突這點還是沒什麼改變……不過，就算正義感再怎麼強，到『蜜蜂家族』進行內部調查，實在是太冒險了……」

「內部調查……？」

「啊啊。前輩曾親自潛入『蜜蜂家族』當臥底，從內部調查他們。剛才也說過了，對那個組織進行深入調查，在署內是被禁止的。可是前輩卻說他個人無論如何都想查清楚，就隱瞞了刑警的身份，加入了那個組織……」

而真下就是在那個時候，看到了『蜜蜂家族』指導者的照片。

「……然後呢？潛入組織後，那個人後來怎麼樣了？」

「——……」

真下沒有回答。但這個反應就已經回答了一切。恐怕，真下的前輩——。

然後，就在此時，附近的樹叢中有什麼東西動了一下。我和真下立刻繃緊神經。沒過幾秒，樹叢開始咖沙咖沙地搖動起來。果然有什麼東西在……。

難不成，是『森林的斑男』嗎？

真下的右手迅速伸入風衣口袋。我也連忙撿起掉在旁邊的粗樹枝，以防萬一。

沙……、沙……、沙……。

某種東西的腳步聲逐漸走向這裡。進入樹海後，我第一次緊張了起來。

然而，從樹叢探出頭的，卻是一個穿著老舊西裝、綁著骯髒領帶的老男人。

那男性一臉精疲力盡的憔悴模樣，愣愣地盯著我們看。然後——。

「你、你們也……！也、也把我當成傻瓜嗎……!?」

他突然激動地罵了起來。我和真下都對他突如其來的怒氣和顫抖的聲音感到莫名其妙。

「說、說得也是。像我這種人，會被人瞧不起也是正常的對吧！做了幾十年一點都不想做的工作……！可是我真的很討厭職場啊，年輕一輩老是笑我派不上用場，每個人都排擠我……！還、還有，每年的結婚紀念日，我明明都會給老婆買名牌包之類的東西當禮物！她竟然還把男人帶回來家裡偷腥！而且還不是只有一次兩次而已……」

那男人就像小孩子一樣「嗚嗚嗚」地咬牙切齒呻吟，接著整個人跌坐在落葉堆上。

「喂，你們能相信嗎？她竟然這樣背叛我……那女人的腦子到底在想什麼啊？喂，你們兩個，告訴我啊!?」

喂？男人忽地爬過來抱住真下的腳死纏爛打。但真下立刻一腳踢開男人的身體。

「別巴著我。你的人生關我屁事。」

「嗚……嗚嗚、嗚……！」

男人嗚咽著用頭抵著地面，接著突然拚命用頭撞擊旁邊的倒木。

「可惡！那個臭女人！早知道當初殺了她就好了！」

男人滿頭鮮血，紅色的液體一點一點在樹皮上暈開。

「喂！快住手！」

我上前阻止，但男人就像趕蒼蠅似地大罵「少囉嗦！」一手把我推開。

「反正你們也是一樣的吧!?總是假裝對我好，其實都是想騙我！別以為我不曉得！我早就知道了……其實我早在很久、很久以前就全都知道了！」

男人說完踉蹌地站起來，又再次搖搖晃晃地獨自走向樹叢。

「反正像我這種人……是不可能擁有幸福未來的……」

「等等！別一個人進去！」

我正想追上前，卻被真下伸手阻止。

「別過去。我說過了吧？這裡是傳說中的自殺名勝。那傢伙就是典型的社會敗者。而且瞧他的模樣，恐怕是已經瘋了。」

就算阻止他也聽不進去的。真下補充。

「況且，與其同情他人，還不如想辦法救救現在的自己。」

真下指的，大概是我身上的印記。

的確，現在的我連自己是誰，這條命到底能活到什麼時候都不清楚。

但只要還有希望，任何生命都應該盡力拯救才對。於是我不顧真下阻止，跑向仍未失去蹤影的那男人。然後，或許是聽到了腳步聲，男人緩緩轉過身來。

「……啊啊，你是特地來追我的嗎？」

真不好意思。男人輕輕低下頭。

「……我知道你遇到了很多困難。不過，現在先跟我們一起行動，讓頭腦冷靜一下如何？」

沒有必要急著尋死啊。我試著說服他，但男人卻默默地搖頭。
「……為了感謝你特地追來關心我，我就告訴你一件事當作報答吧。其實我在這附近徘徊的時候，看見了一個奇怪的男人。」
「奇怪的男人……？」
「對……就在從這裡往那邊走的森林一帶。他看起來就好像得了什麼病……全身長滿黑色的斑點……」
我頓時吸了口氣。這聽起來跟『森林的斑男』非常相似。
「他一直目不轉睛地盯著我……總之是個怪噁心的男人。」
所以，你要回去山道的話請自己小心點。男人說著，微微瞇起眼睛。
「我不認識你……可是，你看起來是個應該繼續活下去的人……」
所以，請別變得跟我一樣。男人瞇著眼睛微微一笑。
「我想我們應該不會再見面了。不過，萬一以後又在哪裡相遇的話……好歹讓我請你喝一杯吧。」
說完，男人加快了腳步，像是在告訴我別再跟過去一樣，進入了樹海的深處。
「……哦，得到了不錯的情報呢。是那個社會敗者告訴你的嗎。」
「不需要那樣叫他吧。」
「我只是說出事實罷了。那個男人自己選擇了『死亡』。在這個到處都是不想死卻活不下來的人的世界。既然如此，不施以無謂的同情，順著他的意思不去理他，不是更親切嗎。」

不過那種事先放到一旁——真下的態度就好像從未遇到過那個想自殺的男人似地，逕自轉過身去。

「他是在往東的方向看到了那個身上有斑點的男人？既然如此，只要背對太陽前進就行了。」

因為現在已經過中午了呢。真下說完，往樹根盤踞的地面邁出腳步。但就在此時——。

「……唔……？」

真下綠色的背影猛然一晃。

「咕……、唔……」

「喂，你怎麼了？」

真下顫抖著彎下身體，拚命按住左手腕的位置。

「……這個……好像、有點不妙啊。」

難道是——？我急忙捲起真下的袖子，只見那個齒痕狀的斑紋，就跟之前在小萌身上看到的一樣，像成熟的水果般發紅發腫。

該不會真下一直都在忍耐著印記的疼痛，只是裝成面不改色的樣子？我伸手摸了一下，真下的印記就像著火般灼熱，甚至全身都在發燙。這樣別說是走路了，恐怕連站著都有困難。

「真下，扶著我的肩膀。」

「這點程度……根本沒什……」

儘管嘴巴上還在逞強，他的上半身卻無力地靠在樹木上，逐漸滑向地面。

於是我說了聲「抓緊我」，急忙托起他癱軟的身體。

然後我一口氣將他揹起，朝陽光射入的反方向前進。

背著幾乎跟自己一樣高大的男人在樹海中前進，老實說真的很折騰。不過，現在不是抱怨的時候。

「……哈啊、……哈啊、哈啊。」

因為詛咒而導致的症狀，就算停下來休息，大概也沒什麼幫助。然而，我還是想找個不那麼凹凸不平的平坦地面，讓真下躺下來休息一會兒。

可話說回來……。

真下的發熱狀況絲毫沒有好轉的跡象。

他的意識似乎也有點不太清楚。一路上他時不時會自言自語般地說些什麼，但似乎都不是在清醒狀態下說的話。

難道印記的詛咒，也會影響大腦的運作嗎……。

這麼說來，儘管非常微弱，但我右手腕上的印記也在隱隱作痛。

目前還只是微微感到不適的程度。可是，總覺得太過集中注意力的話，詛咒便會一口氣擴散到全身……。

於是我盡量不去意識手上的印記，專心地繼續往前進。

◆◆◆

然後就在陽光漸漸黯淡，四周變得比之前更加昏暗時，前方終於出現了不一樣的景色。高大的樹木變少了。相反地，被砍伐過的樹椿愈來愈多。

樹樁是人類在此活動過的證據。換言之，附近可能存在有人跡進出的場所。果不其然，往前走了一小段路後，眼前出現一間用圓木搭建成的小型建築。是山中小屋。

雖不確定跟梅莉說的山中小屋是不是同一間，但總算是抵達了一個可以說是中繼點的地方。我無法確定『斑男』會不會在這裡出現。也無法保證印記會不會消失。可是，至少可以讓真下躺下來休息了。

幸運的是，小屋的入口沒有上鎖。

我立刻把真下放到小屋內的木床上。

「嗚！」真下一瞬間露出痛苦的表情，隨後又靜靜地闔上眼。印記的發熱好像也稍微退了點。

我不知道躺下來休息能不能改善症狀。可是現在也只能這麼做了。

我從附近找了一條毛毯蓋在真下身上，然後按下從天花板垂落的開關。接著燈泡瞬間亮了起來，點亮了屋內的各個角落。太好了，沒想到還有電。

慎重起見，我起身搜索了一下小屋的內部。說不定能找到藥物之類的東西。

靠在牆邊的棚架上，還放著一些食物。全都是緊急用的食品，其中也有營養價值高的餅乾，似乎很適合用來恢復體力。

而棚架的旁邊，還放著一個存在感相當強烈的旅行袋。

袋子的體積很大，感覺可能裝有白米和麵粉。不過，說不定這袋子是為了像我們這樣的避難者所準備的，裝滿了乾糧或罐頭。

於是我立即伸手想打開那個大袋子。但就在這時——。

袋口突然從裡面打開，跳出了某個人。

「別、別過來！請不要再靠近了！」

從袋子裡跳出的是一位身穿白色套裝，三十來歲的女性。

「我、我警告你，不要靠近我！」

女性耳朵的墜飾和胸口的項鍊不停搖晃，全身猛烈地發著抖。同時，手裡還握著一根類似鐵橇的棒狀物。

「別、別看我這樣，我可是跆拳道黑帶喔！你、你要是敢亂來的話！我、我會用這個、打破你的頭!!」

儘管嘴上這麼說，她的身體卻抖得連下巴都合不攏，雙腿站都站不穩。

「冷靜點。」

我高舉雙手，表示自己沒有敵意。然後簡短地向她解釋，自己是為了某件事而來調查『Ｈ城樹海』的。

女性聽完，從頭到腳仔細打量了我一遍。隨後緊繃的表情才逐漸放鬆，解除戰意放下手裡的鐵撬。

看樣子，她總算相信我不會危害她了。

然後女性遲鈍地從袋子裡爬出來，一邊用完全不適合在樹海內行走的船型高跟鞋尖踢著地面，一邊對我問道。

「調查樹海……你是地理學家之類的嗎？」

「不，不是那種調查。」

「那到底是哪種調查……」

說到一半，女性突然止住話，不自然地咳了兩聲。

「啊、我不該多管閒事的對吧。說得也是。大家都有不想讓人知道的隱私……」

說完，那女性就好像在隱瞞什麼似地故意轉換話題。

「我叫【有村克莉絲蒂】，是個自由播報員。」

聽到播報員三個字，我才赫然理解。難怪她打扮得這麼漂亮，身上又散發著某種知性的氣質。是新聞節目之類的主播？真厲害。我說。聽到我的讚嘆，克莉絲蒂有些得意地點點頭。看來她似乎很喜歡被人讚美。

「嗯，沒錯。我以前主持過晚間十點的節目。不過最近……比較少在電視上出現就是了……」

這時，背後忽地響起沙沙的摩擦聲。然後——

「……好吵啊。」

一個聲音不高興地說。回頭一看，只見真下已經在簡陋的木床上坐起。

「你、你還有同伴!?」

「真下，你的印記還好嗎？」

「啊啊……躺了一下後舒服多了。」

雖然可能只是暫時好轉……真下說著一邊撫摸左手腕，一邊從床邊起身。

「不過……因為那個女人嘰嘰喳喳的實在太吵了，所以沒有睡得很熟。」

克莉絲蒂聽了眼神一怒。

「有村克莉絲蒂……沒記錯的話，就是那個前幾年因為醜聞而搞得身敗名裂的播報員？好像是跟某個演員搞婚外情來著？」

「那、那都是捏造的！我們只不過是在外面討論節目的事，恰好在兩人獨處的時候被人拍了下來……」

「……捏造？」

真下反問。說起來，真下也是因子虛烏有的性騷擾罪名而被革職的。

「出現在這種地方，八成也是來尋死的吧？」

我的腦中閃過剛才遇見的那個老男人。對了……差點忘了這片樹海是……。

「是、是啊！我的確是很想死！因為那篇報導，連交往多年的男朋友都把我甩了。我也知道這種想法十分愚蠢！可是，人生在世，也是會遇到只能一死了之的時候啊!?」

克莉絲蒂的語氣逐漸歇斯底里，最後簡直就像在吶喊。

「你們自己還不是也一樣？為什麼會出現在這種樹海深處的山中小屋!?」

「惱羞成怒？還是妳覺得自己是悲劇的女主角？別把我跟妳相提並論。哼，真是給人添麻煩的傢伙。」

或許是被添麻煩這個詞給刺激到了，克莉絲蒂突然精神崩潰似地用力抱住自己的肩膀。

「那、那種事我也知道。所以我才為了不給任何人添麻煩，跑到這種地方來……不過……又覺得可能還有一線希望。所以在來樹海前打了電話。想跟他約在以前熱戀時一起來過的『T尾山休息站』。但是，他已經不肯接我的電話了。用公共電話打也被掛斷……所以我才下定了決心。反正這一輩子大概永遠接不到像樣的工作了，既然如此，乾脆就這麼一死了之。」

於是她就在衝動之下來到了『H城樹海』。

然而真下對她的自白表現得毫無興趣，一副懶得再聽下去似地問道。

「話說回來，妳在這片樹海中有沒有見過一個奇怪的男人。」

「……奇怪的男人……」

克莉絲蒂彷彿想起了什麼，表情忽然一沉。只見她方才的激動情緒迅速消退，臉色逐漸蒼白起來。

「這麼說來，我在抵達這裡前……確實看到了一個噁心的男人……」

「他長得什麼樣子？」

「是個身材大得嚇人的男人……而且全身長滿黑色的斑點。另外手上還拿著某種尖銳的物體。我那時本以為是切割木材的工具。但現在想想那一定是凶器之類的……」

克莉絲蒂被那個完全不像人類的男人給嚇到，才匆匆逃進了這間山中小屋。

動。

我跟真下互望一眼。果然『斑男』就在這附近。正如梅莉所說，看來他就在這間山中小屋附近走

而如果克莉絲蒂曾經見過『斑男』，那麼她恐怕也——。

「咦、咦咦？怎麼了嗎？怎麼突然都不說話……啊，說得也是。你們一定覺得我很好笑吧？明明是想尋死的人，卻還跑來避難。」

「喂。」

真下忽地靠向克莉絲蒂。

「妳來到這裡之後，身體有沒有哪裡冒出類似斑紋的東西？」

「咦……」

她的表情已經回答了真下的疑問。只見克莉絲蒂有些驚訝地反問「你怎麼會知道？」然後攤開右手手掌。

只見她的手掌上，刻著一個紅黑色的「狀似咬痕的斑紋」。

「我也是剛剛才發現的。一開始還以為是沾到了什麼汙垢……」

可是卻有一點痛。克莉絲蒂說。說完她從腳下的包包內拿出手帕，按在印記上。

沒想到居然會有這種事。一個想自殺的人竟被刻上了印記……真是太諷刺了。

「……喂、喂，怎麼了？你們幹嘛一臉凝重的樣子。這個斑紋到底是什麼呀？」

快告訴我啊。克莉絲蒂來回看著我和真下。於是我捲起右手袖子，秀出自己的斑紋。克莉絲蒂一見到那形狀和顏色，不禁倒抽一口氣。

「……真下的身上也有相同的斑紋。這是一種叫『印記』的東西。」

「印記……!?」

「被刻上的人，會在數日之內死亡。」

而且死亡前還會出現意識不清、喪失記憶等症狀，此外判斷力和體力也會下降——我們把自己親身經歷過的事，以及梅莉告訴我們的情報，向克莉絲蒂說明。

被突然宣告死亡的克莉絲蒂，錯愕得雙唇不斷發抖。

「妳不是想死嗎？」

「我、我只是一時想不開而已啊！現在已經一點都不想自殺了！」

我剛剛才想快點離開樹海回家啊——克莉絲蒂一邊說著一邊拚命向我們求助。

「拜、拜託幫幫我！只要是辦得到的，我什麼都願意做！」

不用她開口，我也有此打算。既然被刻上了印記，克莉絲蒂就跟我們同在一艘船上，必須帶她一起回到梅莉所在的『九條館』才行。

而真下看到克莉絲蒂的模樣，則故意大聲地在她面前咋舌。

「先警告妳別礙手礙腳。」

「我、我知道啦……！」

然後真下轉向牆邊的棚架，開始蒐集所有派得上用場的物品。接著——。

「喂，有村。既然妳要幫忙，那這玩意兒就給妳背了。」

說著，真下把一個巨大、類似灑水器的物體往後遞了過來。

「那、那是什麼啊……」

「用來噴農藥或殺蟲劑的機器。」

換言之，就是驅除害蟲用的【噴霧器】。

但克莉絲蒂立刻搖著手大喊「我才不要！」。

「我才不要背那麼醜的東西！」

然而真下毫不理會，硬是把噴霧器塞給克莉絲蒂，然後從旁邊的包包裡翻出貌似藥劑的瓶子交給她。

我對憤慨的克莉絲蒂說了聲「抱歉」安慰她。接著把進入樹海時，在『H神社』附近遇到蜜蜂大軍的事情告訴她。

「……『H神社』。」

雖然聽到蜜蜂兩個字時，克莉絲蒂的表情也抖了一下，可是她對於『H神社』這個詞顯然反應更大。難道『H神社』有什麼特別令她在意的狀況？

「我記得那間神社，好像有一個不好的傳聞……」

「不好的傳聞……？」

「對。說什麼背棄信仰者，會遭到神佛的報應……根據我以前聽到的故事，好像是跟H市內某個歷史悠久的望族有著深刻的關係……？」

她大概是那種對迷信和詛咒之類的傳說故事很敏感的類型。

「喂，八敷，你在發什麼呆。」

「喔、喔喔。」

「你也給我去找個能當武器使的東西。」

我於是撿起剛剛克莉絲蒂拿的那根鐵撬。一拿之下才發現這原來是中空的，意外地輕巧。

然後，我又找到了不知是不是以前的遊客忘了帶走的硬式棒球，順便把它也收進口袋裡。

雖然可能沒什麼威力，但遇到萬一時搞不好會派上用場。

「你們兩個，現在可沒時間讓你們繼續摸魚。太陽很快就要完全下山了。得搶在那之前快點出發。」

真下說著依序把寫有【早安家族】、【晚安家族】、【做夢家族】等神祕文字的藥瓶，以及放在藥瓶旁邊的【罐裝蜂蜜】通通塞進旅行包。接著，他又說了聲「這玩意兒也拿去」，把某個小物品扔了過來。

「……這是……？」

是個狀似小紅蘿蔔的【草根】。這玩意兒到底能幹什麼用啊？

「那應該是某種有毒植物的根。剛才說過了吧。『蜜蜂家族』是喝下混了某種毒物的蜂蜜自殺的。」

「……啊啊。」

「雖然不是能在戰鬥中直接使用的東西。」

不過遇上『斑男』時，說不定能發揮某種效用。真下說。

「也許能讓他想起過去的夥伴，感到畏懼也不一定。」

就像警匪片裡常見的橋段——真下冷笑。先不論能不能拿來當武器，至少在調查『蜜蜂家族』的時候，也許能派上用場。於是我把『草根』也收進口袋。

這時，克莉絲蒂突然惴惴不安地叫了我們一聲。

「這個噴霧器的操作說明書裡，還夾了一本像是日記的東西耶……」

日記!?真下瞬間睜大眼睛。

「快給我看！」

那是本老舊的日記。封面上寫著『蜜蜂家族的紀錄』幾個字。

「這是……!?」

「我有聽過。記得是五年前，那個集體自殺的邪教團體吧。」

克莉絲蒂說，事件發生時她曾為了報導『蜜蜂家族』的相關新聞，來這裡出過外景。

「可是，因為當時他們的組織內部也忙得一團亂，所以我們只吃了閉門羹。」

真下罕見地露出激動的神情，翻開日記的第一頁。應該是希望能從中找到有關「那個人」的情報。

日記的第一頁，黏著一張類似證書的文件。

那是非營利組織『蜜蜂家族』的登記書副本。

住址欄上寫的是他們以前的居住地，位於H市內的地址。而活動宗旨一欄則寫著「保護蜜蜂及其棲地」。然後申請者的姓名欄位上，則寫著『丸尾慎藏』四個字。

「丸尾慎藏……」

真下似乎認得這名字，自言自語地低聲呢喃。恐怕這個叫丸尾的人，便是『蜜蜂家族』的指導者，也就是在『H城樹海』徘徊的怪異。

而後面的頁數，則是一篇篇凌亂且沒有主題的文章。

大部分的內容都是在記錄『蜜蜂家族』的成員，是如何飽經苦難而來到這裡，而指導者又是如何傾聽他們的怨恨和痛苦。

然而翻著翻著，後面的文章和字體開始出現微妙的變化。到了日記的後半部，內容愈來愈像小孩子的日記。

○月×日

又有人自殺了。自殺的人愈來愈多。這一定是神的報應。

○月×日

今天也在神社聽見了那個聲音。聲音在生氣。果然是報應。是神社的詛咒。

不給蜜蜂更多愛情的話，就不能前往「應許之地」。不能去。

○月×日

家族裡，出現了叛徒。

要斷絕關係。拿去獻祭。

這樣一來，神社會高興，我也會高興。果然警察最討厭了。

○月×日

擺脫肉體的準備就快完成了。要快點，讓大家接受神聖的儀式……。

「……家族出現了叛徒……獻祭。」

那個人果然被……真下一臉苦澀地呢喃。另一方面，克莉絲蒂則對「神社的詛咒」一文充滿了興趣。

「這、這裡說的果然就是『H神社』對不對？該不會我們身上的印記，其實全都是神明留下的……？」

而我的注意力則停留在眼前這頁的最後那行文字──「擺脫肉體」。

換言之那場集體自殺……也可以理解成擺脫人類的皮囊。

另外，日記上還夾著一張小小的便條紙。

【淋上引導的……蜂蜜……。捏著鼻子吞下去……。大家再等等喔……。我也很快就……過去了。】

「引導的、蜂蜜……？」

「簡直就像遺書一樣呢……」

日記的內容，以及那遺書般的便條，令我們看得毛骨悚然，並準備繼續翻到下一頁。

但就在那時──砰！耳邊響起一陣巨大的撞擊聲。

噫!?克莉絲蒂嚇得肩膀一震。聲響是從外面傳來的。

同一時間，周圍忽地瀰漫一股令人作嘔的甜膩氣味。

我馬上就認出了那氣味的真面目。是蜂蜜。可是那味道一點也稱不上好聞。濃郁的甘甜中，混著一股牛奶腐壞的惡臭。

砰！某種物體撞擊著山中小屋的牆壁。

砰！砰！「外面的某人」正繞著山中小屋，節奏聽起來好像很開心似地敲打著牆壁。

「喂、喂，這個聲音、該不會是!?」

克莉絲蒂剛開口，真下便一臉凶狠地瞪了過去。別出聲——他大概是這個意思吧。確實，在這種狀況下刺激對方可不是聰明的舉動。

「……！」

不久後，撞擊聲變成了「啪嚓！」的強烈聲響，聽起來就像是某人用手掌拍打著窗戶。

我們三人一齊轉過頭去。只見視線的前方——。

滿是灰塵的窗戶上，貼著一張噁心詭異的男人的臉。

『……家人。……還有、家人。』

——是『斑男』！

那雙眼珠子就像乒乓球一樣凸出。

皮。

男人的輪廓就好像隨時會融解一樣軟爛鬆弛，長滿黑色斑點的皮膚，彷彿黏了一層凍傷的香蕉皮。

『我的家人……還……活著。』

『斑男』臉上的肥肉不斷抖動，看起來好像很興奮似地拚命用手拍打窗戶的玻璃。

那張貌似在微笑的嘴巴裡不停流出某種高黏性的液體，骨碌骨碌轉動的眼球，好奇地觀察著屋內。

『……必須……建造、更多…………蜂巢。』

『斑男』發出地鳴般的呻吟聲後，緩緩舉起右手。

他的右手握著一支有如巨大針筒的鑽子。鑽頭的尖端簡直就像螺旋形的劍，上頭發出閃閃青光，銳利得令人毛骨悚然。

接著『斑男』用鑽子的側面砰！地敲向玻璃窗。

砰！砰！砰！玻璃窗三兩下就被敲破，碎片飛濺至眼前。

「……嗚！」

所幸眼鏡擋掉了碎片，眼球才沒被插中。

「情況不妙！你們兩個，要逃囉！」

「要、要逃去哪裡啊!?」

我抓住困惑的克莉絲蒂，大喊「這邊走！」山中小屋的出入口，正好跟『斑男』襲擊而來的方向相反。

即使逃到屋外，也無法保證一定逃得掉。但考慮到『斑男』的猛攻，待在狹小的室內，只會被單方面地逼至死路。

於是我和真下先把克莉絲蒂推出門，然後緊接著逃出了山中小屋。

◆◆◆

我們緊追著手電筒的光線，用最快的速度沿著樹海的步道前進。

途中不曉得被地上的樹根絆倒了多少次。有時則是因踩到泥濘而滑倒。

同時，克莉絲蒂「我們到底要跑到什麼時候!?」的尖叫聲，也不停地在黑暗的森林中迴盪。

然而真下一語不發，只是默默地繼續向前。

真下應該是想就這樣回到樹海的入口，然後開車逃脫吧。

因此我也只能告訴連連慘叫的克莉絲蒂「總之繼續跑就對了」。

『斑男』在山中小屋旁徘徊時的動作很遲鈍。可是，我們並不清楚它實際上到底能用多快的速度移動。在這片黑暗中，近乎赤手空拳的我們萬一被逮到，基本上必死無疑。

在那之後不曉得又跑了多久。我們總算回到了那個有著巨大拱門的廣場。雙腿已經累得連連發抖。而克莉絲蒂則一副再也動不了似地癱坐在地上。

「我、我已經、連走都走不動了……」

「再撐一下。只要上了車就安全了。」

結果有關印記的調查進度，到頭來就只有「遭遇了『斑男』」而已。但現在的第一要務是設法逃出生天。

回到休旅車後，我先將克莉絲蒂推進副駕駛席，自己也快速跳上後座。坐在駕駛座的真下見我們都上車後立刻發動引擎，喊了一聲「你們兩個，把嘴巴閉緊！」大概是怕我們咬到舌頭吧。

下一瞬間，左右的景色一口氣往後飄。同時身體也被猛烈地甩到椅背上。這麼粗暴的駕駛，不咬緊牙關的話的確很可能會咬到舌頭。

然後，休旅車就這樣在沒有柏油的林道上全速衝刺。

真下一邊握緊方向盤，一邊隔著後照鏡叫了我一聲「八敷」。

「怎麼了？」

「現在雖然還沒問題……但等等我要是有什麼狀況，就換你來駕駛。」

「……啊啊。」

目前真下的身體似乎已恢復不少。可是，不知道印記的詛咒什麼時候還會發作。他大概是這個意思。

至於克莉絲蒂……。

直到現在還在咕噥著腳痛。她對於印記的存在，似乎仍沒有什麼深刻的實感。
車子繼續前進了一會兒，我才剛把身體往後躺，眼前便突然飛出某個東西。
只見遠光燈的前方，有個類似巨石的黑色物體……。
雖說是林徑，但從路上的輪胎痕來看，這裡平常應該也是有車輛經過的。
在這種有車行駛的道路中央出現大岩石，實在太不正常了。真下似乎也有同感，緩緩放慢了車速。而副駕駛席的克莉絲蒂好像也發現了某種異狀。
「欸、欸，在那邊的那個是什麼啊？」
人？克莉絲蒂忍不住疑惑。但她馬上又搖搖頭。
「不、不對！那是……！」
我也往前探出身體，瞇著眼凝視克莉絲蒂手指的方向。
然後我終於看清楚了。
擋在我們前面的，是由一大群黑點聚集而成的蜂群。成千上萬的蜜蜂，組成一團團漆黑的塊狀物，在夜晚的森林中自由自在地飛舞。
而就像領導著那群蜜蜂大軍，鎮坐在蜂群中心的，則是擁有異常身材比例的那個男人──『斑男』。
真下發現後急踩剎車。
仔細一看，『斑男』的旁邊還有一個靠在那副巨軀上，肩膀無力下垂的男人。
男人穿著一套老舊的西裝，雙腿朝奇怪的方向彎折。

「……那、那傢伙是……」

真下略顯驚愕地低喃。

「那個時候的自殺者嗎？」

坐在『斑男』旁邊的，就是白天在樹海見到的西裝男。

但那男人怎麼看都已經死了。他的兩眼翻白、仰頭朝天，身體和臉上都被刺出無數的小孔。看起來就像是被某種尖銳物體挖出來的痕跡。

從那些小孔中，夾雜著微量血絲的黏稠黃色液體正汩汩流出。

那些液體，恐怕是蜂蜜吧。

我們三人誰也沒有說話。不，應該說是嚇得講不出話才對……那副情景，怎麼想都是『斑男』用鑽子在男人的身體上挖洞後，才把蜂蜜灌進那有如蜂巢般的皮膚。

而『斑男』則坐在那具屍體旁，一臉開心地笑著。那模樣簡直就像個在野餐的小男孩。

然後，看著『斑男』喜悅的模樣，我忽地想起在山中小屋聽見的話。

『……家人。……還有、家人。』、『我的家人……還……活著。』

說不定，『斑男』是想要尋找自己的同伴。那麼它口中的「家人」，是指『蜜蜂家族』的同伴們嗎。

我下意識地把腦中的想法說出口。然而，馬上就被克莉絲蒂的罵聲蓋過。

「現在不是討論那種事情的時候吧！快點掉頭轉彎啊！」

下一秒真下迅速切換排檔至倒車檔。看來他認為比起迴轉，用倒車遠離更適合。

「你們兩個，趁現在先做好準備。」

「什、什麼準備!?」

「當然是『斑男』攻過來的準備啊！」

唧唧唧唧！輪胎急速倒轉，捲起周圍的沙塵。

然後車身就這麼面對著『斑男』的方向，朝正後方沿著林徑衝刺。

樹海的風景快速逆流。

那景色就彷彿時間被強制逆轉，一時之間無法理解這景象的大腦，倏地一陣噁心。

最後『斑男』的身影愈來愈小，那副巨軀變得只剩豆粒那麼大。就這樣繼續退後，拐到其他叉路的話，應該就能徹底擺脫它了……車內的氣氛瞬時鬆了一口氣。

然而。

在逐漸遙遠的景色中央，突然有個奇怪的小點飛了起來。

那物體畫出拋物線，朝著我們的方向筆直飛來。難不成……!?

有如砲彈般迫近的那個，正是全身都被開孔的男人屍體。

「呀、呀啊啊啊！」

克莉絲蒂拚命把上半身貼向椅背，想要盡可能躲開。但狹窄的車內根本無處可躲，男人的屍體就這麼從漆黑的天空，朝著擋風玻璃急速飛降。

不行了！會撞上——！

「嗚……！」

然而，就在千鈞一髮之際，真下急轉方向盤，以毫釐之差閃過了如大砲般飛來的那男人。男人的屍體重重地撞上地面，如橡皮球般彈跳了幾下，最後滾落林徑旁的斜坡。

沒有半聲慘叫，自己在樹海選擇了「死亡」的那男人，就這樣靜靜地結束了一生。

看到那悽慘的死狀，克莉絲蒂崩潰地抱著頭呢喃道「騙人的吧」。

「……那東西到底是什麼啊！為什麼要做這種事！」

我和真下都沒想到它會把屍體扔過來，嚇得一時之間說不出話。

但那傢伙的猛攻並未就此結束。

旁邊的草叢，傳來一陣樹枝被折斷的聲響。緊接著是嘰咿咿……某種電器工具的運轉聲。

不會吧？我們明明已經遠離超過一百公尺的距離了，『斑男』竟然這麼快就追上了嗎!?我連忙轉頭查看左右的窗戶。然而，卻沒見到『斑男』的蹤影。

「沒、沒看到它啊!?」

「不，應該就在附近！那聲響還沒消失！」

別大意——真下說著把手伸入口袋。同一時間，我也握緊從山中小屋帶出來的鐵撬，而克莉絲蒂也一邊啜泣一邊在旅行包中東翻西找。

然後下一瞬間，車體突然像遇到大浪的小船一樣晃了一下。

『找……到……了。』

聽到聲音猛然回頭，只見『斑男』正在背後窺探著車內。

「呀啊啊啊啊啊！」

『丟下我一個的、壞家人。跟叛徒是、一樣的……』

「……！八數，趴下！」

一聽見真下的吶喊，我立刻伏臥在後座的椅子上。頭上旋即響起砰！地一聲槍響。

「……你、你有槍!?」

克莉絲蒂嚇得花容失色。但真下沒有理她，從駕駛座上探出身體，瞄準目標連同後擋風玻璃連續射擊。

可能是因為距離夠近，顏面吃了子彈的『斑男』巨體一晃，整個人後仰翻倒在砂礫道上。

這一槍的效果如何尚不清楚，但看來至少爭取到了一點時間。

真下迅速撥回排檔，再次急踩油門準備向前衝刺。然而，車體卻只猛然跳了一下。

「怎麼了!?」

從旁邊的車窗往外看，只見『斑男』一臉不會讓你們逃走的神情，死纏爛打地抱住車體。

『我不會讓你們、丟下我一個的……』

「……！快給我鬆手，你這死胖子！」

真下全力踩下油門。然而，也不知道是『斑男』的力氣太大，還是身體太沉重，車輪只是不斷在泥濘上空轉，就是沒法前進。

「你們兩個！隨便誰都可以，替我開槍打它！」

儘管真下這麼說，但這玩意兒可不是外行人隨便用得來的。更何況是在這種狀況下。

因此，我選擇拿出在山中小屋找到的棒球，從破裂的後擋風玻璃縫隙扔了出去。

棒球正中『斑男』的臉，凸出的眼珠被棒球打陷了進去。

噫、噫啊……『斑男』終於退卻，鬆垮的肥肉像布丁一樣顫抖。

然而不曉得是不是被球打中激怒了它，只見『斑男』臉上的笑容消失，終於舉起手裡的鑽子攻擊車體後部。咚隆！隨著一陣刺耳的聲響，車體瞬間傾斜。咚隆！咚隆！

糟了，萬一傳動機構被它破壞的話，車子就真的動不了了。

真下似乎也想到了這點，開始左右來回轉動方向盤，試圖甩動車體，想甩掉『斑男』。而此舉總算是擺脫了那副巨軀。不過，這卻讓車子的前輪滑出了林徑。有『斑男』在背後攻擊，根本沒有餘力再拐回原本的道路。因此，我們被迫直接在漆黑的樹海中前進。

◆◆◆

開著遠光燈，休旅車就像穿針引線般，於林木的縫隙穿梭。

因為地面很多樹根，一路上車體都在不停搖晃。感覺一不小心就會撞得滿頭包。克莉絲蒂一邊護著頭，一邊不安地問道。

「喂，真下先生。往這個方向真的能回到公路嗎……？」

「那種事妳問我我問誰啊。」

「原、原來你不知道路嗎!?」

克莉絲蒂咬著牙根，我則努力裝出平靜的語調安撫她。

「往好處想，至少我們成功甩掉了『斑男』。」

克莉絲蒂似乎還是不太能接受，重重嘆了口氣。

「啊啊，這果然……是神明的天譴吧……」

她指的應該是『H神社』。『蜜蜂家族』的日記上的確也有提到那間神社。

「神社的詛咒」、「神社會高興，我也會高興」、「神聖的儀式」。

無論何者都跟神社脫不了關係……。

克莉絲蒂開始一臉迷信地主張『蜜蜂家族』的集體自殺，以及在樹海內發生的怪事，一定都是神社的詛咒。

「你想想，明治時代不是推行過『廢佛毀釋』的政策？當時政府為了把神道教推廣成國教，破壞了很多佛像和地藏王石像。」

可能就是人們做了太多「遭天譴」的行為，日積月累之下，終於招來了神明的憤怒。克莉絲蒂是這麼想的。

然而坐在駕駛席的真下，卻用不以為意的冷漠語氣反問。

「照妳這麼說，怪異和印記也都是天譴囉？」

「嗯，沒錯。不論古今東西，在各文明的神話和怪談中，都有很多神明憤怒降下災難的故事。我在想，可能整個『H市』都中了那一類的詛咒。」

克莉絲蒂的話讓人不曉得該如何回應才好。不過，眼下接二連三地出現各種超乎科學常識的存在，就算真的是神佛天譴也不奇怪。

這件事回去後最好也問問梅莉。當然，前提是我們能平安回到『九條館』……。

話說回來，從剛剛開始，空氣裡便瀰漫著微微的奇怪氣味。

那是跟在山中小屋聞到的很類似，一股甜膩中混雜著腐臭味的討厭氣味。

總有種不好的預感……因為聞到這股氣味，便代表『斑男』有可能就在附近……。

這時，車窗的前方忽地出現某個發光的白色物體。

好像是從樹上吊下來的……那物體大約有幾十個之多，乍看之下還以為是垂在樹枝下的蟲殼。可是，我很快就意識到尺寸比例不對。

「等、等等……那是……!?」

靠近之後我們才發現。那些吊在樹上的東西，是人。

膚色有如白蠟般的男人、女人、以及小孩，吊滿了附近的樹梢。

他們的身體都被鑿出無數的孔穴，釋放出難以形容的臭氣。而且孔穴中盤踞著無數的蜜蜂，似乎正在搬運從孔穴中流出的液體。

「不、不要！我已經不想再看到了！」

克莉絲蒂瘋狂甩著頭髮，用手遮住臉。

「這些全部是『斑男』的傑作……？」

「從死法來看的話應該沒錯……但不知道他們是『蜜蜂家族』的人，還是來這裡自殺的外來者……」

然後，就在這時，車體附近忽地傳來某種喀噠喀噠的騷動聲。

「……什麼聲音？」

那奇怪的聲音變得愈來愈大。

「……從外面傳來的嗎？」

真下剛說完的瞬間，擋風玻璃前突然湧出一片黑雲。

不對，那是——那不是雲，是大量的蜜蜂。

「呀、呀啊啊啊！」

蜜蜂們像是要堵住我們的口鼻似地，一口氣鑽進車內。眼前瞬間被漫天飛舞的黑點掩埋。

「唔、唔唔、看不見了！」

「……！你們兩個！待在車裡會被叮死的！」

於是我們迅速打開車門，翻滾跳出車外。直到這時我才總算理解了。

這裡是養蜂場。應該是『蜜蜂家族』以前建造的設施。而有幾個蜂箱的蓋子都被打開，蜜蜂就是從裡面飛出來的。從蓋子打開的狀態推測，可能是被車輪輾開的。

我迅速撲向蜂箱，急忙蓋回蓋子。噗唧……手下傳來蟲子被壓爛的噁心聲音。但我還是催眠自己「什麼都沒聽到」，全心全意蓋上蜂箱。

其他還有好幾個被打開的蜂箱，蜂群就像要追殺我們似地從裡面飛出。光蓋上一個箱子根本於事無補。這時，克莉絲蒂忽地抱起噴霧器，

「不要再出來了！」

站到蜂箱的前面，對著蜂群用力噴灑藥劑。藥劑變成白色的煙霧，吹向飛來的蜜蜂。

那大概是很強力的藥劑，才噴了一次，蜜蜂們便紛紛墜地。但仍有許多蜜蜂嗡嗡地在四周飛舞，還不能說是完全擊退。隨後蜜蜂們就像在『H神社』時襲擊我和真下時一樣，一口氣朝我們猛速襲來。

「居、居然還有這麼多!?」

可能是對蜂群的數量而感到絕望，克莉絲蒂就像斷了線似地跪坐在地。

「果、果然，當初根本不該來什麼樹海的……」

「還愣著幹什麼，有村！」

「如果那個時候……他肯接我電話的話……」

「快用噴霧器啊！」

但克莉絲蒂完全沒有振作的跡象。

真下見狀衝過去罵了聲「拿來！」一把搶過噴霧器，然後靈巧地裝上從山中小屋帶出的藥瓶，對漫天飛舞的蜂群噴灑。

不愧是會用槍的人，只見天空的黑點開始一一墜落。接著真下一邊調整噴霧器的噴嘴一邊對我喊道。

「八敷！袋子裡有藥瓶！」

他的意思是要我拿替換的藥瓶給他吧。於是我依言衝向車子，從袋子裡倒出所有藥瓶。藥瓶一共有三個，分別貼著『早安家族』、『晚安家族』、『做夢家族』的標籤。其中只有『做夢家族』的瓶子比其他兩個大了一點。

總而言之，由於不清楚哪種尺寸裝得上噴霧器，我把三個瓶子都拖給了真下。然後真下隨手選了『早安家族』的瓶子，用熟練的動作朝蜜蜂大軍噴灑。

但就在那時──「……唔……？」真下的動作突然停止。

「真下？」

樣子不對勁。仔細看，他的額頭冒出斗大的汗珠，眼珠也在微微旋轉。該不會……。

「你怎麼了!?」

「……啊、啊啊。……好像、……又……開始了。」

真下痛苦地望向自己的左手腕。從風衣袖口下露出的印記，變得比先前幾次都要紅腫。

最害怕的情況還是發生了。沒想到到了這一步，真下的印記又開始發作。被絕望感擊垮的克莉絲蒂也察覺到異變，急忙奔來。

「真、真下先生!?難道是印記!?」

真下用顫抖的手把噴霧器推給我。然後一邊急促地喘氣，一邊抬頭看著我和克莉絲蒂。

「……你、你們兩個、等等就算我昏過去……也別管我、自己先跑。」

「別、別這樣，不要說那種話。」

「啊啊，沒錯。我會負責開車，所以先快點……」

回到車上——我正想把這句話說出口時，背後再次飄來甜膩的氣味。

『——大家、都走了……』

是『斑男』。等我們注意到時，那副巨軀已經來到我們身後，對我們張開黏答答的雙臂。

『不想再自己一個人……。可是，頭腦昏昏的……。『儀式』的做法……想不起來……』

『斑男』用模糊的聲音咕噥著，一把抓起我的身體。然後就像捏糖人一樣打算將我對折。

『我記得……『儀式』……是把兩個合起來……才對。』

「唔、唔……咕……！」

我在那對黏呼呼的巨掌中死命掙扎，拉過噴霧器，從零距離對著『斑男』的臉噴出藥劑。

啊啊……啊啊啊！『斑男』的身體冒出類似蒸氣的白色煙霧。或許是因為劇痛的關係，『斑男』突然發起癲來，用鑽子的尖頭攻擊我的腳。

「咕、咕唔！」

高速旋轉的銳利鑽頭眼看著就要鑽碎我的膝蓋。要是被那東西刺中，就真的完蛋了。

於是我一邊奮力抵抗，一邊舉起噴霧器，用剩下的藥劑發動反擊。這傢伙的身體平衡非常不好，這點在之前用棒球攻擊它的時候就發現了。

『啊啊……啊啊啊啊啊……！』

被剩下的藥劑全數命中的『斑男』，咚！地往後跌倒。

只見它就這樣順勢撞上吊在樹上的屍體，把屍體從樹枝上拖到地面。

緊接著，被屍體孔穴中流出的腥臭黏稠液體淋了一身。

『大家……大家。我要快點……到家人的身邊……』

好想見大家——說完，『斑男』就這樣躺在那灘黏呼呼的液體中，在惡臭裡露出幸福的微笑。

看到它跟那個西裝男坐在一起的時候我就想過，『斑男』或許只是想見它的夥伴……自己死去的家人吧。

雖然只是推測，但在『蜜蜂家族』集體自殺的時候，『斑男』可能在某種因緣際會下，獨自活下了下來。

然後，不知是因為神社的詛咒，又或者是其他理由，被獨自留在人世的『斑男』變成了怪異，於漫長的歲月中一直在樹海徬徨著。

『斑男』想要跟家人團聚……那麼救贖它靈魂的方法……。

那傢伙剛剛咕噥過「『儀式』是要把兩個合起來」之類的話。

會不會它口中的『儀式』，指的就是集體自殺呢？可是，把兩個合起來又是什麼意思……？

這時候，真下忽地搖搖晃晃地爬起身體，從旅行袋拿出【瓶裝蜂蜜】。

「……八敷，把我之前給你保管的東西拿出來。」

真下之前給我保管的東西，就是掉在山中小屋內的【草根】。

我把東西交給他後，只見他舉起【瓶裝蜂蜜】和【草根】，轉身面對『斑男』。

「你打算做什麼!?」

「……按照它的願望，送它到『家人』的身邊去啊……那傢伙的遺書裡不是寫了嗎？『淋上蜂蜜，捏著鼻子吞下去』。」

「……！」

原來如此。『蜜蜂家族』當初是用蜂蜜和毒藥自殺的。

換言之，他們所謂的儀式，八成就是喝下蜂蜜和毒藥，結束自己的生命。

真下用發抖的手打開瓶蓋，把蜂蜜滿滿淋在【草根】上。

然後，對準躺在臭液中喘息的『斑男』的嘴——。

把淋了蜂蜜的草根一把塞進去。

『——！嘎哈!?』

『斑男』反射性地想吐出來，但隨即像是理解了口裡的正是自己夢寐以求的東西，開始啪哩啪哩地大口咀嚼起那甘甜的毒藥。

『……啊啊、啊啊啊。……這樣一來……就能到家人身邊了。』

它大口咀嚼，一心一意地咬碎毒藥。

『……終於又能見到……大家了。』

沒過多久，毒性流遍全身的『斑男』，無力地癱倒在地上。

它的臉上，洋溢著有如小孩子吃了冰淇淋似的幸福表情。

同時，那些黏稠的液體中，冒出數個有如人影的物體，團團圍住倒下的『斑男』。

那些難道……就是它的「家人」嗎？

最終那副巨大的身軀被眩目的光芒包裹，有如風化一般在樹海中消失，只留下沾滿蜂蜜的電鑽躺在泥土上空轉。

真下踏著搖晃的步履走過去，就像在替『斑男』的屍體闔上眼皮似地，關掉了電鑽的開關。

「……終於升天了嗎。」

同時，刻在真下身上的印記，也像跟皮膚同化一樣，從左手腕上消失了。

◆◆◆

只要在自己身上刻下印記的怪異消失，印記也會消失。

梅莉說得果然沒有錯。

我和真下一邊討論，一邊檢查遍體鱗傷的老休旅車的車況。

克莉絲蒂已筋疲力盡，正躺在後座打盹。她從剛剛開始就沒說過半句話，看來是完全睡著了。

我一面取下燒壞的零件，一面瞄向自己的右手腕。

不管檢查多少次……印記果然還是沒有消失。克莉絲蒂也一樣。

雖然在調查的途中就大致猜到了……但結果又跟『花彥君』的時候相同，還是讓我大受打擊。

直到現在這一刻，邁向「死亡」的倒數依然在繼續……。

大概是看不過去我垂頭喪氣的模樣，真下忽然對我說。

「總之只能回去問問看梅莉了。也許我們不在的時候，她又蒐集到了更多有關怪異的情報。」

真下的表情仍然跟往常一樣。不過，儘管只有一點點，感覺跟剛見面時比起來還是稍微圓融了一些。

大概是因為成功打倒了將刑警時代的前輩逼至「死亡」的『斑男』……這時，真下忽地用跟平時一樣的犀利目光瞪著我。

「我說你，不會以為我這樣就滿足了吧？」

「啊、不……」

「確實，發生在H市的連續失蹤案，還有追蹤多年的『蜜蜂家族』案件，背後的真相已經搞清楚了。但依舊沒有追查到最關鍵的核心……不，還沒掌握真相的事件就跟山一樣高。只要這些案件一天不水落石出，我就絕對不會收手。」

換句話說……豈不是這一輩子都永遠得不到安寧了嗎？

「不過……」

真下的神情瞬間和緩。

「至少這麼一來，我總算有臉到『那個人』的墳前上香了……」

真下靜靜的說完，拿著紙膠帶走到車子後方。

畢竟放任後車窗玻璃碎成這樣上路，十之八九會被警察攔下。因此，必須先做點處理才行。

然而。

過了一、兩分鐘後，卻還是沒有聽到真下作業的聲音。我感到不太對勁，停下手邊的工作，叫了真下一聲。但車子的另一面卻沒有回音。

「……怎麼回事？」

出了什麼事？我急忙跑到車後。然而，那裡卻沒有真下的蹤跡。

「真下!?喂，真下!?」

我舉起手電筒，四處找尋那件綠色風衣的蹤影。

這時，不遠處的樹叢裡，傳來沙沙沙的奇妙聲響。一股惡寒竄過我的身體。似乎有什麼東西就在附近……會是逗留在樹海的自殺者怨靈嗎……。

不久後，我聽見一個低喃著「你也到……這邊來……」的奇妙聲音。緊接著——。

「嗚啊啊啊啊啊——啊啊啊啊啊啊啊……！」

一道男人的低沉呼喊聲從前方傳來。是真下的聲音。

我連忙抬起凍結的雙腿，奔向聲音的來源。

然而手電筒的光線，卻只能照出一片墨綠的樹海。

「你在哪裡!?喂……真下……!?」

——真下！

這時，我發現腳邊突然出現一個宛如樹海的眼窩般巨大空洞的風穴。比起白天看見的那個，要遠遠大得多。而且不知怎麼回事，風穴附近的岩石和地面，都沾滿了「蜂蜜」。

真下該不會……不是被自殺者，而是被『蜜蜂家族』的怨靈附身，從這裡跌下去了吧？

於是我靠近風穴，用手電筒往洞裡照射。然而，光線被深沉的黑暗吞沒，完全看不見盡頭。而洞穴的深處，也隱隱吹出一股完全不合六月末的時節，異常刺骨的冷風。

掉進這麼深的洞穴……普通人恐怕……。

然而，我立刻搖搖頭，甩掉絕望的念頭。

接著，直到太陽升起前，我和克莉絲蒂為了尋找真下，徒步翻遍了整座樹海。

可是，到處都找不到真下的蹤跡……從眼前的狀況推論，真下果然是跌進了那片黑暗中……。

最後——我們只好拖著被無力感壓垮的身軀，回到了晨光沐浴下的『九條館』。

第3章

怪食新娘

距離『H城樹海』的調查已過了整整兩天。

梅雨季終於過去，『九條館』周圍的空氣感覺也總算不再那麼黏稠。但是，館內的空氣卻比以往都要來得沉重。

在樹海突然消失的真下，目前依然下落不明。

克莉絲蒂由於印記尚未消失，因此也在『九條館』暫時住了下來，可因為心力憔悴和詛咒的推進，幾乎大部分時間都待在二樓的客房內。

儘管她展現了想協助調查怪異的意志，不過由於身心都處於十分衰弱的狀態，就算想幫也幫不上什麼忙。因此我只在遇到可於大宅內調查的情報時，才會去拜託她協助。

至於梅莉——。

她依然像一幅美麗的風景，端坐在大廳的沙發上，用類似靈視的力量，搜索存在於『H市內』的怪異。

梅莉晝夜不分地做著搜尋的工作，都不會感到疲累嗎？我問她。然後，她用平坦的語調回答。

「因為我是人偶。一般人看到各位進食，或許會產生想品嘗的念頭。抑或是疲累時會有想睡的欲求，但那些感覺我全都不具備。」

所以請不用顧慮我。梅莉說完，再度閉上眼睛。

同時，放在樓梯左右的燭台火焰猛烈地搖曳起來。這似乎是梅莉發出的「氣」或「神通力」之類的東西，在空氣中傳遞時劃過火焰造成的。

在那之後，燭火依然沒有停止，就這樣持續晃動著。看到那情景，之所以會感到不忍，大概是身

Text © 2019 by Hitomi Am
Original Work © by EXPERI
Illustrations b
NOT FOR

為人類的傲慢在作祟吧……。

於是我一邊盯著梅莉閉著雙眼的側臉，一邊爬上樓梯。

隨後，我用了半天時間調查了大宅內的所有房間。因為我認為九條沙耶說不定有留下什麼跟印記有關的情報。

然而，大宅內沒有上鎖的客房都跟飯店的房間一樣，被整理得一乾二淨，只有發現九條沙耶遺體的那個房間，擺了數百本之多的專門書籍和通靈療法的相關資料，且其中完全沒有跟印記或怪異有關的情報。

這段期間，右手腕的印記好幾次像著火般發疼，隨著時間經過，那種感覺愈來愈強。而且腦中的空白部分好像又增加了點。

不知不覺，太陽已接近地平線，從窗外射入的夕陽，令人一下子失去了鬥志。

難道，我就只能束手無策，等待「死亡」降臨而已嗎？焦躁感在心中膨脹。

就在這時，我在自己倒映在走廊上的影子邊，發現了某個發光的小物。那是什麼？我走上前去，伸手撿起。

是一根小螺絲釘。而且是必須用特殊工具才能轉開，非常小巧的螺絲。

莫非是什麼東西的零件？雖然不曉得這玩意兒從哪兒來的，但我還是先把它撿了起來。

之後，回到大廳時，梅莉的眼睛倏地睜開。她還是跟以前一樣，總能一下子就察知『印人』的存在。

「辛苦您了。您發現了什麼線索嗎？」
「……沒有。只找到了這個東西。」
我把手掌上的小螺絲釘放到梅莉眼前。
「那是……螺絲？」
「啊啊。我在走廊角落撿到的。」
梅莉點點頭，充滿興趣地觀察著那根螺絲。
「以前，沙耶大人曾說過她有一次不小心把手錶掉在走廊上。或許是那時候掉出來的零件。」
「手錶……原來如此。」
手錶的螺絲的確差不多是這大小。於是我把螺絲暫時放到擺放小家具的置物架上。即便不曉得有沒有用，反正放在這兒應該不礙事，還是先保管起來比較保險。
回過神時，大廳內的那座大鐘已開始報時，響了整整六次。
「六點……」
已經這麼晚了啊，我下意識地垂下肩膀。不過，就像在告訴我不要沮喪似地，梅莉忽地叫了我一聲。
「剛剛八敷大人在調查客房時，克莉絲蒂大人曾來找過我……」
克莉絲蒂似乎是來找梅莉討論，前幾天她在樹海主張過的『H神社』詛咒理論。
「倘若真如克莉絲蒂大人所言，怪異產生的原因是『H神社』……八敷大人，能否請您現在移駕至神社一趟？」

或許會找到什麼線索。梅莉說。但如果那個線索是跟靈有關的東西，沒有通靈能力的我就算去了也看不見啊……就在我這麼想時，梅莉就像察覺了我的心思，又提了另外一個點子。

「另外，這次可不可以請您也帶我一同前行呢？」

「咦!?」

「我的話，應該可以在現場感知到靈的氣息。同時，也可以為您帶路。」

「帶路？難道妳很熟悉那間神社？」

「是的，不瞞您說……『H神社』供奉的原本就是九條家的氏神。」

這還是我第一次聽說。照梅莉的說明，『H神社』長年以來似乎一直是由九條家的族長親自祭祀的神社。

「可是在大戰結束後，出於某個原因，祭祀後來就中斷了……」

不曉得現在變成了什麼樣，梅莉喃喃自語。

「身為九條家的侍者，也為了解決怪異出現的謎團，我想親眼去『H神社』一探究竟。」

「可是，帶妳一起去的話，那個……意思是由我抱著妳走嗎？」

「既然我的雙腿無法行走，看來也只能如此。」

「——……」

「非常抱歉，得勞煩您辛苦一下了。」

一想到要抱著梅莉在那片草木茂密的樹海小徑行走，便讓人提不起力氣。

可是，既然找不到更多跟怪異有關的情報，事到如今不去也不行。於是我把心一橫，再次前往位於樹海內的『H神社』。

◆◆◆

這不曉得是第幾次看見樹海入口的那個拱門了。下車後，我抱著梅莉，在不知道走過幾次的黑暗小路上前進。所幸梅莉的重量比外表看上去要更加輕盈。

這時，梅莉的眼睛不知為何一直盯著我瞧。黑暗中，光線照射下的光滑肌膚以及金色長髮，看起來格外妖豔醒目。

「怎麼了嗎，梅莉？」

「是。因為很長一段時間沒有出門了。而且還是被這麼一位英俊的男士抱著……真是十分貴重的體驗呢。」

儘管梅莉的語音跟平常一樣平淡，但或許她其實對現在的狀況非常樂在其中……不過，因為沒辦法從她的表情讀出情感，所以也不知道她說的到底是真是假。

話說回來，一個中年男人抱著人偶在黑暗的森林中行走，簡直就像是網路上常見的鬼故事。

這時候，梅莉忽地用有些低沉的語調，說了句「話說回來」。

「……果然與傳聞中一樣。」

一問之下，梅莉才告訴我，這座樹海中充滿了含恨而死之人的怨念和詛咒，飄蕩在空氣中的濃烈邪氣，甚至能讓生者的心智陷入瘋狂。

「也難怪H市內會有怪異誕生……」

怪異——。這些東西，難道真的都是『H神社』的詛咒嗎？

那麼消除印記的方法，還有突然失蹤的真下的下落……是不是只要調查『H神社』，一切都能水落石出呢……。

繼續前進了一會兒，林木的前方出現了那座孤獨的鳥居。

莫非是因為『森林的斑男』消失的緣故？這一次蜂群完全沒有攻擊的跡象，全都乖乖地待在巢中睡覺。

我用腳摸索著被雜草蓋住的階梯，一步一步，小心謹慎地爬上去。現在手裡還抱著梅莉，萬一跌倒的話可就慘了。

石階上一如預想，是片荒涼的空地。

小神社上到處是修補的痕跡，但似乎已經許久沒有人維護，如今掛滿了蜘蛛網。而雕在梁柱上，原本應該十分美麗的雕刻，也都被腐蝕得東缺一角、西缺一塊。

另外，綁在貌似「磐座」大石上的「注連繩」也斷掉了。

這時，我在附近發現了一個耐人尋味的東西。

是一座無頭佛像。好幾尊只有頭部不見的佛像，被埋在土裡。

「這是什麼……？為什麼神社裡面，會埋著這麼多『無頭佛像』？還是用這種方式？」

「恐怕，是維新時期頒布的神佛分離令造成的吧。」

「對了，先前克莉絲蒂好像有提到什麼『廢佛毀釋』……」

是指那個？我詢問後，梅莉點點頭。

「在維新之前，日本的神佛信仰混淆不明，許多神社同時祭祀神道與佛教。這間『H神社』也是其中之一。然而到了明治時代，政府開始推動神道國教化，將神道教與佛教的信仰分開。當時，很多神社的佛像遭激進的神道教徒拿走或破壞。」

而為了殺雞儆猴，這些破壞佛像的活動常常選在人來人往的醒目之處。

當時的九條家族長對於佛像被毀一事甚感痛心。因此，便偷偷蒐集了遭到破壞的佛像殘骸，埋於此處供養。

「——……」

直到當時的九條家族長供養佛像殘骸的部分為止，我都還能理解。可是——。

「……這就奇怪了。如果是供養的話，這片地面未免也太過狼藉了點。」

「您觀察得十分入微，八敷大人。其實在那之後，又有人闖入此地將佛像挖出來盜走了。」

「特地跑到這種樹海的深處？是誰會做出這麼荒謬的事……」

「這就不清楚了……不過我聽說那是距今約五十年前，大戰尚在進行時發生的事。」

大戰尚在進行時——我記得梅莉說過，在戰爭結束後，『H神社』原本由九條家族長主持的祭祀，就因某種原因而中斷。這難道跟佛像被盜的事情有什麼關聯嗎？不過，我一開口詢問，梅莉便馬上「非常對不起」地低下頭。

「關於這部分的細節，我也未曾詳細聽說……只是，我認為這應該不是巧合。關於祭祀中斷的理由，回到洋房後我會進一步調查。」

「啊啊，麻煩妳了。」

「話說回來……這片土地比我想像得更加混沌不祥。邪氣非常濃重……好像還存在著奇妙的生物……」

換言之，由於雜訊太多，因此很難感知怪異的氣息。可沒過多久，梅莉的肩膀便猛然一震。

「怎麼了？」

「是跟克莉絲蒂大人身上的印記相同的氣息……與此地相隔有段距離。但應該就是……」

◆◆◆

我依循梅莉的指引，在公路上行駛。

「……怪異的氣息正逐漸增強。」

就快到了——副駕駛席上的梅莉一邊告訴我，一邊閉著眼睛用靈視觀察。

查看周圍的路標，才發現我們已經開到位於H市北側的『A街停車場』。然後梅莉猛然睜開眼睛，要我在這裡停下。

「我在這一帶，感覺到了怪異的強烈氣息……」

這裡似乎是休息站的舊址。我在偌大的停車場一角停車。

周圍的路燈很少，唯一能看到的光源，就只有不遠處貌似便利商店的燈光，以及停車場角落的電話亭微弱的照明。

我正想打開車門下車調查的瞬間，右手突然傳來一股灼燒般的痛楚。

「……唔!?」

低頭一看，齒痕狀的印記正呈紅黑色地發腫。恐怕怪異就在這附近。我用左手用力按住印記，勉強壓下痛感。

「……梅莉，妳在車上等著。我先去附近看看地形。」

「我明白了。若有危險的話，請您立刻回來。」

我「啊啊」地回應，然後一腳踏出車外，環顧一圈空蕩蕩的停車場。在這種漆黑的環境，視線果然會不由自主地被明亮的區域吸引。

這時，我發現電話亭的另一頭似乎有什麼人在。

是兩個人。不過，從這距離看不清楚兩人的樣貌。於是我決定先去電話亭的方向看看。

逐漸靠近後，依稀聽見兩個人的對話。

「──榮太哥哥，謝謝你陪我到這麼晚。多虧了你，我終於跟『怪食新娘』說上話了。」

「是嗎，太好了。」

兩個聲音的主人，分別是一個看似小學生的長髮少女，以及一名穿著動畫T恤，完全符合刻板印象中宅男形象的肥胖男性。

「那，小鈴。她有回答妳的問題嗎？」

「嗯……我問到了很多事……不過『怪食新娘』真的好厲害喔。真的不管要找什麼東西，她都知道在哪裡。」

「嗯嗯，就是說啊。我的『Love & Hero』限定版手機吊飾也是她幫我找到的。」

「呃……『Love & Hero』？」

「咦，妳不認識？就是現在最流行的地方偶像啊。綜藝節目和廣告上也常常出現。」

「啊……我們家，是禁止看電視的。媽媽說，電視看多了會變笨。」

「這、這樣呀。」

「不過，媽媽好像不太懂網路，所以上網倒是沒關係……」

「是、是喔……不過，本來就是每家有每家的規矩嘛……啊哈哈。」

「嗯……啊、榮太哥哥，你不是要趕最後一班公車嗎？」

「哦，差點忘了。那今天就到此為止吧。這麼晚外出，要是被家人發現就糟糕了。」

「是。真的很謝謝你的幫忙，榮太哥哥。」

我躲在旁邊偷聽了一下兩人的對話，卻還是完全搞不清楚他們到底是什麼關係，又是怎麼認識的。這時，少女突然「啊」地喊了一聲，按著左手蹲在地上。

「妳怎麼了!?小鈴!?」

「……左手的這裡，突、突然……痛了起來。」

少女說完捲起外套的袖子，拉到手肘的位置。男人看到她的手臂，似乎嚇了一跳。

「這、這是……!?跟我一樣形狀的斑紋……」

「咦……!?真的耶。好奇怪的斑紋……」

「嗯啊……我也是剛才進電話亭的時候才注意到的。」

斑紋!?我心頭一顫，急忙衝向他們。

「喂，你們兩個！你們說的斑紋，該不會是……！」

沒想到那男子一看到我，立刻退後半步，蜷起身體連連發抖。

「那、那個！我、我……！沒、沒有做什麼不好的事喔！」

接著那少女也跳到我和男人的中間，惡狠狠地瞪著我。

「沒錯！叔叔！是我拜託榮太哥哥的！是我請他帶我來這間電話亭！因為我想跟『怪食新娘』說話……！」

——『怪食新娘』？

「所以，請你不要欺負大哥哥！」

「慢、慢著！你們好像有什麼誤會，我不是來罵你們的。」

「哎？」

不是嗎？少女聽完緩緩放下擋在我面前的雙臂。

「那、那叔叔你是……」

與其用口頭說明，不如直接給他們看實物比較快。於是我把右手腕上的印記秀給兩人看。

「那、那個是……跟小鈴和我的紋路一樣……」

說著，男人脫下皮製的露指手套。只見他的手背上果然跟我一樣，長著一個齒痕形狀的印記。

「……那、那個，我在討論版上看人說過。這個斑紋，該不會就是那個傳說中會引發記憶障礙，最後把人殺死……的那個玩意兒吧？」

男人似乎稍微聽過印記的傳聞。我點點頭，告訴他「很遺憾正是如此」後，男人似乎深受打擊，垂下長滿脂肪的雙肩。

「我也有個問題想問你們……你們剛剛在聊的『怪食新娘』，到底是什麼東西？」

然而回答我的不是那個畏畏縮縮的男人，而是那個態度堅毅的少女。

「它是一個會告訴你想找的東西在哪裡的幽靈。」

「幽靈？」

「嗯。傳說只要到這間電話亭來，就能跟『怪食新娘』說話……」

而少女正是來這裡向『怪食新娘』詢問自己遺失的東西。

「……所以，妳在這裡跟它說上話了嗎？」

少女點頭。雖然市井傳說它是幽靈……但這個『怪食新娘』，恐怕就是梅莉感知到的怪異。

而這兩個人，大概就是在打電話給它的時候被刻上印記的吧。換言之，兩人已在不知不覺成為了『印人』。

於是我把事情的經過告訴男人和少女，拜託他們跟我一起回去『九條館』。

他們雖然也聽過印記的傳聞，可似乎對詛咒的部分不太了解，不能就這樣放著他們不管。

可是，我對他們而言只是一個來路不明的陌生人。想說服他們恐怕會很困難……本來是這麼想的，想不到兩人意外地爽快，馬上就答應隨我前去『九條館』。不過一部分的原因，大概是因為在我們討論斑紋的事情時，剛好錯過了最後一班公車。

然後我先回到車上，趁兩人還沒上車，拜託梅莉回到洋房前暫時先別說話。畢竟光印記的事就已經夠棘手，萬一在這種地方嚇到他們，只會讓事情變得更難處理。

◆◆◆

男人的名字是【中松榮太】，今年三十三歲。原本似乎是軟體工程師，可後來因為某些緣故辭職，目前沒有工作。

而少女名叫【森宮鈴】，十一歲。乍看之下是個很普通的小學生，但性格卻意外地成熟。

兩人是在網路討論版上認識的，認識的契機是小鈴在討論版上詢問『怪食新娘』的情報，然後榮太回答了她的問題，從此開始了交流。

之所以在這種時間跑來電話亭，是因為小鈴家裡的狀況。她在白天受到母親嚴格的監視，被禁止無故外出。所以只能等到母親睡著後，才偷偷溜出門，最後被我撞見。

我一邊聽著他們的描述，一邊把梅莉抱下車，放到老位子的沙發上。

「喲咻……」

「謝謝。雖然在八敷大人的懷裡也不差，但果然還是這個位子最令人安心。」

見到梅莉突然開口說話，小鈴「人偶居然……」地倒抽了口氣，而榮太則「原來你剛剛說的、是真的啊」地張大嘴巴。

不過，人偶會說話的衝擊力，似乎沒有想像中的大。大概是因為剛才抵達『九條館』時，我在車上先提醒過他們等等可能會發生讓他們嚇一大跳的事吧。

兩人驚訝地看著梅莉，然後興致勃勃地連續問了好幾個問題，接著很快開始互相自我介紹。看來他們也跟小萌是同一類人。

不過想想也是，畢竟他們都為了跟幽靈說話，專程在大半夜跑到那種氣氛詭譎的電話亭了。可見他們原本就對超自然的現象抱持開放的態度。

「——那麼各位，可以開始了嗎？」

兩人聞言，倏地面對梅莉立正站好。

「鈴大人、榮太大人，還有在樓上客房休息的克莉絲蒂大人。我從三位的印記上，感受到了相同的氣息。」

換言之，他們三個人的印記都是來自『怪食新娘』。

只有我身上的印記，來自另一種怪異……我對已經聽慣這句話的自己感到無比疲倦。然而，就算抱怨也改變不了什麼，因此我決定暫時先不討論自己的印記。

另外，對於『怪食新娘』不是幽靈，而是怪異的事，小鈴和榮太倒是顯得不怎麼驚訝。

「嘛，畢竟網路上早就有人在懷疑，『怪食新娘』會不會是怪異了……」

「嗯。而且不管是幽靈還是怪異，都不改變它會在三間電話亭出沒，告訴你想找的東西在哪裡的事實……」

「三間電話亭？」

「跟『怪食新娘』相連的電話亭，一共有三座喔。」

這麼說來，以前克莉絲蒂好像也提過，她在進入樹海前曾在某處用過公共電話。

近年，由於行動電話的普及，電話亭的數量愈來愈少。難不成，克莉絲蒂當時用的，恰好就是那三座的其中之一嗎？我說出這件事後，小鈴立刻追問。

「呃、請問那位……克莉絲蒂小姐？她當時用的公共電話，你知道是在哪一座嗎？」

「……我記得，她好像說是『T尾山休息站』。」

「果然沒錯。」榮太聽了點點頭。

「能跟『怪食新娘』說話的三間電話亭，分別就是剛剛小鈴跟我用的『A街停車場』、集合住宅區前的『T住宅區公園』，還有『T尾山休息站』。」

『A街停車場』、『T住宅區公園』、『T尾山休息站』的電話亭。

這麼一來就找到兩人和克莉絲蒂的共通點了。他們是各自在與『怪食新娘』有關的不同地點，被刻上印記的。

可是，為什麼跟『怪食新娘』有所聯繫的，是這三間電話亭呢？總感覺背後應該有什麼特殊原因……但詢問之後，兩人都搖搖頭。關於這部分，網路上似乎沒有詳細的情報。

看樣子只能實際去這三間電話亭調查看看了。既然是怪異出沒的場所，應該會有什麼線索才對。

「那個，叔叔……」

「怎麼了？」

「在我們身上留下印記的，真的是『怪食新娘』嗎？」

「這個嘛，從眼前的狀況推論……」

然而，小鈴卻歪起腦袋。

「可是，『怪食新娘』的傳聞，早在五年前就已經出現了。但這麼多年來，卻沒有任何人提到過，離開電話亭的人會死啊……」

「嗯嗯，小鈴說得一點都沒錯喔。」

事實上，被詛咒的斑紋的謠言，是在一個多月前才出現的。榮太也主張道。

也就是說，『怪食新娘』是在不久之前，才轉變成會在人身上留下刻印的怪異嗎？的確，梅莉也曾說過，奇妙斑紋的故事開始在H市內流傳，是距今一個多月前的事……。

「所以，或許是在這一個月間，『怪食新娘』身上發生了什麼事……」

小鈴帶著抗議似的眼神對我說。不過，對於怪異到底發生過什麼事，我們所能做的也只有推論。

一旁的榮太則無奈地嘆氣道「要是這裡有電腦就好了」。我自己是不太懂電腦，可是對榮太來說，電腦似乎是調查的最佳工具。

「……唔，對了。話說回來，八敷先生你們又為什麼會跑到那種郊區的電話亭啊？」

「啊。難道說，叔叔你是載人偶小姐出去兜風的嗎？」

面對一臉認真問道的小鈴，我搖搖頭回答「不是……」。

於是，我先解釋了自己帶梅莉前往『H神社』的經緯，然後把在調查神社附近時，感知到怪異氣息，然後匆匆趕去A街道的過程告訴他們。

「……『H神社』，我記得那是在樹海裡面吧？」
「您說得沒錯，榮太大人。因為我感知到了『怪食新娘』的氣息，八敷大人才匆匆離開了『H神社』。如果當時再深入調查一下的話，也許就能查出有關神佛天譴的情報了……」
這時，榮太靈光一閃似地用力拍手。
「那不然這樣如何？我們同時去調查『怪食新娘』和『H神社』，你們覺得怎麼樣？」
「意思是……？」
「意思是，既然『怪食新娘』會告訴人們想找的東西在什麼地方，那麼我們不如直接打電話問它，那個被人從『H神社』偷走的佛像到底去了哪裡呀。」
「……所以你想找出那個佛像，重新供奉起來嗎？」
「呃、這個嘛，找到佛像後具體該怎麼做，其實我也不太清楚就是了……」
的確，關於供養這件事，最好晚點跟克莉絲蒂討論一下比較妥當。
「……尋找佛像啊。」
我感覺就算繼續調查『H神社』境內，也不會有什麼進展。既然如此，直接找出一切根源的那個被盜走的佛像，或許也是一個方法。如果那麼做可以不跟怪異戰鬥就消除印記，沒理由不試一試。
你覺得呢？我的視線飄向斜下方。然後梅莉也移動琉璃色的眼球，答了聲「說的也是」。
「總而言之，擁有人形的物體，皆很容易寄宿不可思議的力量。」
「擁有人形的物體……」
「是的。譬如會流血的石像或詛咒的草人等等，類似的事例不勝枚舉。若是歷史悠久的神佛雕塑，就更是如此了。」

梅莉說，這件事的確有問問『怪食新娘』的價值。

「還有，八敷大人，我方才也說過了，您身上的印記……跟其餘幾位稍有不同。不過，其他的怪異消滅，確實減弱了印記的力量。」

其他怪異的消滅——指的就是『花彥君』和『森林的斑男』。所以來到『九條館』後已經過數日，我卻還是活得好好的。梅莉大概是這個意思。

「以我的力量，無法查出您右手上的印記與『怪食新娘』的因果……不過，為了您自己……」

「——……」

「今夜也請您指引這兩位『印人』了。」

梅莉說完闔上眼睛，輕輕低下頭。

◆◆◆

在那之後，我隨即與小鈴和榮太兩人，一同前往位於H市南邊的『T尾山休息站』。

建於高台上的那處休息站，就坐落在有名的T尾山山麓下，但大概是因為深夜的緣故，看不到半點人跡。根據榮太所言，正式的登山口，是在位於另一個方向的廣場。

而休息站的對面，就是那片有如漆黑大海的『H城樹海』。克莉絲蒂八成是在這裡打完電話後，直接從這裡進入樹海的。確實，這片樹海光是站在這裡凝視，就有種會被不知不覺吸進去的感覺。

這時，不遠的方向傳來一陣狗吠。

是在森林裡嗎？又或是登山道的入口呢？那是一道有如狼嚎般，隱隱透露著哀傷的嚎叫聲。

「那聲音……」小鈴看著樹海喃喃自語。

「……感覺好像在呼喚什麼人。我想應該是在呼叫自己的主人吧。」

「妳聽得懂犬類的叫聲？」

「只是有種直覺而已。因為我們家也有養狗。而且那孩子，大概不是普通的狗。」

哎？我轉頭望向小鈴。不是普通的狗，是什麼意思？

「那孩子八成……是幽靈或地縛靈之類的東西。」

但才剛說出這句話，小鈴便「啊」地猛然摀住自己嘴。

「……不小心說出來了。這種事情，除了在『媽媽的朋友』面前外，本來是不可以隨便告訴別人的。因為會被其他人當成怪胎。」

這莫非就是所謂的靈感？其實之前就隱隱感覺到，小鈴果然不是普通的人物。除此之外，她的話中還有其他令人好奇的地方……不過現在還是先別追究得太深。

「比起那個，叔叔，我想『怪食新娘』出沒的電話亭，應該就是那個才對。」

小鈴手指的，是一間佇立於休息站角落的電話亭。

不知是否因為被路樹包圍的關係，霧濛濛的玻璃，微微泛著一抹綠色。

另外，螢光燈的燈泡也彷彿隨時會熄滅似地一閃一閃，一看就知道很久沒有人維護。

根據小鈴和榮太的描述，只要走進去電話亭裡等待，公共電話就會自己響起。可是電話亭內狹窄的空間，別說是三個人了，連要擠進兩個人都有困難。這時，就像是察覺了我的顧慮，小鈴自告奮勇地表示「不然由我進去如何？」。

「反正我已經跟『怪食新娘』說過一次話了。」

但我搖了搖頭。怎麼能讓小孩子去幫大人試水溫呢。

而榮太因為身體體積較大，加上門的特殊開關構造，儘管進去沒問題，不過關上門後卻會卡住出不來。看樣子還是只能由我進去。

於是我握住門把，戰戰兢兢地推開門走進電話亭內。然而，才剛踏進去，背後的小鈴便像想起了什麼似地「啊」了一聲。

「榮太哥哥！得把那個情報告訴叔叔才行！」

「啊！差點忘了！」

那似乎是在跟『怪食新娘』說話前，必須先知道的規矩。

「呃，這是我之前在『BBS』上查到的情報。接通電話後，如果『怪食新娘』主動問你問題的話，無論如何一定要回答『沒看』。」

「……『沒看』？那是什麼意思？」

「理由我也不清楚……不過『怪食新娘』好像對『看了』或『沒看』之類的答案非常敏感。」

難道『怪食新娘』在變成怪異之前，曾在視覺方面有什麼特殊的心結嗎？『花彥君』和『森林的斑男』，也都是因為死亡之際的強烈遺憾和痛苦，不知不覺成為怨念，才變成怪異的。

「我上次接電話時也是回答『沒看』後，它就馬上告訴我我要找的東西在哪裡了。」

於是我點點頭，關上了電話亭的門。然後，靜靜地待在這幾乎沒有轉身空間的電話亭內，等待『怪食新娘』的電話。

趁著這段時間，我隨意看了看電話亭內的環境。然後，一張貼在玻璃上部的告示吸引了我的注意。

【請協助調查！】
一九九×年二月八號深夜，旁邊的『H城樹海』曾發生一起施暴案件。
如您對本案有任何線索，請立即通報『H警署』。

【警視廳】

是警視廳張貼的告示。上面記錄的，似乎是一起五年前發生的刑案。

而那張告示的旁邊，還貼著另一張類似的傳單。不過那張傳單被滲進電話亭的雨水沾濕，大部分的文字都糊掉了。只能讀出最後一行字印的也是【警視廳】。

貼了這麼多告示，代表這起事件在當時應該非常受到警方的關注吧。如果是這麼重大的案件，曾經當過新聞主播的克莉絲蒂或許會知道詳細的經過也不一定。我一邊思考著，一邊把手放在電話筒上，以便隨時接聽。然後——。

嘟嚕嚕嚕嚕。一陣電子鈴聲響了起來。我立刻拿起聽筒。

「喂……」

然而，從聽筒另一端傳來的，卻不是人的聲音，而是嘟嚕嚕嚕……跟剛剛完全相同的鈴聲。

這是怎麼回事？或許是看到我蹙緊眉頭，小鈴和榮太也一臉擔心地從外面看著我。

幾秒後，聽筒內開始聽見古怪的聲響。咕嚓……咕嚓……彷彿在咀嚼著什麼黏稠物體般的怪聲。最後，在那奇怪的聲響中，逐漸浮起一個女人的聲音。

『你「看」了嗎？』

混雜著噪音的噁心聲音。這個聲音就是『怪食新娘』嗎？間隔了一秒後，對面又問了一次「你看到了嗎？」，完全相同的問題。於是我——。

「沒看。」

按照小鈴和榮太教我的方式回應。

聽筒另一頭的聲音忽地停止。然而於這段期間之中，那個咕嚓咕嚓的咀嚼聲依然沒有中斷。接著——。

『……你想「看」什麼？』

『怪食新娘』再次用令人背脊凍結的聲音問道。

看樣子接下來似乎可以利用這個問題詢問它我們想找的東西。現在還是暫時別去思考剛剛為什麼要回答「沒看到」的理由，先問它佛像的所在之地比較恰當。

於是我直接詢問，距今五十年前從『H神社』被人挖走的佛像，如今身在何處。

然而，過了好幾秒，『怪食新娘』卻始終不說話。感覺好像有點不對勁。是不想回答嗎？那個咀嚼聲突然開始增加。

『咕嚓……。佛像……。佛像……。佛祖、大、人……？咕嚓……。你已經見到了、在你手上刻下記號的……「佛祖大人」了呀……？』

手？記號？它指的是印記嗎？可是『佛祖大人』又是指什麼？

『可是、嗯？你還想找新的「佛祖大人」嗎？欸、欸、為什麼呢……？』

從電話的另一頭，可以清楚感覺到『怪食新娘』焦躁的情緒。

隨後，聽筒對面持續激動不停地「欸？欸？欸？」地逼問。最後那聲音變成了有如壞掉揚聲器般「欸欸欸欸咿咿咿咿咿!?」的尖叫，接著瞬間切斷。

「——……！」

那陣彷彿一拳毆打在我臉頰上的怪叫聲，嚇得我心臟噗通噗通地猛跳。

「叔叔!?」「八敷先生!?怎麼了!?」

外面傳來兩人驚慌的叫聲……於是我呆若木雞地掛回電話，走出電話亭。

我扶著附近的欄杆，努力平復呼吸。『怪食新娘』的叫聲感覺好像還在耳邊迴盪，令人異常難受。而榮太和小鈴則一邊擔心地看著我，一邊歪著頭。

「真的假的……。可是『ＢＢＳ』上完全沒有人報告過這樣的情形啊……」

「『怪食新娘』，為什麼沒有回答問題……」

「不曉得……到底是怎麼回事？」

看樣子，我遇到的情況，似乎跟小鈴那時有所不同。可是我明明就按照榮太說的，回答了「沒看」啊。這時，右手腕的印記就像在主張著自己的存在似地，熱辣辣地痛了起來。只見印記突然開始發紅，我的心跳小小加速了一下。

對了……根據梅莉的說法，對我刻下印記的怪異並不是『怪食新娘』。首先這點就跟小鈴不一樣。

然後，『怪食新娘』說了，我已經見到了在我身上刻下印記的『佛祖大人』。

所謂的『佛祖大人』，到底是指什麼？

難道在我身上刻下印記的，是接近神佛的存在嗎？

又或者『怪食新娘』是想告訴我，我的印記是一種天譴呢……？我的大腦現在就像磁針亂飄的指南針一樣混亂。這時，榮太像是在擔心我似的，說了聲「我們先移動到別的地方吧」。

「反正繼續待在這裡，電話也應該不會再打來了……」

確實，現在比起待在原地鑽牛角尖，不如先到別的地方碰碰運氣。

於是我們轉換心情，朝第三間電話亭所在的『T住宅區公園』出發。

◆◆◆

『T住宅區公園』位於H市的南側。在並肩林立的集合住宅之間，有座簡陋的小公園。白天的時候，這裡應該到處都能聽到住宅區的孩子們熱鬧的歡笑聲。但現在已經將近午夜，周圍一點人跡也沒有。

而傳說中的電話亭，就在公園的角落處微微亮著。

雖然對『T尾山休息站』時電話被掛斷的原因還是有點耿耿於懷，但總之現在先把那件事放到一邊……我像剛才一樣，走進電話亭內，等待『怪食新娘』的電話。

等待間，我又瞄到貼在電話亭玻璃上的宣傳紙。

可能因為是住宅區，這裡的玻璃上都是琳琅滿目的補習班或家政清潔服務的廣告。但在那些廣告中，有張格外引人注目的告示。

【請踴躍提供關於ＯＬ誘拐事件的情報！】

一九九╳年二月八號傍晚，一名居住附近的女性（二十四歲）遭到綁架。

若您曾經目擊該案，請立即向最近的警署提供情報。

【警視廳】

跟『Ｔ尾山』一樣，是警視廳張貼的告示。日期是五年前的二月八日。

記得『Ｔ尾山』那邊的告示寫的，明明是發生在『Ｈ城樹海』的施暴事件……一股討厭的感覺在胸口浮起。難道說，五年前曾有某個住在這一帶的女性被人綁架，然後被帶到『Ｈ城樹海』施暴嗎？

「——……」

或許只是巧合而已。但是，相同顏色、相同設計的告示，卻讓我的大腦忍不住產生了黑暗的聯想。

然後過了數分鐘，電話始終沒有響。在外面等待的榮太為了不讓小鈴站得太久，帶她走到可以從電話亭看見的長椅上坐下。

我一邊無意識地用手指敲打電話亭，一邊在腦中思索眼前的狀況。

會不會存在一個人每天只能跟『怪食新娘』說一次話的限制？雖然榮太蒐集到的情報中，沒有提到類似的規則，但也不代表沒有這可能。又或是剛才的那通電話，惹『怪食新娘』不高興了呢……後者的可能性也很大。

總言之，我決定再等一會兒，看看過了午夜日期改變後，電話會不會響。

然而，電話亭內唯一聽得到的，就是只有在電話亭角落飛舞的飛蛾振翅聲。

為了保險起見，榮太也開著門在話筒前試了一下。但結果還是一樣。『怪食新娘』沒有打電話來。

然後，公園內的時鐘指針在十二點的位置重疊。幾乎同一瞬間，榮太小跑步跑了過來。

「八敷先生……！我看今天還是先回『九條館』如何？喏……小鈴跟我們不一樣，還是個小孩子……」

他說得沒錯，對年僅十一歲的小鈴而言，這種時間還在外面活動實在太辛苦了。

儘管本人嘴巴上說不要緊，不過依舊可以看出她的臉色不太好。旁邊的榮太也開始面露疲憊。

「你說得對……今天就到此為止，先回洋房養精蓄銳吧……」

於是我說服了還說著「可是」的小鈴，一同回到車上。然而於看著兩人坐上後座，正想伸手打開駕駛座的車門那瞬間——眼前的畫面突然歪斜扭曲。

怎麼回事？

接著，不遠處的草叢中浮現一道嬌小的黑影。然後一個不可思議的聲音冷不防在腦中響起。

「勿隨街談巷說……。反其道而行吧……」

是黑兔子。兔子與我一瞬間四目相對後，便掉頭轉過身子，咻地一下消失在草叢中。
還是一樣令人費解的生物。但至今為止，牠每次出現都幫了我大忙。
勿隨街談巷說，反其道而行？街談巷說？是指網路上的傳聞嗎？
意思是說，我不應該按照網路上的傳聞回答「沒看」，而應回答相反的答案才對？「沒看」的相反。換言之就是——。
我的腦中浮現了三個字，然後坐上駕駛座，朝『九條館』的方向行駛而去。

◆◆◆

「對不起……在回來的車上，不小心睡著了……」
到達『九條館』後，小鈴走下車的第一句話就是這個。榮太聽了輕輕笑著告訴她「沒關係啦」。
「跑了三處電話亭，就算是大人也會累。」
「……嗯。還有，剛才錯過機會，忘了說一件事……」
說著，小鈴從上衣的口袋掏出某樣東西。只見她的手掌上，放著一張對折了兩次的小紙。
「這是什麼？」
「我想應該是生日賀卡之類的吧……掉在電話亭和長椅中間的地上……」
小鈴說她是在走回車上的途中發現，然後匆匆放進口袋的。榮太拿起那張用紅線封住的小卡，來回檢查了一下正面和反面。接著，突然「咦！」地驚呼出聲。

「這個是……!?」

怎麼了？我靠上前去，榮太把卡片的背面轉向我。只見上面用類似簽名的流利筆跡，寫著【致身在天國的妳】一行字。

「……致身在天國的妳？」

「……是。因為我覺得有點奇特，就忍不住撿回來了。」

小鈴自己也還沒打開來看過，因此便決定推舉我為代表，現場拆開卡片。我抱著有點緊張的心情，緩緩拉開紅色的蝴蝶結。

> 致 聖子
>
> 妳的憾恨，我一定會替妳昭雪。
>
> 所以希望身在天國的妳，能忘了那起事件，安心地長眠……。

看到「那起事件」的部分，我的身體瞬間凍結。

這裡說的，該不會就是『T尾山休息站』和『T住宅區公園』的兩間電話亭內貼的施暴事件，以及綁架女性的事件吧？

我把這件事告訴榮太和小鈴後，他們表示在『A街停車場』的電話亭內，也有貼著類似的告示。

「所以，三間電話亭裡，都有相同的告示嗎？」

「看來是這樣沒錯……但我在『T尾山休息站』和『T住宅區公園』都沒注意到……」

而且，榮太更表示以前曾聽人說過這兩起事件。

「我在想……上面寫的應該就是五年前那宗令人作嘔的事件吧……」

由於那起事件太過震撼，事發當時，在網路社群引起了不小的討論。

「……榮太，你還記得被害女性的姓名嗎？」

不記得了。榮太一臉歉疚地搖頭。

「我沒記得那麼清楚……但我印象中好像有個『子』字……」

卡片上面寫著「致聖子」。難道『怪食新娘』傳說裡的那三間電話亭，跟卡片上提到的「那起事件」有什麼關聯？若真有關係，那麼「天國的妳」就是……。

——這時，背後忽地響起唧……地開門聲。

「你回來了啊，八敷先生。」

出現在車庫門前的人，是克莉絲蒂。

「關於你們剛剛討論的那個事件，可以參考一下那個架子上的資料。」

克莉絲蒂表示自己是聽見引擎聲，才下樓過來看看的。

「妳的身體好點了嗎？」

「嗯。畢竟一直都在室內休息。現在已經冷靜多了。」

初次見到克莉絲蒂的小鈴和榮太，連忙對她點頭問候。不過克莉絲蒂卻露出一臉詫異的神情。大概是沒想到新的成員，居然是一對怎麼看都很可疑的宅男青年和小女孩的組合吧。

然而她似乎失去了吐槽的力氣，只淡淡回了個禮，便逕自走到車庫的置物架前。在我們出門後，克莉絲蒂似乎在大宅內搜索了一遍，調查了所有跟印記和『H神社』有關的資料。

「……然後我在這個置物架上發現了。放在架子上的這排檔案，竟然鉅細靡遺地記錄了H市內這幾年發生的，從芝麻綠豆小事到凶惡犯罪所有的刑案。」

「……也就是說，五年前的事件也在這裡面嗎？」

「嗯，應該是。」

於是我們一本一本地把多達數十冊的檔案夾全部翻了遍。

不久後，小鈴便「啊」地喊了一聲。

「……找到了。日期是二月八號。被害者的名字是『長谷川聖子』。」

「『長谷川聖子』……跟卡片上的署名一樣……」

「那起事件，我記得以前當新聞主播的時候有去採訪過……」

根據檔案夾中的剪報描述，這位女性似乎是在婚禮前夕，於『T尾山』附近自殺了。遺體被人發現時，身上還穿著婚紗。

「那是一起光是談論就讓人不舒服的事件……即將結婚的女子，在帶著愛犬出門散步時遭人綁架……」

克莉絲蒂說著忽地瞄向小鈴。

「接下來要說的內容非常殘酷……小妹妹沒關係嗎……？」

榮太也擔心地望著小鈴。

「嗯……我也覺得小鈴妳不要聽比較好。因為，我沒猜錯的話，應該跟我以前在網路上看到的是同一起事件……」

「克莉絲蒂小姐、榮太哥哥，謝謝你們的關心。可是，如果這事件跟『怪食新娘』有關的話，我也想知道真相……」

小鈴一臉緊繃。但是，語氣卻十分堅毅。真是個勇敢的孩子。看到小鈴堅定的態度，克莉絲蒂輕輕微笑。

「我明白了。那我就繼續說下去。可是，如果覺得不舒服的話一定要說喔？」

「好的。」

「……後來被害者被犯人帶去樹海一帶，遭到集體輪姦。隔天，被人發現一身破爛地走在馬路上。」

而一路追趕綁匪車子的寵物犬，也在『T尾山』附近遭到歹徒輾死。與『花彥君』時相同的情感瞬間湧上心頭，這次的真相也同樣令人從心底感到作嘔。

然後克莉絲蒂又說了「但是」，表情變得更加沉重。

「她的不幸並未就此結束……」

「啊……嗯，接下來的部分網路上也有提到。在一部分的社群間是滿有名的故事……歹徒把受害女性被強暴時的過程用相機拍了下來……然後寄給了她的未婚夫。」

聽到這難以置信的內容，我的身體瞬間僵硬。一旁的小鈴也吸了口氣。

「他們威脅他，如果不付贖金的話，就把照片發到網路上……」

最後，被害女性的未婚夫付了大筆贖金，買回了照片和底片。故事的結局實在太過悽慘，我忍不住把視線射向克莉絲蒂。

「這是真的嗎？」

「嗯……不過當時警方限制了報導，我也是從其他管道聽說的……聖子小姐因為那起事件，出現了嚴重的神經衰弱症狀……最後才因此上吊自殺。聽說她是個性非常耿直老實的人，所以才會承受不了這樣的打擊吧……」

居然對即將結婚的女性做出這種毫無人性的行為。我和小鈴都沉重地說不出話。

「這篇剪報也有寫……聖子小姐是在『T住宅區』被綁架，在『T尾山』被強暴的。最後被歹徒丟在『A街』……不久後自殺……。」

全部都是『怪食新娘』的電話亭所在的地點。

換句話說，『怪食新娘』在變成怪異前的真實身分就是……寧靜的顫慄在深夜的車庫內流竄。

「還有，我記得聖子小姐的未婚夫，好像是一位有名的音樂家。也因為這樣，這起事件當時曾廣受注目。還有兩人一起帶去婚前旅行的那隻小狗因勇敢護主而犧牲的故事也是……」

內心的憤怒已經超越了悲傷，到了恨不得把犯人千刀萬剮的程度。另一方面，我也對聖子小姐的那位音樂家未婚夫後來的去向感到好奇。即將結為連理的未婚妻，以及她的愛犬受到那種對待，一般人絕對不可能就這樣吞下這口氣才對。開口詢問後，只見克莉絲蒂苦澀地點點頭。

「是啊。傳說他因備受這起事件打擊導致變得怪裡怪氣，不久後就失蹤了。」

「不過啊……失蹤的不只他一個人。聽說犯案的那群歹徒，也全都下落不明了。」

根據榮太所說，在網路社群上，曾出現過一個對這起事件的內幕異常了解的傢伙。

「就我的推測，那傢伙應該是犯人之一。他在網路散布很多了不為人知的內幕……譬如歹徒犯案時拍照的經過……」

「你是說……在強暴時的……」

「嗯……那群卑劣的歹徒在犯案之後，拿出了照相機……受害女子則滿臉沾滿淚水，拚命地哭叫『不要看我、不要看我』……」

「……。……不要看我、嗎。」

我回想起當時在電話另一頭，『怪食新娘』不斷追問「你看了嗎？」這件事。

『怪食新娘』之所以這麼在意有沒有被別人看到，恐怕就是事件發生時曾被歹徒用相機拍下所造成的吧。

所以才說不管聽到什麼問題，都必須回答「沒看」……。

「……可是，突然有一天，那傢伙就再也沒出現了。」

「……網路討論板的生態不就是那樣？」

「的確有些人會突然就不再上線。可是當自己丟出來的話題引起熱烈討論的時候，一般來說都會追蹤下去……而且，根據某位包打聽的說法，那傢伙似乎突然就斷絕了所有聯繫。雖說那些人本來就死不足惜……不過感覺還是怪可怕的……」

在那之後我把事情的經緯告訴了梅莉。而梅莉建議，此事應該盡快回到現場重新展開調查。根據九條沙耶生前的說法，愈是靠近怪異誕生的地點，怪異生前留下的怨念就愈強。因此也愈有機會遭遇怪異，或是找到消除印記的線索。

根據檔案夾中的剪報，長谷川聖子的自殺地點，是從『T尾山』一側進入『H城樹海』的近郊。換言之，『怪食新娘』就是在那一帶誕生的。

若無意外，『怪食新娘』應該還徘徊在那附近。

於是，我讓身體狀況還未完全恢復的克莉絲蒂留在館內繼續調查，並載榮太回到位於『T尾山』山腳附近的住家，利用網路蒐集更多資訊。等他查到更多『怪食新娘』的情報，便立刻趕來跟我們會合。

而趁著這段時間，我和小鈴兩人則再次前往『T尾山休息站』。

◆◆◆

開車前往目的地的路上，理所當然地只有我和小鈴二人結伴。

然而，一路上卻始終找不到聊得起來的話題。

我試著想了幾個小學生可能喜歡的話題，可小鈴似乎都不怎麼感興趣。不過由於性格比同齡的小孩成熟，無論我丟出什麼話題，她都會配合我，因此從另一個角度來看也可說什麼話題都能聊。但總覺得這樣反而本末倒置了。

煩惱了半天，我最後決定聊聊她的父母。對於才認識不到一天的對象，這問題可能有點冒犯，不過我們現在也算是生死與共的夥伴。雖說是小孩子，不過既然是夥伴，還是應該認識一下彼此的背景。結果，小鈴用泰然的語氣回答「我家裡現在只有媽媽一個人」。

我該不會一不小心踩到了地雷吧？可是，小鈴說完後隨即微微低下頭。

「對不起，我應該先告訴叔叔你才對。請你不需要放在心上。我媽媽現在每天都要去外面工作。」

單親家庭，母親又每天在外工作，代表她大部分的時間都是一個人在家。大概就是因為這樣，所以才會養成如此成熟穩重的性格。

「抱歉，問了奇怪的問題。」

「不會。」

然後對話就這樣結束了。車內陷入了漫長的沉默，等到小鈴再度開口時，眼前已能看到『T尾山休息站』的入口。

「那個、叔叔你認為這個印記……真的是『怪食新娘』造成的嗎？」

「我也不敢百分之百篤定……不過，往這個方向推論應該比較合理才對。」

說的也是。小鈴點點頭。然而，從她的語氣，可以聽出她很不想把『怪食新娘』當成邪惡之物。果不其然，沒過幾秒，小鈴又說了句「可是」，抬頭看著我。

「『怪食新娘』卻幫我找到了我想找的東西。」

「所以妳不想把『怪食新娘』當成邪惡的怪異嗎……？」

小鈴點了點頭。雖然沒有問過她想找的東西是什麼，但對小鈴而言，那想必是非常重要的事物。

老實說，我個人也頗同情『怪食新娘』。她生前遇到了那麼悲慘的遭遇，因此才變成了怪異。可是，站在身旁的小鈴，就像不想被我發現似地摀著手臂。那就是印記正在發痛的最好證據。

「……小鈴。」

低著頭的小鈴倏地抬頭。

「妳的手腕之所以發疼，十之八九是『怪食新娘』留下的印記造成的。換言之，『印人』的生命，就掌握在怪異的手裡。」

「——……」

「所以現在，我們只能認定『怪食新娘』是為人們帶來不幸的怪異。」

小鈴不發一語。雖然很可憐，但現在必須強硬起來。

為了避免今後不得不打倒『怪食新娘』的時候，讓小鈴承受更深的悲傷，或者猶豫不決。這也是我深思熟慮後，認為對小鈴最好的舉措。

進入『T尾山休息站』後，我在那間電話亭的附近停下車。才剛熄火，小鈴便匆匆打開副駕駛座的車門。

「我又聽見那叫聲了……」

我跟著走下車，發現小鈴說得沒錯。就跟數小時前一樣，那陣悲傷的嚎叫聲，依舊在遠方不斷迴盪。

當時，小鈴說過那聲音是在呼喚自己的主人。難不成對方正在呼喚的主人，就是『怪食新娘』的前身，死去的長谷川聖子？小鈴似乎也有相同的想法。

「這聲音，可能是有什麼事情想告訴『怪食新娘』也說不定……」

我給了小鈴一支手電筒。然後我們用兩盞手電筒的燈光在前方開路，踏進嚎叫聲傳來的樹海。

跟調查『森林的斑男』時一樣，夜晚的森林就像一座迷宮，感覺沒走幾步路便會迷失方向。而且這次與我同行的是個小女孩，可不能像跟真下調查時一樣，只顧著迴避自己遇到的危險。於是我一面隨時注意跟在斜後方的小鈴，一面盡量選擇容易行走的道路，配合小鈴的速度往前進。

走著走著，小鈴忽地開口講了句「話說回來」，問了我一個問題。

「之前撿到的那張卡片……是不是長谷川聖子小姐的未婚夫寫的？」

我在腦中回憶那張卡片上的其中一句話。

『妳的憾恨，我一定會替妳昭雪……』。

從這內容推斷，應該是她的未婚夫所寫的沒錯。雖然不曉得「昭雪」具體指的是什麼……還有，這張卡片不是掉在她當初自殺的地方，而是『T住宅區公園』這件事，也很奇怪。關於這一點，我問了問小鈴的看法。

「會不會……這張卡片其實是『怪食新娘』掉的呢？」

「妳的意思是怪異一直帶著這張卡片行走？」

「是……」

真是羅曼蒂克的推論。不過，從長谷川聖子是穿著新娘禮服自殺這件事來看，這倒也不是不可能。也許即便成了怪異，在『怪食新娘』的心中，還是存在著一顆想跟愛人在一起的女人心。

就在這時，前方突然有某個物體反射了手電筒的光。

「那是什麼？」

「叔叔……！樹上好像黏著什麼東西……！」

我一邊提高警覺，一邊小心翼翼地靠近那棵樹。幾秒後，我才看清楚「那東西」的真面目，腦中瞬間一片空白。

「這……是什麼……？」

黏在樹上的是好幾張照片。應該是用拍立得相機拍的。然後，不論哪張照片——。

「眼、眼睛……被釘住了……!?」

正如小鈴所言，照片裡的人，眼睛全都被釘上了釘子。而釘子的周圍，還捆著類似膠帶的細長咖啡色物體。

一滴冷汗流過背脊。到底是什麼樣的怨恨，才能讓人做出這麼恐怖的事。

此外，照片中的人全部是「男人」。而且每個人都是一眼就能看出不是什麼正經人物，疑似幫派成員的傢伙。

儘管只是照片，可那慘烈的畫面仍然讓人看得頭暈目眩，忍不住往後退了半步。而就在此時——。

微微挪開的視線前方，又出現了某個閃閃發光的物體。我立刻把手電筒往上舉，只見某個細細的物體從上面垂下。

「叔叔！那個、好像是狗狗的項圈……！」

小鈴說，那項圈正是現在依然在嚎叫的那隻狗的東西。或許是她用靈感應力感覺到的吧。我伸出手，試著把掛在樹梢上的項圈拿下來。但卻搆不著。我彎下膝蓋，用力往上跳，結果還是差了一點。

「那、那個……！不如讓我來拿？」

小鈴建議，讓她騎在我的肩膀上去拿。同樣的作法若換成榮太，不、就算換成克莉絲蒂，我大概都會拒絕。不過以小鈴的體格應該沒有問題。於是我蹲下來，背部轉向小鈴。

「那我要爬囉……」

從未感受過的輕盈重量按上頭頸。然後我撐著肩膀上的小鈴，努力站穩搖晃的腳跟，慢慢地站起來。

「怎、怎麼樣……？搆得到嗎……？」

「還、還差一點……。……唔。拿、拿到了！」

因為腳下的地面不好站立，我一瞬間差點失去平衡；幸好小鈴及時抓到了項圈，兩人才沒有一起摔在地上。從項圈的尺寸來看，應該是介於中型犬到大型犬之間吧？材質是皮革，做工十分精緻。同時項圈的內側還刻著一行字。

【＊Ψ＊　〔ΓENTA〕　＊Ψ＊】

小鈴問我上面寫的是什麼，但我也不認識這種語言，沒法回答她。

不過照常理推斷，上面刻的應該是狗的名字。

就在這時，感覺背後有什麼東西動了一下。即便只是跟微風吹過一樣的微弱氣息，可小鈴似乎也注意到了。我們同時轉過頭。

接著，只見視線前方，出現了一隻體格精瘦的狗。我一時以為是野犬，急忙把小鈴拉到背後。不過，觀察了幾秒，才發現似乎不是那麼回事。

那條狗有著一身在黑暗中也能看出來的光澤毛皮，看得出有經過人類的保養。而且牠完全沒有攻擊我們的意思，只是靜靜地盯著我們。

「叔叔！那孩子……一定就是之前一直在嚎叫的狗狗！」

……也就是說，這條狗早就已經死了嗎？確實，仔細一看，牠的身體四周裹著淡淡的光芒。

之所以突然能看見牠，難道是因為我們碰到了項圈？而且定下神後，才發現那陣悲傷的嚎叫不知什麼時候停止了。雖然不曉得牠是不是真的幽靈，但如果剛剛的嚎叫是來自眼前的這條狗，那一切就說得通了。

接著，那條狗開始在同一個地方轉圈圈，並用前腳在地面挖掘。

「那裡埋了什麼東西嗎……？」

然後，那條狗就像想告訴我們什麼事情一樣，繼續在同一個地方挖了好幾次，接著一口氣衝進樹海深處消失無蹤。牠的舉動勾起了我們的好奇心，於是我們立刻跑到牠剛剛挖掘的位置查看。仔細觀察後，發現只有那塊地的土壤有被翻動的痕跡。

這下面一定有東西……在強烈的直覺下，我試著挖開隆起的土塊。

「哎？」

身後傳來輕聲驚呼。大概是被我突然用手挖土的舉動嚇到了吧。

「妳在旁邊看著就行了。這裡的土很柔軟，我一個人就夠了。」

然而小鈴也跟著我蹲下來。

「我也要幫忙！我在照顧學校的花圃時也常常挖土。」

老實說，有人幫忙的話確實快得多。於是我撿起掉在附近的樹枝遞給小鈴，讓她在能力範圍內幫忙。

我們就這樣默默地在地上挖了好一段時間。感覺就好像在盜墓似的。之所以會聯想到這個詞，大概是因為我已隱隱預感到土裡會出現什麼東西了吧……。

接著，挖了兩、三分鐘後，指尖忽地碰到了什麼。觸感很堅硬，但不是岩石。我告訴小鈴「接下來我自己挖就好」，讓她退到後面。雖說無論如何她還是會看到，可我還是想盡量讓年幼的少女遠離接下來的衝擊。

不久後，從泥土中出現的——果然是白骨化的屍體。

不過，或許是因為也已經預料到了，小鈴對於這裡埋有屍體的事似乎不怎麼震驚，反而覺得親眼看到人骨的視覺性衝擊更加震撼。

儘管已經化為白骨，但屍體的身上依舊穿著白色襯衫，可見並沒有那麼古老。同時他的手裡還握著某個東西。我拍掉屍體手邊的泥土，將變成白骨的手指一根根撥開。

屍體手裡握著的是一個塑膠袋。袋子裡裝著幾卷卡式錄音帶，以及跟於『T住宅區公園』撿到的相同款式的卡片。

「這具屍體……就是長谷川聖子的未婚夫嗎……」

雖然卡片已經風化，但因為有塑膠袋的保護，所以大部分的文字還是看得見。

> 我把那些混蛋全部……插爛眼睛……殺了……。那些……汙……妳……混……。
> 這麼一來妳也……安心……長眠……。
> 我該做的事都……成了……。我也……死……。在妳離開……的這個地方……。
> 希望……在天國……聽……新歌……。

從內容來看，這應該是封遺書。既是一封強烈的犯罪自白，也是送給長谷川聖子的訊息。

過了好一會兒，小鈴才用沉重的語氣問道。

「……為什麼裡頭還放著錄音帶呢？」

「……我也不清楚。」

從常理推斷，這些錄音帶或許就跟卡片一樣，也是送給已故未婚妻的禮物吧。但現場沒有辦法判斷，總之還是先帶回去比較好。可就在此時——。

「唔！」

小鈴忽地按住自己的眼睛。

「小鈴!?怎麼了!?」

「眼睛……我的眼睛……突然、有種刺刺的……好、好痛……！」

小鈴按住眼睛，痛得跪倒在地。我立即猜到可能是印記的影響，急忙捲起她的左袖，只見那齒痕狀的斑紋正在發紅發腫。然後就像共鳴一樣，我的右手腕也突然急速發熱。宛如被烙鐵按在皮膚上的灼熱感，痛得我也不禁按住右手，咬緊牙根。

接著，心臟噗通一跳。來自印記的脈動，經由血管傳遍全身。

「唔……！」

腦袋一片朦朧，純白的空間彷如煙霧般逐漸在腦內蔓延……。

必須趁我還能自己活動時，想辦法帶小鈴離開這地方。

「……小、小鈴！喂，小鈴，聽得到嗎？」

小鈴在連聲呼喚下微微睜開眼，點頭應了聲「是」。然而，說完這句話後，腦袋便咕嚕地一沉，暈了過去。

我急忙背起小鈴，然後緊緊抓著她的雙手以免她被甩下去，接著沿著來時的道路撤退。

◆◆◆

好不容易維持住清醒，成功離開樹海後，我再次回到了『T尾山休息站』。背上的小鈴不時發出痛苦的呻吟，但不論怎麼叫她都沒有反應。

而我自己也好不到哪裡去，若不是全力睜大眼睛的話，感覺意識隨時會飄離頭腦。

總而言之現在最好盡早離開這裡。我飛也似地衝向車子，讓小鈴躺在後座，然後自己也快速坐上駕駛席。而就在這時候。

「小鈴！八敷先生！」

不知從哪傳來呼叫。接著在一陣腳踏車的煞車聲後，榮太從黑暗的馬路上奔了過來。

「太、太好了！還好沒錯過！」

我在網路上查到『怪食新娘』的新情報了喔——榮太一邊立起腳踏車的車架一邊說道。不過他馬上就注意到躺在後座的小鈴，跌跌撞撞地衝到車邊。

「怎、怎麼會這樣！小鈴啊!?」

於是我把事情的經過簡單說明了一遍，告訴他現在與其唉聲嘆氣，更應該盡快離開這地方，催促他快點上車。

「說、說得對……總之先到安全的地方再說。啊，可是對我們來說根本沒有安全的地方……」

就在榮太垂頭喪氣地坐上車子的瞬間，小鈴的頭微微轉了過來，緊閉的眼睛緩緩張開。

「小、小鈴！妳恢復意識了嗎!?」

「……大哥哥？」

「嗯！對，是我！」

小鈴用空洞的眼神盯著榮太的臉。

「……小鈴？」

「……你是誰……？」

「……欸？」

「大哥哥你、是誰……？」

她的視線雖然投向榮太，眼神卻像在望著遙遠的彼方。見到她空虛的目光，榮太摀著臉喊了聲「騙人的吧!?」然後頹然跪在地上。

「啊……啊、啊啊……怎麼會這樣。」

「榮太……」

「為什麼、為什麼小鈴的記憶會？為什麼啊!?為什麼是這孩子啊！小鈴明明一直把『怪食新娘』當成好人的!!」

「榮太，總而言之先上車吧。為了延緩印記的發作，最好先遠離怪異誕生的地方。」

後照鏡中的小鈴，正愣愣地看著車窗外流逝的風景。

視線的前方，是沿著高架道路向遠方伸展的樹海，以及每隔一段距離便會出現的【危險！此處曾發生死亡車禍！】的警告牌。

在那黯淡無光的眼眸中，這令人不適的光景究竟是什麼樣子呢？

我握著方向盤一邊思索，一邊猛踩腳下的油門，只想盡早回到『九條館』。

過了一會兒，榮太用戰戰兢兢的語氣問道。

「那個，八敷先生……我們該不會迷路了……？」

「咦……」

「這段路，我們剛剛不是才走過嗎？」

怎麼可能，難道是印記的詛咒讓我連方向感都失去了？於是我集中注意力，順著平常走的那條通往『九條館』的路前進。可是不管怎麼開，車子始終無法離開高架道路，路上完全見不到往下脫離的交流道。

這時我才終於留意到。那個寫著【危險！此處曾發生死亡車禍！】的看板，又從旁邊再一次飛了過去。

的確有些路段會連續豎立著好幾面相同的警告牌沒錯。可是，這個數量實在太異常了。

「八敷先生!?我們、該不會一直在同一段路繞圈子吧!?」

「……不、不會的，別擔心。我想只要前進一會兒就能出去了。」

為了讓自己保持鎮定，我這麼告訴榮太。

可是，前方又再次出現了那個警告牌。不論前進多久，前方還是不斷循環出現同樣的告示牌。大事不妙。要是無法脫離這個空間，我們三個人說不定都會在這輛車上迎來「死亡期限」。

「可惡……！」

我忍不住捶了一下方向盤。可能是因為太用力，右手腕背面的印記又開始灼熱發痛。

「那個，八敷先生，我覺得就算繼續往前開，結果也不會有什麼改變。所以，或許不應該往前……」

試試迴轉返回原來的地方怎麼樣？榮太說。

他說的有道理。我們可能打從一開始就闖入了迷宮。

再次帶小鈴回到『怪食新娘』誕生的場所，儘管讓人不太放心……但繼續在這個像滾輪般上的道路上兜圈子也不是辦法。

目前對向車道上沒有其他車子。於是我急速迴轉方向盤，一百八十度掉轉車體，再次朝『T尾山休息站』踩下油門。

熟悉的景色終於再次於眼前出現。在前方等著我們的，是『T尾山休息站』的入口。

雖然最終還是回到了這地方，但這只是為了重新換條道路。我打算在車子完全進入休息站的入口前，就立即掉轉方向盤。可就在那時——。

——嘟嚕嚕嚕嚕嚕嚕。

突然，電話亭內傳來鈴聲。而且是連在車窗緊閉的車廂內，也能聽得一清二楚的尖銳聲響。後座的榮太立刻探出身體，問了聲「怎麼辦!?」。

「肯定是『怪食新娘』打來的！」

「啊啊……」

——嘟嚕嚕嚕嚕嚕嚕。嘟嚕嚕嚕嚕嚕嚕。

電話鈴就有如尖叫聲般響個不停。然後，就像是被鈴聲給喚醒，小鈴倏地眨了眨眼，接著表情痛苦地發出「——嗚……」的呻吟。

「眼、眼睛……」

小鈴雙手摀著臉，就像要把眼球抓出來似地按住眼窩。

「小、小鈴!?」

「好、好痛……！眼睛……好痛喔！快、快點、接電話……！」

「電話……!?」

「快、快點……！讓那個聲音停下來！」

——嘟嚕嚕嚕嚕嚕、嘟嚕嚕嚕嚕嚕。

「快點！求求你……嗚……快、快點……！」

指縫中隱約可見小鈴的眼球布滿血絲，彷彿隨時會飛出來似地大大凸起。

「八、八敷先生！」

榮太呼喚的同一瞬間，我以最快的速度打開車門，跳下車跑向電話亭。此時背後再度傳來榮太的叫聲。

「還有關於我剛才在網路上查到的情報！『怪食新娘』好像很執著於和眼睛有關的東西！」

「這是什麼意思!?」

「呃呃呃、我想想……比如不要提到跟眼睛有關的字眼!?譬如『眼』或『演』或『掩』！」

「你剛剛講的全部都是『一ㄢˋ』啊！」

「我指的是同音字啦！啊，對了。我想小鈴的眼睛會發痛，說不定也跟這有關。」

為了保險起見，英文的『EYE』最好也不要提到。榮太補充。

雖然這情報聽起來一點也不可靠，但現在也只能相信它了。於是我回了聲「知道了」，然後全速衝向情緒失控的公共電話。

跟幾小時前一樣，我屏著呼吸接起電話。

從聽筒另一頭傳來的，果然是那有如嚼著口香糖似的咕嚓咕嚓咀嚼聲。

除此之外，還不時混雜著喀吱、喀吱……的像是牙齒啃著某種東西的聲音。

雖然聽起來很像咬糖果的聲音……但在看不見實際畫面的情況下，那噪音只讓人感到無比刺耳不悅。

然後，『怪食新娘』果然又問了同樣的問題。

『你「看」了嗎？』

跟以前一樣，『怪食新娘』似乎對『看』、『被看』非常執著。

榮太之前告訴我，這種時候不論如何都要回答「沒看」。可是這一次，我的選擇與傳言背道而馳——回答「看了」。

「勿隨街談巷說，反其道而行吧」。在『T住宅區公園』時遇到的黑兔子是這麼說的。

一聽到這兩個字，『怪食新娘』忽然「嗚……」地發出怯縮的聲音。

『你「看」了……對吧？』

『我的那個……你「看」到了吧!?』

於是我再說了一次「看了」。然後，電話那一頭先是傳來一陣動搖的急促呼吸，接著那咀嚼聲突然中斷。

下一瞬間——電話亭的玻璃突然砰！地一聲，被某個東西重重撞了一下。然後，緊接著一連串碰！碰！碰！的敲擊，使整個電話亭都搖了起來。

感覺有某種東西正在一點一點逼近……可是眼前卻什麼都看不見……。

我開始擔心再繼續待在電話亭內，說不定會被殺死。畢竟在這狹窄空間內根本無處可逃。面對迫在眉睫的危機，我決定先掛上電話。然而，就在把聽筒完全掛回去的前一刻，聽筒的另一頭依稀傳來一句細弱的話語說道『告訴我……』。

『……你是怎麼、「看」到那個的？』

那聲音跟先前不一樣，就像是在傾訴著什麼。

怎麼看的？是在問我「看到的方法」嗎？還有，那個又是指……。

據我的推測，它說的應該是遭到強暴時歹徒拍下的照片吧。

玻璃仍持續發出可怕的拍擊聲，電話亭也還在不停震動……然而我有種預感，現在不要出去，留下來回答『怪食新娘』的問題才是正確的做法。

我感覺現在傾聽『怪食新娘』——長谷川聖子的話語非常重要。

『……你用「眼睛」看的嗎？還是用「眼鏡」？「望遠鏡」？』

眼睛、眼鏡、望遠鏡。

根據榮太在網路上查到的情報，最好不要在它面前提到跟「眼」有關的字眼。

所以，單純從字面上考量，應該選擇沒有「眼」字的『望遠鏡』。

可是，這裡是不是也應該照黑兔說的，不要聽從世間的謠言才對呢？

我不曉得該如何決定，忍不住瞄了一眼停在電話亭外面的休旅車。

坐在後座的小鈴，現在依舊按著眼睛。在旁邊照顧她的榮太，不知道是不是印記的影響開始發作，也一臉忍著疼痛的模樣。現在已經沒有時間猶豫了。於是我抱著賭賭看的決心回答了「望遠鏡」，選擇相信榮太的情報。

接著——。

玻璃的表面，突然像映像管電視剛打開的時候一樣，慢慢浮出一道血紅色的手印。手印的位置，大概就是剛剛外面被敲打的部位。
只見紅色的手印一個接著一個浮現，瞬間就把整面玻璃都染成一片紅，迅速覆蓋外面的景色。
『……你，……是什麼樣的人？最在乎什麼？「夢魘」……？「戀人」……？「愛情」……？』
夢魘、戀人、愛情。
什麼意思？是要我從這三者中，選出自己最在乎的東西嗎？
因為不曉得這問題的目的，我一時不知該如何回答。接著，玻璃上的手印增加得愈來愈快。
然後，『怪食新娘』就像在催促我一樣，又輕聲問了一遍「夢魘、戀人、愛情，哪個？」看這情況……再不快點回答的話就危險了。
「……！我懂了！」
儘管一瞬間被弄昏了頭，但這問題會不會就跟剛才一樣，只要從字面上思考就行了呢？
夢魘有『ㄧㄢˇ』的音。而戀人則沒有。
而愛情……雖然也沒有『ㄧㄢˇ』的音，但『愛』的發音跟英文的『EYE』一樣。
於是我再次依照榮太給我的提示，回答了「戀人」。
接著——不知道是不是得到了想要的答案，在電話另一頭窺視著我的那股氣息忽然消失了。同時，貼在玻璃上的血手印也一點點淡去。

是剛剛的回答讓『怪食新娘』恢復平靜了嗎？若是如此，小鈴和榮太眼睛疼痛的症狀或許也已經消退了。

我為了確定答案，決定把聽筒先掛回電話上。但幾乎就在同一瞬間，一股強烈的寒氣倏地灌進電話亭內。

感覺到背後的異樣氣息，我連忙轉過頭去。

然後，只見微微打開的電話亭門縫中，有隻「手指」鑽了進來。

是隻沾滿泥土、漆黑細長的手指。

「……噫!?」

驚嚇之下，我不小心弄掉了手裡的聽筒。

把「手指」伸入電話亭內的那個，身材高大得必須抬頭才能看見頂端，全身上下都泛著白。

然而乍看之下，我完全認不住那物體究竟是什麼。身心都被逼至絕境的我，只能死命往後貼著電話機。

最後我終於認出，那原來是一件新娘婚紗。

頭頂披著面紗，下面則是純白的長禮服。

那件長長的面紗雖然是用透光的布料所製成，但因背著電話亭外的路燈，故無法看見面紗下的長相。然而，從那脖子長得誇張的古怪身形看來，一眼就能判斷出那個不是人類。

這就是──『怪食新娘』。

『怪食新娘』疑似頭部的部分頂著電話亭的天花板，漆黑的手指在空中比劃著。然後──。

『……那就讓我聽聽吧。……最新的那個。』

那不知道是從身體的哪部分發出的聲音，如此對我說道。它的語氣，就好像把我當成了親近的友人。可是「最新的那個」是什麼？

於是我試著反問它「那個是什麼？」。但它對我的問題毫無反應，只把枯枝般的手掌伸到我面前。

然後，可能是因為得不到回應，『怪食新娘』的聲音開始變得焦躁。

『……你不讓我聽嗎？』

『怪食新娘』縮回黑色的手指，身體緩緩往後轉。

然後它就像融化在路燈的光線下，身體倏地消失無蹤。但眨眨眼一看，才發現它已悄無聲息地移動到了休旅車後方。

『真的不給我聽嗎？』

我急忙跑出電話亭追了上去。

榮太似乎也感覺到了那股不祥的邪氣，緊緊抱住小鈴想保護她。然而不知道是不是受到怪異的影響，他的動作十分遲鈍，一臉朦朧的模樣。

『……你用圓圓的眼睛……看到了吧？』

不好。『怪食新娘』的怨怒目標開始轉向小鈴和榮太了。

只見『怪食新娘』的身體大大地往後仰。因為這動作，原本罩在頭上的頭紗跟著滑落至地上。

從頭紗下出現的面龐，令我啞然失語。

它的脖子就像被某種力量用力往上拉扯，長長地伸展。連在脖子上面的頭顱扭曲變形，劃出詭異的弧線。眼睛的形狀也左右不對稱。

而其中最引人注目的，則是那張像被撕裂般的大口。那張口中發出咕嚓咕嚓的討厭噪音，不停咀嚼著什麼。直到仔細一看才發現……。

竟然是一粒圓滾滾的眼球。

每次咀嚼，眼球就會在黑白兩色間變換，在大嘴內翻滾。

然後『怪食新娘』一邊晃著長長的脖子，一邊往後座內部窺探。

『……不乖的眼睛……通通吃掉。』

它選定的目標，原來是小鈴嗎。只見車內的小鈴再次「呀啊啊！」地尖叫，雙手按著眼球。
「噫！好痛！好痛、好痛喔！」
「小鈴！」
「救、救救我！……爸爸！…………拜託你！快救救我！」
在那之後，小鈴一直反覆呼喊著「爸爸」。而旁邊的榮太則一邊流出近乎血色的淚水，一邊朝背後吶喊「快住手！」。
「想要眼睛的話我的給你！所以放過小鈴，詛咒我吧！」
然而，他竭盡全力的哀求似乎完全沒有效果，『怪食新娘』還是不停咀嚼著。
接著，『怪食新娘』的嘴裡發出嘎哩——某種有彈性的物體被咬碎的聲響。它口中的眼球碎掉了。車廂後座跟著響起遠勝先前的悲鳴。
「小鈴！榮太！」
再不快回答的話兩個人都會死。可是我實在想不通『怪食新娘』想要的究竟是什麼。
「……可惡！」
情急之下，我決定先嘗試物理性的攻擊手段，直接衝了上前。
現在身邊能當成武器的，就只有手裡的手電筒。不過，如果用全身的力量砸下去，說不定有機會稍微嚇退它。
就在這時——一個發出微弱光芒的物體，從黑暗中浮現。
是在樹海遇見的那條狗。

那條狗迅速跑了過來，跟在樹海時一樣繞著我轉起圈來，並時不時把鼻子湊向我的大衣口袋。

「……我身上有什麼東西嗎!?」

我開口詢問，但狗沒有反應，只是一直重複相同的動作。不過看到牠的舉動，我赫然想起不久前在樹海的記憶。

「對了……！」

我的口袋裡，還放著當時從土裡挖出來的塑膠袋。

「所以『讓我聽聽』指的……」

或許是那幾卷錄音帶。

寫給長谷川聖子的卡片也放在塑膠袋裡，所以那三卷錄音帶應該也是身為音樂家的未婚夫要送給她的東西。

於是我急忙跑向休旅車，把三卷錄音帶倒在駕駛座的椅子上。

『驢……歌』『……響曲』『My……』

每卷錄音帶上都貼著貌似歌名的標籤。

『怪食新娘』想要的是「最新的那個」。可是，標籤上沒有註明日期，我根本不曉得哪首才是最新的。

「是哪卷!?最新的歌曲到底是哪首……!?」

由於光看外表也毫無頭緒，因此我決定先把最靠近手邊的『豔……歌』插進車用音響。但把錄音帶放進去的前一刻，榮太突然叫道「等等！」。

「最新的那首歌，應該是防寫用『凹口』沒有折進去的那個……！」

榮太帶著痛苦的表情，從後座爬到前面。

「卡式錄音帶一般為了防止錄好的音軌被覆蓋，都會把『凹口』的部分壓進去對吧？但有時手忙腳亂之下，常常會發生忘記把它壓下去，結果不小心把錄好的曲子蓋掉的意外！」

確實，長谷川聖子的未婚夫錄製這首新曲的時間，或許就是在決定「殉情」之後；這麼一來，確實非常有可能會忽略防複寫的處理。

而三卷錄音帶中唯一一卷『凹口』沒有被壓進去的只有『My……』。

於是我決定再相信一次榮太，把那卷錄音帶插進卡槽。

幾秒後。

揚聲器中流出優美的前奏。我慢慢轉動旋鈕，緩緩提高音量，讓車外也能聽得見。接著——。

大概是因為聽見了旋律，『怪食新娘』的動作逐漸放緩。同時口中的咀嚼聲也停止了。

等注意到時，站在車後的已不再是凶惡不祥的怪異，而是身穿婚紗的長髮女性。

『是嗎……你完成了呀…………那首曲子。』

女性聽著那旋律，自言自語地說了聲「是首好歌呢」，開心地瞇起眼睛。這時，方才出現的那條狗也「汪」地叫了一聲，快步奔了過來。

『小元……！原來你在這裡呀……！』

太好了——女人說著彎下腰，抱住拚命甩著尾巴的狗狗。

『對不起，讓你孤獨了那麼久……來，我們走吧……那個人……也在等著我們呢……』

不知不覺間，電話亭上的紅色手印開始消失。

而那名女性也戴回長長的頭紗，在「眩目的光芒」中消融。

不久之後，滑落在地的聽筒傳來微弱的說話聲。

『——那個，敝姓長谷川……啊、不對。敝姓青山……』

是道沉穩的女性嗓音。

『……啊、不好意思。我打錯號碼了……很抱歉打擾到您。那麼，我先掛斷了。』

噗滋。嘟————……。

在那以後，這具傳說中與『怪食新娘』相通的公共電話，除了普通回鈴音外，就再也聽不到任何聲響了。

◆◆◆

回到『九條館』沒多久，小鈴和榮太便先行離開。

印記消失者，應盡早回歸日常。這是梅莉的希望，同時也是亡故的九條沙耶的意思。

我陪他們走到面對著日出耀眼光芒的大門口，並目送兩人離去。走著走著，走在前方的小鈴忽然「啊！」地回頭。

「對了，那隻狗狗項圈上的文字讀做『元太』喔。剛才，克莉絲蒂小姐告訴我的。」

「啊啊。是希臘文對不對？」

「網路上也有提到。長谷川聖子和未婚夫生前帶狗狗去度假的地方，原來就是希臘。」

「……一定是一趟很快樂的旅行吧。」

因悲劇而誕生的『怪食新娘』。

希望在未婚夫所做的曲子和愛犬的引導下，她能順利成佛……。

「那個，叔叔。今天很謝謝你。多虧你的幫忙，我終於可以去見爸爸了。」

「——……」

小鈴的語氣聽起來非常開心。儘管我一直刻意不去問，不過小鈴先前請『怪食新娘』幫忙尋找的東西……。

「是，就是我爸爸的下落。爸爸會離開家裡，是因為大約一年前，媽媽開始皈依某個宗教。」

小鈴說，她的母親不知從什麼時候，開始崇拜某個神靈。

「我記得是一尊叫『修羅大人』的神明。」

修羅大人——這名字好像在什麼地方聽過。可因為印記的影響，一下子想不起來。

「我對『修羅大人』的事情不太了解。但每天放學回家後，都會被媽媽帶去某個地方祭祀。」

而小鈴的父親很不滿這件事，結果有一天，就這樣離家出走了。

「爸爸他，現在好像住在某個不認識的女人家裡。所以我決定，下次去那裡見他……」

「我、我知道了。說到這兒就行了。」

小鈴歪著頭，答了聲「喔」。

即便年紀還小，不過小鈴似乎已非常習慣大人的世界。

雖然不知道是好是壞，但那天不怕地不怕的性格大概就是這麼來的吧。

「叔叔！隔了這麼久終於能跟爸爸說話，我非常期待喔！」

可諷刺的是，她此刻流露的笑容，卻是目前為止最像小孩子的。看著那天真無邪的喜悅模樣，我只能無言地點頭回應。

「我也要向你道謝。小鈴這回能平安無事，都是多虧了八敷先生。真的很謝謝。」

榮太比起自己，依舊更關心小鈴。儘管是個外表打扮和性格都相當奇特的男人，不過唯有這點始終一以貫之。而雖說是被拜託的，但他本人也對當初帶小鈴到那麼危險的地方，感到非常懊悔。

「一想到小鈴要是有個萬一，我就……我就……」

看到榮太哭鼻子的模樣，小鈴不禁笑了出來。

「別哭啦，榮太哥哥。喏，你看我一點也沒受傷啊。」

「嗯……」

「榮太哥哥，謝謝你願意帶我去那個電話亭。」

「唔、唔嗯……！」

然後，大門的另一頭遠遠傳來微弱的引擎聲。

「啊，榮太哥哥，第一班公車要來了喔。」
「嗯。那走吧，小鈴。」
於是兩人又再次對我低頭道謝，匆匆跑出門外。然後在踏出『九條館』的院子之前，又同時回過頭。
「八敷先生！關於『H神社』被人挖走的佛像，我會去網路上查查看的！」
「我也會幫忙！」
一旦發現了新情報，兩人表示都會第一時間通知我。
「啊啊，那就拜託你們幫忙了。」
說完，我也舉起刻著印記的右手，向他們道別。
目送兩人離去後，我轉頭走向車庫，坐進那輛已經是調查怪異之必備工具的老休旅車。
之所以現在發動引擎，是因為克莉絲蒂拜託我載她到她家附近。她的印記也平安消除了，沒有繼續留下來的理由。
不搭公車的原因，似乎是因為在這裡住了好幾天，行李多了不少，所以搭乘公共交通工具回去比較麻煩……算了，這也沒有辦法。
等了一會兒後，只見克莉絲蒂提著一個大包包走了過來。
「抱歉，整理行李花了點時間。那兩個人已經回去了嗎？」
「是啊。」

「雖然怪了一點，不過他們都是不錯的孩子呢。啊、差點忘了。在離開前，有件事要先告訴你。」

能下車一下嗎？克莉絲蒂在車窗外招手，於是我開門下車。

「這是你們上次離開後，我又找到的檔案。」

克莉絲蒂手指的地方，放著一本寫著『H神社調查紀錄』的檔案。

封面上用流利的筆跡簽著【九條沙耶】的名字。

聽說那間神社祭祀的原本就是九條家的氏神，會有這類資料也不足為奇。

我翻開檔案，只見裡面鉅細靡遺地描述了『H神社』的由來和歷史。

內容大致上跟從梅莉那裡聽到的相同，記錄了從明治時代的『廢佛毀釋』到現代為止，九條沙耶所知道的信息。

不過，關於五十年前盜走那具無頭佛像的犯人身分，九條沙耶似乎也不清楚。

後面記錄的則是『H神社』的御神體。

這間神社似乎存在兩個御神體，分別是『鏡子』和『念持佛』。

「……『念持佛』？」

「就是讓信徒隨身攜帶，自己祭拜的小佛像。」

這種佛像似乎大多都是木造或銅造的。

檔案裡提到的『念持佛』，好像是裝在一個小束口袋內，放在『H神社』裡祭祀的……那片荒地上，有這樣的東西嗎？

還是說它也被什麼人給拿走了呢？我一面心想，一面繼續翻下去，然後發現於資料的最後，在有關佛像的調查紀錄中，註記著一則數個月前開始流傳的「某個謠言」。

位於H市內的『K宮町北路』

那是一條由於都市計畫的疏忽，因此到處都是人孔蓋的小道。別名『人孔蓋小巷』。

某天夜晚，一位少女打工下班後，穿越了那條小道。

因為那條路的路燈很少，常常有可疑人士出沒，所以少女加快腳步，想要盡快通過。然而，少女的面前卻突然跳出一道奇怪的人影，擋住了她的去路。

據說那是一個身穿白衣，蓬頭亂髮的女人。儘管因為天色太黑而看不清長相，但女人的嘴巴卻畫著一抹鮮血般的口紅，對少女露出深深的微笑。

而她的手上，就像抱嬰兒一樣地抱著一尊『無頭佛像』。

「雖然佛像被偷是五十年前的事了，那個白衣女人不太可能是犯人……」

但『無頭佛像』這種東西，可不是隨便都能撿到的。所以，這個白衣女人搞不好知道些什麼？克莉絲蒂說。

「若能找回那尊佛像拿回『H神社』供養……說不定就能消除你的印記了……」

即便克莉絲蒂的理論有些過於樂觀，可如今只剩下我一個人的印記還沒消失，『H神社』的事情，今後確實有必要調查下去。

「還有最後一件事。」

克莉絲蒂說，她在調查的時候，有個地方讓她感到耿耿於懷。

「這裡的檔案，應該都是九條沙耶整理而成的吧？」

「應該是。畢竟裡面也混著靈異學相關的資料。」

「我也這麼認為……可是，有些資料中出現的註解，筆跡感覺跟沙耶小姐不太一樣……」

「咦……」

「我比較了沙耶小姐書房內的業務報告……」

筆壓明顯有所不同。

「也就是說……除了九條沙耶以外，還有其他人在蒐集跟犯罪有關的報導，並在調查『H神社』嗎？」

「有這個可能。」

九條沙耶以外的人……這幾天下來，這棟大宅除了『印人』以外便沒有其他來客……這麼寂寥的地方，難道還隱藏著其他協助者？

「這點就交給你自己判斷了。可是，還請千萬小心一點……到底什麼有危險，什麼是安全的，我已經完全分不清楚了……」

在那之後我依照克莉絲蒂的請求，載她回到住家附近。

「啊，我在這裡下車就可以了。這次真的謝謝你了，八敷先生。」

克莉絲蒂打開車門，深吸一口氣後走下車。

「果然還是平常熟悉的景色最舒服。繼續待在那種地方，不管有幾條命都不夠用。」

「是啊……」

「啊、對不起。明明你還得繼續留在那裡的。」

「不，沒關係，別放在心上。」

雖然很不想承認，但對於只有自己得留在『九條館』這件事，我已經完全習慣了。

「可是，我也很感謝那座大宅。雖然很諷刺，但多虧了那個地方，才讓我有機會重新思考『死亡』這件事。如果不是被怪異刻了印記，我一定早就在那片樹海……」

說著，克莉絲蒂自嘲地笑了笑。然後，她的視線落在我握著車門把的右手腕上。

「那個印記，希望能盡早消失就好了……還有真下先生的行蹤也……」

「我打算回去後再跟梅莉打聽看看。包括剛才提到的那個，除了九條沙耶之外的另一個人。」

「好主意。那我先走了喔。至今為止的事，真的非常謝謝你，八敷先生。」

然後克莉絲蒂對我說了聲「晚安」，踏著輕快的步伐，朝大路的對面離去。

於是，我瞥了一眼右手腕上的不祥印記，像是被磁鐵吸回去般，再次朝自己唯一的歸處『九條館』啟程。

既然決定要對抗命運，不論前方的道路有多麼晦暗，我也只能一直往前邁進——。

第4章

ZOO老師

距離『怪食新娘』的調查已過去三天。這段時間，我一直在『印人』們都離去後變得異常清靜的洋房內，尋找從梅莉那裡打聽來的「某樣東西」的下落。那就是『九條館』的主鑰匙。

至今為止我調查過了館內的許多地方，但始終沒有找到跟怪異有關的情報。因此，剩下的希望只能寄託在那些被上鎖的房間。

然而幾小時後。

「……呼。」

我拖著疲憊的身軀在大廳的椅子坐下。結果今天也沒找到主鑰匙。看見我嘆氣的模樣，坐在對面的梅莉低頭說了聲「非常對不起」。

「……若鑰匙真在館內，我想應該會放在沙耶大人的房間。」

在女性的閨房東翻西找是非常失禮的行為。可我找了半天，最後也只找到靈學治療法相關的資料。其他的房間也一樣，雖然家具齊備，但櫃子和抽屜幾乎都空空如也，跟飯店的客房差不多。

「……原來如此。」

由於九條沙耶的身體狀態不佳，因此梅莉不想叨擾到她，近來就較少主動與她攀談。

「克莉絲蒂大人提到的、可能有其他人進出『九條館』的事，我也未曾聽沙耶大人提過隻字片語……」

對於館內的資料曾被九條沙耶以外的人碰過這件事，梅莉似乎全無所知。

「早知如此，當初就應該多跟沙耶大人聊聊才對……」

大概是想起了亡故的主人，梅莉的聲音聽來有些悲傷。她看起來幾乎就跟人類的少女別無二致。

「——……」

一直以來由於面對「死亡」的威脅，從來沒有時間好好思考過……不過梅莉果然是很不可思議的存在。她到底是怎麼誕生的呢？

「……八敷大人？您怎麼了嗎？」

梅莉發現我在盯著她看。

「不，只是有點好奇而已。」

梅莉稱九條沙耶為主人，也就是說，製造了梅莉的人，就是九條沙耶？

我詢問後，那頭浸染著夕陽餘暉的長髮左右晃了晃。

「不是的。我早在沙耶大人出生以前，便一直侍奉著『九條家』。」

「那麼，到底是誰，在什麼時候把妳製造出來的呢？」

我也不知道——梅莉再度搖頭。她似乎從有記憶的時候開始，就已經坐在那張沙發上，一直看著大廳高挑的天花板了。

「人們常說器物在經過漫長的歲月後，會被神祇或靈魂寄宿……或許我也是類似的存在。」

「換言之……就像是『九條家』的守護神囉？」

聽到我這麼說，梅莉似乎感到很驚訝。燭台的火焰瞬間晃了一下。

那就是梅莉的「氣」產生動搖的證據。

「這種說法有點太誇大了……但若有天真能成為那樣的存在，將是我最大的榮幸。」

接著，這次換成那雙蔚藍清澈的眼球盯著我瞧。

「八敷大人。」

因為是人偶，那對眼珠不可能像人眼一樣濕潤。但玻璃眼珠的光澤，此刻卻有種好像比平常多了點水氣的錯覺。

「怎麼了，梅莉。」

「多虧了您，眾多的『印人』才能獲救。相信沙耶大人若還在世，一定也非常感謝八敷大人。當然，梅莉我也同樣感謝您。」

她的聲音跟平常一樣毫無起伏。可是，總覺得今天的梅莉給人的印象要柔和許多。難道說，儘管無法用表情和動作表達情感，但她正在用自己的方式向我表達感謝之意嗎……？

就在這時，放在大廳角落的電話滴哩哩哩地響起。住進『九條館』以來，那支近乎骨董的老電話只響過三次。不過，每一次都是打錯號碼。

九條沙耶的名片上幾乎沒有任何有用的情報，可能她原本就不喜歡把自己的聯絡方式告訴別人吧。所以，我抱著這次八成也是打錯號碼的想法，隨手拿起話筒。

「喂，你好……」

聽筒內先是響起硬幣掉落的喀鏘聲響，然後一個熟悉的嗓音嘈雜地傳來。

『八、八敷先生！是我啦！』

即使不報姓名也能馬上認出來。那個獨具特色的聲音和說話方式，一聽就知道是榮太。

『聽、聽我說！小愛她！小愛她!!』

小愛？榮太除了小鈴之外，還認識其他小學生嗎？

『她在戶外演唱會上突然暈倒，被送去醫院了啦！』

啊嗚嗚——榮太在聽筒的另一頭啜泣。

「……抱歉，榮太。那個，能不能先告訴我誰是小愛啊？」

『哎!?八敷先生居然不認識嗎!?就是現在人氣很高的在地偶像團體「Love & Hero」的【柏木愛】啊！唱歌演戲主持樣樣精通，還會彈鋼琴的奇蹟美少女，從小孩到大人，甚至在女高中生之間也大受歡迎的那個柏木愛呀！』

『Love & Hero』，這名字似乎在哪裡聽過。可是除此之外就……這大概跟印記的影響無關，而是我真的不認識的演藝團體吧。不過，為了讓榮太冷靜下來，我決定先假裝敷衍一下。

「啊啊，我想起來了。的確是有這麼一位偶像。」

『你想起來就好了！要是長這麼大了還不認識小愛，在我看來簡直就是白活了。』

「嗯嗯，我懂了。所以，她發生了什麼事？」

『啊、唔嗯。我在現場看到了啊……！小愛昏倒的時候，左肩上竟然出現了印記！』

咦？我反射性地握緊手上的話筒。

根據榮太的說法，身為『Love & Hero』成員的柏木愛，今天原本預定要在戶外演唱會上表演鋼琴自彈自唱。

因為是免費觀賞的演唱會，所以觀眾席上除了成人粉絲外，也吸引了很多小孩子。因此表演的曲目，是小孩子們也都很熟悉的童謠『鯉魚旗』。

然後就在柏木愛剛彈完第三小節時，放在琴鍵上的手指忽然停止，中斷了旋律。
觀眾席立刻一片譁然，納悶發生了什麼事。結果下一秒，柏木愛竟然──。
咬著牙關按著自己的左肩，從椅子上跌了下來，躺在地上。
那時，她穿著的短夾克剛好滑下肩膀，露出了紅腫的印記。
『……我三天前才剛看過印記的紋路，那個充滿衝擊性的形狀，我絕對不會記錯的！那不是普通的刺青！一定是印記沒錯！』
隨後，陷入昏迷的柏木愛立刻被抬上擔架，送去醫院。
『而且啊，今天的小愛表現得也有點奇怪……她平常明明是個非常穩重可靠的女孩，但今天卻在演唱自己的招牌名曲時忘詞，更連團員的名字、甚至自己的名字都突然想不起來……』
「忘記自己的名字嗎……」
榮太的描述，聽起來的確很像印記的症狀。
『欸，八敷先生。她會不會也跟小鈴上次一樣，出現眼睛發痛的症狀啊……』
不，那個時候『怪食新娘』的氣息確實完全消失了，所以應該不會再出現相同的症狀。
可是，若榮太看到的印記是真貨，那麼那位叫柏木愛的偶像，很可能是被『怪食新娘』以外的怪異給詛咒了。
「榮太，就你所知的部分，有聽過柏木愛喜歡超自然或靈異話題的傳聞嗎？」
雖然只是跟小萌和小鈴相處時得來的印象，但感覺這世上似乎有不少女性喜歡超自然和靈異現象，甚至會主動去接觸它們。

『靈異話題……這個嘛……至少，小愛的官方部落格上沒有提過……啊！我記得不久之前，她有參加過在靈異地點探險的活動。』

榮太說，『Love & Hero』的成員，曾受邀上過一個專門到都市傳說中有幽靈出沒的靈異地點大冒險的綜藝節目。

「你還記不記得那時去的是哪裡？」

『呃呃……我記得第一站好像是O市的舊隧道……然後是T市一個發生過很多次交通意外的平交道。最後一站是H市內的某條小巷……』

H市的小巷——數天前的記憶倏地浮現。該不會是那個吧？

「榮太，你說的最後一站，是不是一條有很多人孔蓋的小路？」

『對對對！就是K宮町北的「人孔道小巷」……是說，我之前就在想了。八敷先生，你對「H市」的地理怎麼這麼清楚啊……？』

「不，不是那樣的……『九條館』的車庫不是放了很多檔案嗎？」

我告訴榮太，在那些檔案中，有一則關於在『人孔蓋小巷』目擊到一名抱著『無頭佛像』的白衣女子的新聞。

『那個佛像，該不會就是「H神社」的……!?』

「啊啊，有這個可能。」

這幾天來，我都待在館內調查資料；但這看情形，最好盡快前往『人孔蓋小巷』一探究竟。

『……抱歉，後來我也在網路上查了很多資料。但不管是怪異還是「H神社」，都沒有找到有用的新情報。』

然後榮太表示要跟我一起在K宮町北路會合。

『我也非常擔心小愛……』

但我嚴正拒絕了他的提議。萬一害榮太又被刻上印記就得不償失了。

『可是只有八敷先生你一個人……』

「榮太，麻煩你幫我繼續追蹤柏木愛的情報。也許能從她之後的變化，得知怪異的動向也說不定。」

『……是這樣嗎……？』

「啊啊。偶像的調查工作，除了你之外找不到更好的人選。」

我再次說了聲「就拜託你了」後，掛斷了電話。接著，恨恨地低頭望向如今依然在自己身上隱隱作痛的印記。絕對不能再讓更多人被這個愚蠢的斑紋玩弄了。

然後，一個沒有起伏的聲音說了聲「八敷大人」。我轉向聲音的主人，只見那過於工整的美麗面龐正看著自己。

「看來，您已經決定下一個目的地了呢。」

「啊啊……是K宮町北的『人孔蓋小巷』。」

「目前，我並未感覺到任何怪異的氣息……但那附近也許還殘留著怪異的痕跡……」

「明白了。關於『H神社』的佛像，說不定也能發現什麼蛛絲馬跡。」

「說的也是。以前我隨沙耶大人經過K宮町附近時，沙耶也曾說過雖然很微弱，但的確感應到了不好的東西……還請您務必小心行事。」

◆◆◆

抵達K宮町北後，我把休旅車停在附近的馬路旁，迅速前往『人孔蓋小巷』。這條小路位在閑靜的住宅區，儘管時間還不算太晚，卻看不到什麼行人。

而掩蓋著月光的雲層，更助長了詭譎的氣氛。

雖然不覺得在附近隨便亂逛就能遇到那白衣女人，但也只能先在附近繞繞看。

這時，一名三十歲前後的上班族一邊大聲嚷嚷，一邊從前方的馬路穿過。

「啊——需要我順便買什麼東西回去嗎？」

一瞬間還以為他是在自言自語，但仔細一看才發現不是如此。看來他是用最近正快速普及的手機在講電話。

「紙尿布和……奶粉？了解。……哎，現在？呃——我在哪裡？我在上次傳出鬧鬼的那條路附近。就是不久之前那個啊。說是有個白色的女幽靈出沒的……對對對，那條怪噁心的路。哎？最近還多了一個『老爺爺的幽靈』？……那你們以後最好連白天也少走這條路。我想那個大概是比幽靈更糟糕的東西。」

上班族一邊講著電話，一邊向前走。看樣子，這一帶的確有『白衣女人』的幽靈出沒的傳聞。

而另一個令人在意的情報，則是「老爺爺的幽靈」。

那又是什麼玩意兒啊……正納悶時，我突然想起放在車庫裡的檔案中，有收錄一則提到可疑人物出沒的新聞。總而言之，這地方似乎會吸引各種古怪的事物。

繼續往前走了一陣子，眼前出現一間大概已經沒在營業的香菸鋪，還有年代古老的販賣機。除此之外就沒有其他特別引人注目的東西，只剩下柏油路上到處可見的人孔蓋。因為都市計劃的疏漏，才使這條路上冒出這麼多人孔蓋，資料上是這麼寫的……這幅怪異的景象大概就是那個結果吧。

從最常見的咖啡色人孔蓋，到感覺已經有幾十年歷史的種類，各種大中小不等的人孔蓋不規則地散落在路上。如果還有什麼地方沒找過的話，大概只剩人孔蓋的下面了。於是我打開手電筒，一個一個檢查人孔蓋的溝槽。

這時，我發現有個人孔蓋的形狀跟其他都不一樣。看上去似乎是最古老的類型。蓋子上附有握把，感覺不需要特別的工具就可以拉起來。

保險起見，我先確認附近沒有人後，才伸手拉起蓋子。

好重。不過，還不至於重到拉不起來。

打開蓋子後，底下出現一個深不見底的漆黑豎井。豎井的牆面上裝有一條生鏽的豎梯，似乎可以通往底下。

那個傳說中的『白衣女人』，有沒有可能就是從這個豎井離開的呢？

儘管不太想下去，可現在也沒有其他可以探索的地方，我只好踩著眼前的豎梯慢慢往下爬。

嘰……嘰……。

每踩一步，豎梯便發出令人不安的悲鳴。這下面到底有什麼在等著我呢……。

往下爬了一會兒後，眼前出現了一條水泥造的通道。

可能是因為已有很長一段時間沒有換氣，底下沉澱著汙濁的空氣，讓人有點難以呼吸。

這裡到底是什麼地方？

怎麼看都不像普通的下水道，更像是為了某種目的而建造的地下設施。

我立刻打開手電筒照了照四周。緊接著，我馬上發現牆壁上寫著某種文字。那不是指引用的標示，而是直接用人手寫上去的巨大文字。我順著文字一個一個往下照，只見牆上寫原來是──。

【愛】【染】【修】【羅】【大】【人】

一行用油性筆寫成的文字。

「愛染……修羅大人……？」

腦中瞬間浮現兩段記憶。一是小鈴的母親。小鈴在離開『九條館』時，曾提到她母親皈依了某個信奉『修羅大人』的宗教。

第二個則是為了調查『花彥君』，在『H小學』內探索的時候。

教職員辦公室的牆上，同樣用油性筆寫著【愛染修羅大人】的文字。

『修羅大人』跟『愛染修羅大人』。

兩個是同樣的存在嗎？

而這兩個語感首先讓人聯想到的，果然還是有「戰鬥之神」形象的『阿修羅』……這難道也跟『無頭佛像』有什麼關聯？

我一邊思索一邊繼續用手電筒檢查牆壁，發現有個東西掉在那塗鴉的下面。

好像是一本筆記。從紅色的封面設計來看，比較像是女性用的筆記本。我走上前去打算撿起筆記本，卻嚇了一跳。筆記本上竟有一股異樣的臭味。

那是混合著獸脂、香料、還有血，這三種氣味的強烈臭氣。

「唔……」

我在手指正好可以搆到的距離蹲下來，一面捏著鼻子，一面啪啦啪啦地翻了翻內頁。

但是，裡頭用極小的字體寫著密密麻麻的內容，在這種昏暗的環境下實在沒法閱讀。而且，感覺上頭的筆跡跟牆上的文字有些相似。

雖然感覺會讓大衣也沾上臭味，不過為了調查，這也是必要的犧牲。於是我無奈地用指尖夾起那紅色的筆記，塞進口袋。

就在此時——。

「嗚嗡——————！」

突然間，背後傳來一陣怪異的聲響。

轉過頭去，只見一個白髮老人提著油燈，瞪著眼睛站在那裡。

缺了一個洞的門牙、茂密的鬍子，脖子上纏著一條骯髒的圍巾。

還有那身黝黑的肌膚，也不知道是天生的膚色還是汙垢造成的……。

另外，他的額頭上甚至長著一顆宛如印度高僧般的大黑痣。從他的外觀看來，怎麼看都不像普通的老人。

而老人的身後，則可以看見一扇微微打開的鐵門。他大概就是從那扇門裡出現的吧。

「喂！你這傢伙是哪裡來的啊！在俺的地盤裡幹什麼!?」

嗯嗯？老人睜著一隻眼，威嚇似地迫近。而他每往前走一步，便飄過一股奇怪的氣味。

看樣子，這老人似乎是住在這通道內的遊民。

「不、不是。我不是來跟你搶地盤的……」

「住嘴！這個『地下壕』哇，不是你這種半吊子的傢伙可以隨便進出的地方！知道的話，就快點滾出去！」

老人用尖銳的語調大吼完後，又回到那扇鐵門內。然後喀擦！小心翼翼地鎖上了門。

我一方面嚇得目瞪口呆，一方面又感到有些耿耿於懷。剛才的對話，總覺得有什麼地方不太自然。為什麼這老人要特地跑來警告我呢？

那扇鐵門原本就是關閉的。若是聽到外面有動靜，根本不需要特地跑出來露臉，直接把門鎖起來不就好了？

而且，這裡不是半吊子的傢伙可以隨便進出的地方——這種說法也很令人在意。

總而言之，這附近已經沒有其他值得注目的東西，還是快點離開比較好。

之所以這麼判斷，除了老人之外還有一個原因。

那就是自從進入這座地下壕後，就一直有種非比尋常的窒息感。起初我以為只是長年不通風的緣故。可是，現在卻開始覺得沒有那麼單純。

腦中有某種東西在隱隱作痛……這地方恐怕隱藏著什麼可怕的祕密……我不知道自己為什麼會這

麼想，但卻有種近乎確信的預感。因此決定還是先返回地面。

萬一人孔蓋被人蓋起來的話就完了。我懷著這股不安，急忙趕回原本的入口，然後再次沿著那搖搖欲墜的豎梯，全速返回地表。

所幸頭頂上依舊跟來時一樣，是那片陰沉的夜空。

於是我就這樣一口氣爬上去，然後兩隻手趴在柏油路上，在馬路中央大口喘氣。

「呼……」

肺部總算吸到新鮮空氣。結果，我在地下雖然沒找到『無頭佛像』和『白衣女人』的相關情報，卻發現了【愛染修羅大人】的塗鴉，以及一本滿是惡臭的紅色手記，並遇見了一位神祕的老人。

那個老人多半就是剛才那名路人提到的「老爺爺的幽靈」吧。我猜他應該是利用這個人孔蓋進出地面，並用某種方法取得食物，長期居住在地底下。畢竟，那份氣概可不是蓋的。不過，老人的事先放到一旁。

怪異的調查又走入死胡同的現在，當務之急是檢查唯一收穫的那本手記。於是我關上了人孔蓋、移動到路燈下，開始閱讀手記的內容。

眼看命運之日已近在眼前，我忍不住回想起在『H小學』任教的那段時光。

孩子們總是叫我『ZOO老師』。

ZOO……動物園老師……八成是因為我在理科教室養了很多實驗動物的緣故吧。

以可愛的蛇寶貝們為首，每天被我最喜歡的動物們包圍的日子……。

比起在製藥公司的無聊研究，那段歲月遠遠充實得多。

可是，都是因為那個愚蠢的校長，『H小學』遭到廢校。我的樂園被奪走了。

我必須取回那片樂園才行。為了這目的，我請求『修羅大人』賜予我需要的智慧。

明天，我就會死。

然後在『修羅大人』的慈悲下，我將重生成為『ZOO老師』。一切都按照『修羅大人』的引導。啊啊，修羅大人。

修羅大人，修羅大人，修羅大人，修羅大人，修羅大人。修羅大人，修羅大人，修羅大人。修羅大人，修羅大人，修羅大人，修羅大人，修羅大人，修羅大人，修羅大人，修

剩下的頁數全部被『修羅大人』四個字給填滿。然後不知是不是寫到一半太過激動，甚至還有親吻書頁的痕跡。令人忍不住反胃的刺鼻香水和可怕的唇印。滿布紙上的紅點，也不知道是口紅，還是乾掉的血跡……。

從手記裡的內容，可以感受到女人濃濃的邪念和陰暗的思緒。

但話說回來，『ZOO老師』到底是什麼？

這篇手記的書寫者是『H小學』的前教師，而且曾經做過動物實驗。後來，她加入某間製藥公

司的研究所，為了打造自己的樂園，變成了被她自己稱為『ＺＯＯ老師』的存在？

還有，手記中提到的『修羅大人』也很讓人在意。從內容來看，手記的主人似乎是個瘋狂的教徒……但『ＺＯＯ老師』和『修羅大人』，這難道會是怪異的名字嗎……。

就在這時，不知從哪裡——。

嘎沙、嘎沙，傳來草叢被撥開的聲音。如果是野貓的話，這聲音也太大了。我看了看周圍，唯一有草叢的地方，就只有不遠處那貌似公園的場所。

嘎沙、嘎沙。

藏在草叢裡的那東西，似乎正朝道路的方向靠近，草叢的摩擦聲愈來愈響。

我屏住氣息，鞋底幾乎貼著路面滑行，朝聲音的方向靠近……然後——。

「……來、來人……」

聽見了一道微弱的人聲。緊接著從草叢裡冒出來的，是女人纖細的手指。

「……幫……幫我……。拜託……救救……我。」

那聲音彷彿隨時會昏過去，努力伸出手尋求幫助。我急忙跑到草叢邊，拉住那隻痛苦的手。

「妳等著，我馬上就幫妳。」

嘎沙沙沙，草木猛烈地搖晃。被我從草叢裡拖出來的，是一具近乎全裸狀態的柔軟軀體。

見到那出乎意料的景象，我先是愣了一秒，然後趕緊接住倒向這裡的身體。

「……嗚、……嗚嗚。」

女人的年齡大約是二十來半，頭髮綁成一束，有著一身剛泡完澡似的水嫩膚質。暴露在晚風中的大腿上，纏著一條螺旋狀的蛇。

這種住宅區竟有蛇出沒……!?我連忙用手背揮開那條蛇搖晃的頭部。接著，那條蛇迅速鬆開女性的身體，像在黑暗中融化一樣，不曉得消失到哪裡去。

總而言之，不能讓女性的身體就這樣裸露在外。我脫下大衣，裹住那街燈下彷彿在微微發光的身體。然而，就在那瞬間，我注意到了。

是印記。方才被蛇纏住的位置，竟刻著一道像野獸咬過的齒痕……。

這時女性緩緩睜開眼皮，抬頭用朦朧的視線望向這裡。

「……頭、……頭、川。」

「……哎？」

「……被頭川那傢伙……給……擺了……一道。」

擠出這句話後，女性一下子倒在了我的身上，像電池用完一樣闔上了眼睛。

◆◆◆

我中斷了調查，立刻載那名女子返回『九條館』。畢竟按照常識，總不能就這樣把她丟在那裡。

我連向梅莉說明情況的時間都沒有，便先把那女性搬到二樓的客房，替她穿上浴袍後，再將她放在床上。從外觀看上去，似乎沒有明顯的外傷。在那之後，她也沒有再表現出痛苦的模樣，只是靜靜地睡著。

不過，她的嘴裡時不時會發出「頭、頭……」的夢話。

「頭川」。她想說的，應該是剛才昏過去前，曾經提到的這個詞。乍聽之下像是某人的姓氏，但具體到底指的是什麼，目前還不清楚。總而言之，在她自己醒過來前，就先讓她慢慢休息吧。

然後我把在草叢附近撿到，應該是屬於這名女性的包包放在床邊，關燈離開了房間。

正想下樓返回大廳時，我發現位於樓梯兩側的燭台火焰正猛烈地搖曳。是梅莉正在使用靈視嗎？

雖然不清楚，但總之先把剛剛帶回來的『印人』告訴她再說。於是我筆直走向紅色的沙發。只見梅莉似乎已經在等候我，倏地睜開藍色的眼眸。

「八敷大人……我在外面感知到了某種強烈的氣息。」

「……!?」

我追問她是不是怪異，不過她卻表示無法精確地感測。

「有很多股『氣』混雜在一起……雖然感覺不像是邪惡之物……八敷大人，不好意思，可以麻煩您去查看一下嗎？」

於是我跟平常一樣，打開『九條館』的正門走到外頭。我靠著從九條館內漏出的光線充當照明，在黑暗的庭園中前進，尋找梅莉感知到的「氣息」。

一眼望去，庭院比起第一天來的時候變得雜亂了些。原本修剪整齊的草皮，如今到處都可見參差不齊的雜草。而且還多了很多類似蜜蜂的昆蟲。

若沒猜錯的話，這片寬闊的庭園原本應該是九條沙耶在打理的。

整理得有條不紊的書房。打掃得一乾二淨的客房。

還有便條紙上工整的文字。以及有關靈學治療的一絲不苟的筆記。

從留在洋房內的各種物品，可以窺見她生前的個性。她以前應該是個認真又耿直，對生活中的方方面面都很細心打理的人物。

話說回來，那個「氣息」到底在哪裡呀？記得梅莉剛剛說是好幾股「氣」混雜在一起……。

這時，我隱約看見門的另一邊，似乎有什麼人正緩緩接近。

我瞬間繃緊神經。但仔細觀察，那動作並不像怪異那類超越常人的存在。

剪影看起來好像是一名女性。但她穿著古怪的服裝，每走一步，袖子和裙子便輕飄飄地搖曳。接著那人影終於察覺到了我，「啊呀」地輕聲驚呼，在門前停下腳步。

「真是想不到。居然還特地出來迎接我。」

說出這句話的，是個面帶微笑，一身奇妙打扮的女性。那服裝該說是魔女？一看就不像是尋常的職業。

「已經二十年沒來過了吧……？」

起初因為那抹濃妝而沒有發現，不過從她沙啞的聲線聽來，應該已有相當的年紀了。

「我說你，是『九條館』的人嗎？」

我尋思應該怎麼回答這問題。我現在的確住在『九條館』內，但跟九條家並沒有什麼關聯。接著那女性突然一副「原來如此」的眼神，仔細打量著我。

「從你身上的『氣』就知道了。你啊……是被刻了印記的人對不對？」

「咦……!?」

這位女性原來知道『印記』的存在。

「我記得，沙耶小姐是用『印人』稱呼這類人的。」

「您認識九條沙耶嗎？」

「沒錯。在自我介紹前先澄清一下吧。我本身直到不久前也跟你一樣是個『印人』。但不曉得為什麼，印記突然就自己消失了。」

這是怎麼回事？

「那位藝人柏木愛也是『印人』呢……雖然不清楚她的印記目前是什麼狀況。還有……恐怕沙耶小姐，也是因為印記才去世的……？」

這位女性，究竟是何方神聖？儘管不知道她的來歷，但至少完全感覺不到威脅。反而還有種友好的氣氛。於是我決定先招待她進門，並報上自己暫時取的假名後，陪她走向玄關。

女性的姓名是【安岡都和子】。

她是一位在銀座擁有自己店鋪的占卜師，偶爾還會受邀上電視。

「以前，我曾受邀擔任某個靈異節目的來賓。當時柏木愛小姐也有出演。」

大概就是榮太提到的綜藝節目吧。然後，安岡說自己和柏木愛就是在那時被刻上了『印記』。

「是『人孔蓋小巷』嗎？」

「哎呀，原來你已經知道了？既然這樣說明起來就簡單得多。總之在那天的錄影結束後，我們兩個都變成了『印人』。」

之後，兩人便一直保持著聯繫，也曾打算一同到『九條館』尋求協助。但兩邊都因為行程太忙碌，始終找不到機會過來。

「因為我這輩子已經活得夠久了，所以對人世間沒有什麼留戀。不過小愛小姐還很年輕。」

雖然不知道柏木愛的確切年齡，但既然是偶像的話，應該還只有十幾二十多歲。

「可是今天，小愛小姐卻突然失去了聯繫……」

在那之後，安岡便一直查不到她的下落。於是在營業時間結束後，安岡心想自己必須做點什麼才行，火速趕來『九條館』。

至於九條沙耶的「死」，則是從這幾天突然斷絕音訊，今天前往『九條館』的路途上才發現的。

「因為我完全感覺不到沙耶小姐的『氣』……大約是十天前，沙耶小姐在電話中曾對我說過。說她因為『印記』的影響，身體狀況一直不太好……」

因此，我才想說她該不會已經——安岡說。於是為了確認九條沙耶的「死」，她決定親自過來看看。

「啊啊……她已經不在『九條館』了……」

安剛聽了閉上眼，一語不發地點點頭。

「果然沙耶小姐，始終流著九條家的血嗎……」

九條家的血——真是耐人尋味的說法。

「……話說回來，好久沒有踏入這院子了。記得上次來的時候，前前代的族長身子還很硬朗，這麼算來應該有二十年了吧。」

「還真是老交情呢。」

我不經意地脫口而出。聽到這句話，安岡自嘲似地笑了一聲。

「也不能這麼說。畢竟，我是在跟前前代的村雨先生大吵一架後，跟九條家斷絕往來的。村雨先生的葬禮，也沒有邀請我參加。前代的正宗先生，還有沙耶小姐，我都只在他們還小的時候見過一次而已。」

前代的正宗先生……？

「所以大約一個月前，沙耶小姐突然打來的時候，我著實嚇了一跳呢。」

「等等……您的意思是，九條家前前代的族長是九條村雨，而前代是九條正宗，這一代才是九條沙耶，是這個意思？」

「是啊。」

「那麼九條家在這二十年間，就換了兩任族長嗎？」

安岡那有如能面般的蒼白臉孔忽然扭曲。

「的確是這樣。我剛剛也稍微提到了，九條家是一支代代都逃不過早夭宿命的家系。或是遇到意外、或是心臟麻痺，幾乎沒有一個人能壽終正寢……因此，也有人揶揄九條家是『被詛咒的一族』。」

換言之，九條沙耶也沒能逃過那個宿命……。

還有，聽安岡說，九條正宗其實是沙耶的兄長，據說幾年在國外遇到事故，從此下落不明。雖然也有可能只是巧合……但總覺得背後還有什麼無法形容的力量在作用。如果真的是詛咒的話，這個詛咒的真面目究竟是什麼呢……？是神佛的天譴，或是某種邪靈在作祟……。

「對了，八敷先生。這個院子裡，有放養什麼動物嗎？」

「動物？不，應該沒有才對……」

「是嗎？但我剛剛有看到某個東西從草皮上跑過去呢……？不，與其說是跑，不如說是在跳吧？」

跳？難道說，又是那隻黑色的兔子？但因為院子裡太過昏暗，沒辦法確認安岡說的動物在什麼地方。於是我決定先問問她看到的那隻動物有多大。但，就在此時──。

哐啷！館內傳來一陣巨大的聲響。

聽起來像是某個東西摔到地上，是以前從來沒有聽過的衝擊聲。

噗通！我的心臟猛烈地跳了一下。有種不好的預感。

等自己意識到時，身體已經衝了出去，全速奔進洋房內。

同時，咚──咚──……放在樓梯中央的大鐘剛好響起。除此之外，這個空間內便沒有其他活動的事物，偌大的門廳看上去跟以往沒有任何不同。

不，不對。這不是我記憶中的那個空間。

梅莉不見了。

紅色的沙發上，沒有梅莉的蹤影。

我戰戰兢兢地將目光移向地板……。

只見梅莉以悽慘的模樣倒在那裡。

美麗的臉龐碎了一半，陶片般的碎塊，以沙發為中心散得滿地皆是。雙臂從軀體脫落，白色的球體關節就像在訴說著受到衝擊時的情況，咕嚕咕嚕地滾落。這情景簡直就像殺人現場……。

然後，在壞掉的梅莉附近，還躺著那隻黑兔子。兔子的頭扭向不自然的方位，四散的鮮血正緩緩地向外蔓延。

「喂……梅莉……」

我抱著些微的期待，呼喚梅莉的名字。但沒有得到任何回應。

「梅莉。」

我一邊走近一邊再次呼喚。但她一句話也沒有回。幾可亂真的少女人偶，如今只剩下一地沒有生命的零件。

梅莉死了……。

用這種說法來形容一具人偶或許有點不正確。然而，我感覺她就像是死了。無論是她的容器還是她的靈魂，都在這瞬間從世上消失了。

◆◆◆

隨後，在安岡的協助下，我們清理了梅莉的殘骸和黑兔的遺體。

我們默默地動著手。除了已看不到梅莉的身影外，這座大廳就跟往常一樣美麗。

然而，我還是不自覺地不停望向那張紅色的沙發。

但，梅莉已不在那裡。不管確認多少次，她都已經不在那張椅子上。

從今以後，必須在沒有梅莉協助的情況下對抗『印記』和怪異。

我真的還能像以前一樣，那麼順利地找出怪異的蹤跡嗎……恐懼與不安交互侵襲著內心。

可話說回來，這裡究竟發生了什麼事呢？那個慘劇，是怪異幹的嗎？

九條沙耶是內臟被妖異的花草穿破而死的。從手法看來，那多半是『花彥君』的傑作。

換言之，即使待在洋房內，也不能保證一定安全。

而那隻黑兔子，又為何會出現在這裡呢？最後一次看到牠是在『T住宅區公園』附近。開車過來的話不需要多少時間，不過對小動物來說應該是一段相當長的距離。那隻黑兔子是為了什麼，特地從那麼遠的地方跑到『九條館』，又是怎麼會落得那副死狀……。

這時，在月光下清洗好雙手的安岡走了過來，對我說了聲「方便聊一下嗎？」。

「關於那隻兔子……雖然很微弱，但我從牠的屍體上感覺到了靈力的殘渣。」

那隻黑兔可能曾被某個靈附身過，安岡說。

「意思是那不是普通的動物，而是怪異嗎……」

「如果你的意思是牠是超乎常理的存在，那這麼說也沒錯。不過，寄宿在那孩子身上的靈，是清淨又溫柔，會幫助人類的靈。感覺很類似引導人的才能往好方向發展的指導靈。」

安岡的敘述夾雜著神祕學的術語，有點讓人聽不懂。可總而言之，那個靈跟那些在人們身上留下

『印記』的怪異不一樣。應該是這個意思。

「說不定……是生前與你存在緣分的某人的靈，想要幫助你呢。」

「與我存在緣分……」

即便安岡這麼說，但我現在連自己的名字都想不起來，更不可能知道那個人會是誰。

「還有，那具叫梅莉的人偶，我感覺它似乎也跟『九條家』有著很深的因緣。不過，是因為在這裡待了很久嗎……它身上似乎凝聚了人們的各種思念，但我還是想不通為何它會得到說話的能力。」

「是嗎……」

「不過，它對好像『九條家』有著非常強烈的思念。或許正是這份思念，才令梅莉小姐得到了『說話』的力量。」

若有天真能成為守護神一樣的存在，將是我最大的榮幸——梅莉曾經這麼說過……是這樣的意念，才讓她像人類一樣動起來的嗎……事到如今，這些問題都得不到解答了……。

這時，大廳的空氣忽地微微改變。安岡似乎也察覺到了。我們同時抬頭，只見中央樓梯上，一個身穿白袍的女性一邊打著呵欠，一邊走下台階。

是那位從『人孔蓋小巷』帶回來的女性。她的頭髮跟先前一樣綁成一束，但臉上多了一副細框眼鏡。身上的白袍也是，應該都是裝在她包包裡的東西吧。

走下最後一階樓梯後，她毫不猶豫地走向我。然後——。

「總而言之，謝謝你幫了我。」

用平淡的語氣對我道謝，微微低下頭。看來她在暈過去前，依稀記住了我的臉。

女人的名字叫【廣尾圓】。是在某大型製藥公司的研究所工作的二十八歲研究員。

「呼……不過，還真是慘斃了……」

儘管臉色看起來還不太好，但她的情緒似乎沒怎麼受到影響，逕自拉了張椅子坐下。然後，她抬頭看著天花板，自言自語似地碎碎唸了起來。

「那傢伙，腦袋果然是壞掉了……」

「……那傢伙……妳說的是那個叫『頭川』的人？」

聽到我不經意脫口的疑問，廣尾突然一臉詫異地抬頭看著我。

「妳在『人孔蓋小巷』暈過去前說過這名字。還有，說夢話時也是。」

「真的？……啊啊，難怪我起床時感覺一點也沒睡好。」

廣尾一臉疲倦的樣子，再次倒在椅背上。

在旁邊聽著這段對話的安岡，正從頭到腳仔細打量著廣尾。第一次見到我的時候她也做過同樣的舉止。發現自己正在被觀察的廣尾從眼鏡後露出不悅的眼神，問了聲「怎樣？」。

「我的臉上有什麼嗎？」

「不，我只是思考。原來妳也被刻了印記呀。」

「咦……」

大概是從廣尾發出的「氣」看出來的吧？然而，廣尾聽了安岡的發言後卻繃起臉來。

「喂，妳是哪裡有毛病啊？……話說回來，你們這些傢伙到底是什麼人!?」

「說起來一言難盡。但妳應該看得出我們不是敵人吧？」

「唔……」

「對了，廣尾小姐。妳想不想喝杯茶，讓心情冷靜一下？」

「哈啊？」

廚房剛好有一組泡茶的工具。安岡說完倏地起身，走去廚房煮水。

「我呀，有很多事情想請教妳呢。包括那位叫『頭川』的人物。」

「……那傢伙才不是人。」

「哎呀？是這樣嗎。那就更令人好奇了。」

不愧是人氣占卜師，果然很擅長與人交流。

於是我們一邊喝著安岡煮的紅茶，一邊各自分享起手邊跟印記和怪異有關的情報。

「……原來如此，我理解了。我和八敷先生身上的紋路，就是那個叫印記的東西吧……不過，相不相信妳另當別論就是。」

什麼幽靈啊詛咒之類的，這種不科學的東西，我要是信妳才真的有鬼了——廣尾一臉荒誕，但又有點膽怯的模樣。看來她似乎是那種對超自然和靈異現象抗性很弱的類型。

「可實際上，妳親眼見到頭川小姐變成了可怕的怪物不是嗎？」

「……嘛，是沒錯啦。可是，當時的環境很昏暗，我也只看到一眼……真要說的話，也不能百分之百確定那就是頭川……」

「順便問一下，妳跟那位『頭川』是什麼關係？」

「在同一個職場工作的同事。」

「……所以都是那個製藥公司的？」

「對。但純粹是因為那單位的女性很少，所以才跟她往來而已。」

廣尾說，那女人的全名叫「頭川學」。是個跟理科生的形象大相逕庭，每天都穿著花俏服裝來上班的傢伙。

「香水的味道也薰得要死……現在想想，那傢伙從一開始就是個怪人。」

廣尾談論頭川的時候，語氣總是充滿嫌惡。看樣子是真的很討厭她。我問廣尾她們之間是不是有什麼過節，廣尾聽了表情立刻明顯地扭曲。

「那女人，從我家裡偷了重要的東西逃走了啊……」

據說是從廣尾的祖父那一代傳下的家寶。

「……總之，因為我完全想不出那傢伙最近到底跑去了哪裡，就潛進員工宿舍調查了一下，發現她原來躲在『H市』。」

因為信用卡的帳單上有十幾筆在『H市』購物的紀錄，引起了廣尾的注意。

「順便問問，她都買了什麼呢？」

「動物。」

意想不到的回答，令我和安岡都啞然失語。然後，我突然覺得自己好像想起了什麼。

儘管不曉得是透過何種管道，但頭川似乎從牧場和寵物店弄到了很多動物，存放在『H小學』附近的倉庫。

狗、貓、豬、猴子、牛、鹿、蛇，甚至是鴕鳥，頭川全都買了下來。

「等等……」

我終於明白自己聯想到什麼了。是動物。我立刻跑去拿起某個放在大廳角落的東西。是那本在地下壕撿到的紅色手記。

「妳們看看這個。」

「嗚哇……好臭……」

「這味道讓人恨不得馬上拿去燒掉呢……」

兩人被強烈的臭氣薰得摀住鼻子，勉強用手指撥開書頁。然後，廣尾的表情逐漸僵硬。

「這……是頭川的字。」

「這上面說，她養了很多實驗動物……」

「而且這個『ZOO老師』，我記得是那傢伙以前還在學校教書時的綽號……」

廣尾描述的頭川的特徵，跟手記的內容完全一致。

「不會錯的……頭川學就是『ZOO老師』。」

換言之，頭川就像這本手記寫的一樣，拜託了那個叫『修羅大人』的傢伙，變身成了名為『ZOO老師』的怪異。

『花彥君』、『森林的斑男』、『怪食新娘』，他們都不是自願成為怪異的。而是死前殘留在人世的憾恨化成怨念，才變成了那副模樣。

可是，『ZOO老師』卻不同。她是自願成為怪異的。

「太不科學了。這種事情，雖然很不想相信……可是，如果是那傢伙的話，確實有可能做得出來……對了，經你這麼一說。」

「怎麼了，廣尾？」

「現在冷靜下來後，我才回想起來……」

廣尾回想起當時攻擊自己的兇手的模樣。

「那東西的臉長得像豬，雙腿像鳥……全身還纏著像蛇一樣的觸手……」

這麼說來，在『人孔蓋小巷』發現廣尾時，她的腳上也纏著一條蛇。當時我還納悶為什麼住宅區會有蛇……看來那條蛇或許也跟『ZOO老師』有關。

廣尾說，那天她本來是為了取回被偷走的東西，才到『H小學』附近的倉庫埋伏頭川。那個昏暗的倉庫中，充滿了野獸的體臭，以及另一種難以形容的腥臭味。

然後廣尾用手電筒一照——。

才發現工作臺上方，一隻隻從頭部被吊起來的動物，就像裝飾品排列在眼前。

天花板上吊著從牛和鹿身上切下的四肢，不停滴著鮮血。

那景象看起來的確很像動物實驗。但恐怕，頭川不是為了實驗，單純是出於獵奇或好奇，才肢解玩弄那些動物。

「我……由於工作的關係，對於動物被肢解的畫面，已經相當習以為常了……換成普通人看到那一幕，肯定會當場嚇昏吧……」

隨後，廣尾在動物的屍體間穿梭，於黑暗的倉庫內前進。最後，她終於找到被偷走的東西。可就在她伸出手的那一刻——。

某人突然悄聲無息地繞到她背後，從後面用力纏住她。

她的身體被緊緊綑綁，連衣物都被扯破……以為自己已經沒救的廣尾，想說最少要給對方一點顏色瞧瞧，便抓起手邊所有能摸到的藥劑一一扔了過去。

「我心想就算弄瞎一隻她眼睛也好……卻沒想到……」

藥瓶摔在地上，破裂的瓶身竟冒出白煙。

「我想那瓶藥劑應該加了苛性蘇打。看到那白煙後，那傢伙突然慌了手腳。」

藥劑並沒有濺到它。然而『ZOO老師』卻像身體著火似地，發出慘烈的尖叫。

『噫噫咿咿咿咿咿！修拉戴忍啊啊啊！修拉戴忍啊啊啊啊啊啊！』

「現在想想，那傢伙當時應該是在叫『修羅大人』……」

接著，『ZOO老師』撿起了在地板上逐漸融化的某個「小東西」，像在咒罵廣尾一樣口裡念念有詞地咕噥起來。

趁著這空檔，廣尾總算逃出了倉庫。然而，『ZOO老師』卻立刻追上廣尾——。

『不可原諒……不可原諒……居然把『修拉戴忍的護身符』給……』

抱著猛烈的怒火，再次撲了過來。

廣尾的汗液跟『ZOO老師』的體液混在一起，發出咕啾咕啾的噁心聲響。

「那感覺真的噁心透了……因為那傢伙全身都油膩膩的……」

然後廣尾為了尋求協助，朝某個有高分貝音樂傳來的地方逃去。

「明明是在戶外，卻有個很大聲的鋼琴聲不知道從哪傳來……」

「鋼琴……？」

「嗯。我想說那裡應該會有人……」

這時，『ZOO老師』突然大聲怪叫，伸出長長的雙臂，打算絆住廣尾。然而，那雙手臂抓住的——。

『唔吱咿咿咿……!?』

卻是它自己的身體。

『ZOO老師』全身唯一還是人類肌膚的部分，被它自己伸出的雙臂咕嚓咕嚓地緊緊纏住。

「雖然搞不太清楚怎麼回事，但我聽到了像啃肉一樣的怪聲……」

沒過多久，『ZOO老師』的嘴裡便發出喜悅的呻吟。

『好舒服哦哦哦～～～～～～!』

「廣尾，妳說的手臂……該不會其實是蛇吧……？」

「誰知道呢……？只不過它被咬的，確實是貌似人肌的部分沒錯……」

儘管只是我個人的推測，但大概是『ZOO老師』撲向廣尾時，接觸到廣尾的部分沾到了人類的氣味。

所以變形後的手臂，也就是蛇的部分，才會轉去噬咬它自己的身體……。

「……雖然不太明白，總之我趁著那傢伙抱著自己扭來扭去的時候逃了出來。然後，我一直順著鋼琴聲的方向跑，但還沒到達琴聲的源頭，途中就昏過去了……所以在那之後，頭川……『ZOO老師』到底怎麼樣了，我也不清楚……」

聽完，旁邊的安岡一臉豁然開朗似地點頭。

「我想，『ZOO老師』大概已經消滅了吧。」

「為什麼會這麼認為？」

「因為我的印記就是在同一個時間點消失的。」

「哎……？」

「我猜妳那時聽到的鋼琴聲，是小愛小姐在戶外會場演奏時的聲音。」

「小愛小姐……？」

「是的。是我一位年輕的友人。她也因為『ZOO老師』刻下的印記而昏倒了……只能祈禱她現在已經不再是『印人』……」

然後，就在安岡剛說完的瞬間，大廳內的電話，以及安岡身上的行動電話，幾乎都在同一秒響起。我立刻跑向電話，安岡也接起手機。

「喂，您好……」

『啊、八敷先生！是我啦！小愛她、小愛她！終於恢復意識了！』

「……！」

我立刻轉頭看向安岡，只見她一手拿著手機，滿臉笑容地說著「太好了，真是太好了」，連連點頭。應該是柏木愛本人打來報平安的吧。而旁邊的廣尾則像說了太多話感到口乾舌燥似的，望著天花板啜起紅茶。

◆◆◆

「就這樣丟下你和廣尾小姐，總感覺有些過意不去……」

「很感謝您的心意……」

逃離印記詛咒的人，應盡早回歸日常。那是這間洋房的主人九條沙耶，以及梅莉的遺願。

「我懂了……那，我就先回去了。不過若以後有占卜術或靈學方面的部分需要幫忙，隨時都可以聯絡我。」

我接下安岡遞來的名片，小心收進口袋。

「啊啊，您是神祕學的專家，有您提供諮詢的話這邊也放心得多。」

「嗯……話說回來，廣尾小姐，關於妳的印記。」

「啊啊，那個紋路嗎。很遺憾，那東西在我去找頭川前就有了。」

跟克莉絲蒂那時的情況一樣。廣尾的印記也不是『ZOO老師』，而是被其他怪異刻上的。

「廣尾小姐，妳最近有去靈異地點探險過嗎？」

「說、說什麼蠢話！那麼愚蠢的行為，我哪可能做啊！」

大聲抗議的廣尾全身都在顫抖，跟談論『ZOO老師』的對決時相比，很明顯有所動搖。看來她真的十分討厭超自然或靈異的話題。

然後在目送安岡離開後，廣尾立刻從白袍中掏出一張紙交給我。

「這個，也讓八敷先生你看一下吧。畢竟我還欠你一次救命之恩。」

似乎是一張非常有歷史的紙。四角都已泛黃，變得跟宣紙一樣薄。

「如果沒猜錯的話，這個東西或許跟我的印記有些關係……」

我打開紙，首先注意到的是「陸軍」兩個字。

「這是……」

「是古地圖。頭川去過的那個地下壕的……」

「咦……!?」

「應該就是跟『人孔蓋小巷』連通的那條地下壕。它位於『H市』下方，好像建得非常廣。」

廣尾就是為了取回這張地圖，才冒著危險跑去『ZOO老師』的根據地。

「這裡寫著『第十三陸軍技術研究所』的入口……」

看見這充滿重量感的名稱，我忍不住抬頭詢問廣尾。

「簡單來說，就是陸軍的祕密研究所。」

「……換言之，這座設施是在戰爭時期建造的？」

「沒錯。這張地圖描繪的，是一座距今超過五十年歷史的設施。半年前，我爺爺過世後，我在整理遺物時發現了這張地圖。」

未曾公諸於世的機密設施，對此充滿興趣的廣尾，在聊天時不小心把這張古地圖的存在，告訴了當時還算正常的頭川。

「那傢伙本來就很喜歡超脫常理的實驗。大概是因為那樣才產生了興趣吧……」

等到廣尾察覺不對時，老家已被頭川給翻得亂七八糟，放在保險櫃裡的地圖也被偷走。

「所以我才懷疑，這個地方會不會跟頭川變成怪物的事存在某些關聯……」

「不過這個推論，好像也不太科學啊……」

「不、不用你說我也知道，藉由超自然的儀式變成怪物這種事，簡直是荒唐無稽……！可是從科學的角度，怎樣都無法解釋人類為什麼會變成怪物啊！」

在廣尾的認知中，怪異這種不科學的存在，似乎是在這種規則下誕生的。說完有點惱羞成怒的廣尾，從我手裡拿回古地圖，逕自走向大廳中央的樓梯。

「那我先去睡了。剩下的細節等我起床後再討論。」

廣尾頭也不回地說完，快步走上二樓。

之後，我在大廳的椅子坐下，一個人思索廣尾剛剛說的話。

地下壕。陸軍的祕密研究所。頭川的變異。
我剛進入地下壕時感覺到的那股既視感……還有，那個在鐵門後忽然消失的老人……這一切的一切，到底有什麼含意。
「——……」
不行。只有一堆零散的詞語在腦中旋轉。以現在疲倦的大腦，根本沒法整理出思緒。看來今天還是先休息比較好。
要是梅莉還在的話……我一面思索，視線一面不由自主地飄向沒有任何人在的紅色沙發。
這時，我突然發現好像有什麼東西，掉在沙發底下的縫隙中。
「……那是什麼？」
我迅速上前撿起那反射著黯淡光芒的物體。是一支扣在圓形鑰匙圈上的鑰匙。除了鑰匙外，鑰匙圈上還扣著一個塑膠牌。轉過名牌，只見上面——。
印著【Master Key】一行字。
正是這幾天我翻遍了整座大宅，卻一直沒找到的『九條館』主鑰匙。
為什麼會掉在這種地方？
難道，是黑兔子拿過來的嗎？也有可能是從梅莉身上掉下來的……可是梅莉明明說過她不知道鑰匙在哪裡……。
這究竟，是怎麼一回事呢？

總覺得不太對勁。

似乎某個環節出現了龜裂，開始往可疑的方向變化……。

我懷著這份異樣感，用力握住鑰匙，背向黎明的光芒，爬上中央的樓梯。

第5章
観音兵

睜開眼時，太陽已高掛在天空的正中央。

緊閉的房間就像蒸氣室一樣悶熱，我從床上爬起，為了呼吸新鮮空氣而打開窗戶。從戶外流入的初夏涼風，慢慢驅散了積聚的熱氣。我深深吸了口氣，再次坐回床邊。這時我的腦中突然想到。

昨晚睡覺前，我到底在做什麼呢……？記得好像正在調查什麼非常重要的案件，卻想不起具體的內容……記憶就像被人刪除一樣，失去了一部分。是印記的症狀惡化了嗎？

「可惡……」

我用兩手梳起頭髮，搓揉太陽穴試著舒緩焦躁的心情。但就在這時，掉在腳邊的某樣東西，忽地喚醒了昨天的記憶。是『九條館』的主鑰匙。

昨天凌晨，在沙發下發現這支鑰匙後，我立刻前往二樓，打算直接調查上鎖的房間。可是才爬到一半，右手腕便劇烈地發痛——。

從印記蔓延開來的熱量，以及腦細胞一個個消失的感覺，使我連站都站不穩。於是我就這樣倒在暫借的客房，失去了意識。

對了——我立刻起身。得去調查那些還沒打開的房間才行……。

而幾乎就在同一時間點，房門咚咚地響了兩聲。

「——八敷先生，你起來了嗎？」

是廣尾的聲音。我對自己還記得她的名字鬆了口氣，一邊應答一邊前去開門。

「……那個，請問放在廚房的微波食品，可不可以開來吃？」

微波食品？我一時之間沒理解她指的是什麼，隨後才意識到是先前克莉絲蒂用網路宅配訂購的食物。

「啊啊。妳自己挑喜歡的吃沒關係。紙箱裡面應該也有水和烏龍茶。」

「那我就不客氣囉。不過，難得有那麼大的廚房，居然只能吃微波咖哩，真是浪費呢。」

廣尾一邊碎碎念一邊往樓梯的方向走去。但中途又突然停下腳步，轉過上半身。

「……話說回來。你是不是去沖個澡比較好啊？」

「——……」

意思是我很臭？確實，昨天東奔西跑了一整天，還爬進了人孔蓋。而且昨晚睡覺時也流了一身汗，現在的我，大概臭得沒資格嫌棄在地下壕遇見的那位老爺爺。

於是我前往浴室，把頭髮和身體都徹底清洗了遍，才下樓前往大廳。

此時已經吃完午餐的廣尾，正在桌前整理著什麼。

「八敷先生，你看起來清爽多了。」

「剛才真不好意思。妳在看什麼呢？」

「啊啊，嗯。那邊的書架上，放著類似這個家族的史料的書籍。」

那是一疊用繩子捆在一起的史料。廣尾表示因為紙材看來跟廣尾家的古地圖很相似，所以才順手拿下來看看。

「『九條家』的歷史嗎……」

「對。雖然被蟲蛀得很嚴重，又缺了很多頁，大概不太能閱讀了……但還是忍不住想看看。」

因為有個很讓人在意的地方。廣尾說。也就是『九條家』跟『陸軍之間的關係』。

「……陸軍？就是妳昨天睡前說的祕密研究所？」

「嗯——雖然沒有記載得那麼詳細……但上面提到，『九條家』似乎曾經為陸軍提供過某個東西……」

為陸軍提供的東西——從字面上聯想，最先想到的是彈藥和武器。可是，就算是再怎麼有名的望族，要取得那類物資，而且還是可以提供給軍隊的等級，怎麼想都不太可能。

「啊，陸軍的部分，果然也有被撕掉的痕跡……這下想查出詳細的內容大概是辦不到了呢。」

意思是有什麼不能被人知道的隱情嗎……不過，既然刻意把洋房建在這種遠離人世的地方，就算有一兩件不想被人發現的祕密，也沒什麼好大驚小怪的。

這時廣尾突然「啊！」地一喊，靈光一閃似地揚起眉頭。

「要不問問安岡小姐如何？」

原來如此。的確，『九條家』的歷代族長她都認識，應該對這個家族很熟悉才對。

於是我拿出昨天收到的名片，立刻打電話給安岡。

儘管安岡也是今天凌晨才剛回到家，應該很疲倦才對，但她仍一口就答應了我的請求，表示會用最快的速度替我們調查陸軍和『九條家』的關係。

然後趁著這段時間，我把『九條館』主鑰匙的事情提出來跟廣尾討論之後，決定一起調查那個被鎖上的房間。

位於二樓東南側的某間客房，是『九條館』唯一還沒有調查過的場所。

打開門鎖，進入房內，只見房間的格局本身跟其他客房沒什麼兩樣。唯有兩個地方跟其他房間不同。

首先，是放在桌子上的陌生工具。桌上擺著各種尺寸的雕刻刀和鑿子，以及一支長長的刮刀。旁邊還堆著裝了顏料的瓶子和美術書籍等雜物。

而抽屜裡，也同樣塞滿了各式各樣的工具。

「是用來製作什麼東西的房間嗎……」

「應該是吧。連螺絲起子和精細作業用的工具都有……嗯……？」

奇怪？廣尾說著拿起一支雕刻刀，仔細觀察著刀刃的部分。

「你看這支雕刻刀，上面刻著『M・K』的字母……」

我接過雕刻刀，檢查了刀刃的部分，上面確實刻著『M・K』的字樣。

「如果是九條沙耶（Saya Kujou）的縮寫，那應該是『S・K』才對啊……這座洋房，難道還住了其他人嗎？」

面對廣尾的疑問，我把從安岡那裡聽來的故事告訴她。這座大宅以前還住過前前代的族長九條村雨，以及前代族長的九條正宗。

「哼——嗯。原來如此，兩人的英文縮寫都是『M・K』呢。」

「啊啊。所以應該兩人的其中一人曾使用這支雕刻刀，在這裡進行某種工作吧。」

不久後，廣尾再次發出「啊！」的輕呼。

「喂，八敷先生。你來看看這個架子上的照片……」

我走了過去，只見架子上散落著幾張相片。日本人偶、西洋人偶、蠟人偶、提線人偶……全部都是人偶的照片。

然後，其中一張照片內——。

「……!?」

是梅莉。

我的呼吸就像丹田被人揍了一拳似地變得急促。為什麼這裡會有梅莉的照片？我拿起仔細看了一下。照片裡拍攝的，確實是直到昨天之前每天都會說上話的那張美麗面龐。

「這個人偶，就是你上次說的那個壞掉的梅莉嗎？」

「啊啊……」

看樣子好像是組裝到一半時拍的相片，梅莉的身上沒有穿衣服。胴體的部分可以看到人體所沒有的深深溝槽，可清楚看出是由零件組成的人偶。

旁邊跟梅莉一起入鏡的工具，跟放在桌上的形狀完全相同。換言之這些雕刻刀和鑿子，以及螺絲起子，都是製作人偶用的工具。而梅莉很可能是在這間洋房被做出來的。

可是，梅莉說過她被製造出來的年代，距今已非常久遠。而這張照片看起來卻不像是那麼古老的東西……。

難道是梅莉在說謊嗎？又或者是有什麼隱情呢？

「——……」

試著思索了一下，但已無法直接詢問梅莉的現在，不管怎麼想也不會有答案。

總而言之，當務之急是在這裡尋找跟怪異和印記有關的線索。至於照片的事情，暫時先放到一旁。於是我和廣尾又分頭調查了這房間其他還沒找過的地方。然而找了半天，始終沒有發現我們期待的情報。唯一的收穫，就是梅莉的製造者，可能是這個名叫『M・K』的人物。

「還以為會找到更加驚人的祕密呢……」

「是啊……既然如此，看來只能用其他方法尋找留下印記的怪異了。」

於是廣尾和我消沉地準備離開這間上鎖的房間。但就在那瞬間，不知哪裡突然傳來一個微弱的聲響。

「嗯……？這聲音，是電話聲？」

沒錯。是放在門廳旁的那支電話在響。說不定是安岡打來的。我慌張地衝到一樓，幾乎是用飛撲的方式拿起話筒。

『——喂喂？八敷先生嗎？』

聽筒內傳來的聲音，果然是安岡。

『哎呀，你怎麼喘得這麼厲害？』

「……不好意思。因為剛剛從二樓跑下來。」

『這麼大的房子，連接個電話也很辛苦呢。』

「是啊……您那邊查到了什麼新情報嗎……？」

『啊啊，沒錯。簡直是奇蹟般的偶然。不，這種現象應該說是冥冥中註定的必然才對。』

安岡的聲音很罕見地聽起來有些興奮。不過她似乎馬上就注意到自己高昂的情緒，連忙咳了一聲，恢復往常的鎮定。

『總之，超自然的話題先放到一邊。其實就在不久之前，一位客人恰好打電話來向我詢問印記的事。』

「印記……？也就是說……」

『對，正如您所想的，是「印人」喔。』

對方名叫【大門修治】，是位四十來歲的醫生，在H市內經營一間診所。

『他的祖父以前似乎是「陸軍」的軍醫中校。因為這層關係，所以曾聽過戰爭時期「九條家」的故事。』

「陸軍」的軍醫中校。是個不常聽到的名詞。而廣尾似乎也從話筒漏出來的聲音聽見了這個詞，就好像一直在側耳偷聽一樣，迅速靠了上來。

『至於詳細的部分，我認為你直接詢問大門先生比較快。』

安岡表示因為內容有些錯綜複雜，所以直接跟本人商談會比較清楚。於是我唸出安岡提供的電話號碼，讓旁邊的廣尾抄下來。

『另外，我這裡還查到了另一條線索。「九條家」以前，原本似乎是造佛師世家。』

「造佛師……？」

『是的。就是專門雕佛像的雕刻師。』

聽到佛像這個詞，我忽地想起剛剛在上鎖房間內發現的雕刻刀和鑿子，以及從『H神社』被人拿走的『無頭佛像』一事。

『話雖如此，這也已經是平安時代的事了。跟現在大概沒什麼關——』

「不好意思打斷一下，安岡女士。」

『……？怎麼了嗎？』

「請問前前代的族長九條村雨，平常會雕佛像……或是人偶之類的嗎？」

我把在二樓房間發現了雕刻工具的事情告訴安岡。以及那支刻著『Ｍ・Ｋ』縮寫的雕刻刀。

然而，安岡似乎從未聽過這件事。

『就像我昨天說的，我跟村雨先生後來決裂了……所以應該有很多我不知道的事情。況且九條家是非常古老的家系，所以那組工具也有可能是從先祖代代傳下來的。』

總之目前我查到的，就只有這些了。安岡說。

「已經很足夠了。這些訊息非常有幫助。謝謝您，安岡女士。」

『啊啊。如果還有查到新的情報我會再聯絡你的。那麼，請你先給大門先生打個電話吧。現在的話他應該還醒著……』

這是什麼意思？明明還遠遠不到天黑的時候才對……難道他有午休時午睡的習慣嗎？又或者是跟柏木愛一樣，因為印記而昏倒了呢？

『這部分還請你直接詢問大門先生。因為是稍微關乎隱私的問題……不過，我保證大門先生本人是位非常值得信賴的醫師。』

「啊啊，我明白了。」

關乎隱私的問題嗎……我一邊思索，一邊掛上電話。然後，又緊接著撥起新的『印人』大門修治的號碼。

『——喂，您好。』

鈴聲才響了一次，對方馬上就接起了電話。看來他應該是一直在電話前等待。

『啊啊，您是八敷先生吧。我從安岡女士聽說您的事了。』

聽筒對面傳來的是個十分成熟穩重的嗓音。

『呃，昨晚是「ZOO老師」是吧？聽說您至今已對付過許多不同的怪異。』

看來有關怪異的事情，他也已經從安岡口裡聽說過了。

『那麼，容我再鄭重介紹一次，我叫大門修治。職業是醫生……』

就在這時，大門的聲音突然停止，開始劇烈地咳嗽。

『咳咳……咳咳、咳咳、咳……』

「您還好嗎!?」

『啊、啊啊……不好意思失禮了。說來慚愧，明明身為醫師，我的身子卻不太好……』

也是因為這緣故，大門才沒有親自去安岡的店，以及到『九條館』來。

『最近我發作的頻率愈來愈高……每兩、三個小時就得躺回床上。』

難怪安岡會用「現在的話他應該還醒著」這種說法。

『啊啊，不過已經沒事了……不好意思，讓我們繼續吧。我想您應該已經聽說了，我也是被刻了印記的「印人」。』

大門說，他的左胸附近，出現了齒痕形狀的斑紋。而且，有時還會忽然忘記自己的名字。

『記憶障礙，真的是相當棘手的症狀……不過，我完全想不到自己身上會出現這東西。大概是報應吧。誰叫我忍不住好奇心呢……』

忍不住好奇心……？這麼說來，安岡的確說過大門是為了印記的事而找上她的。

換句話說，大門原本就知道印記的存在。

『啊啊，沒有錯。我在曾是軍醫中校的祖父留下的病歷中，看到了一個關於奇妙斑紋的紀錄。於是在好奇心驅使下，獨自展開了研究。』

然後，大門依照那份病歷的線索，循線找到了一個可疑的地點。他懷疑自己就是在那裡被烙上印記的。

「病歷……所以那是當時留下的紀錄嗎？」

『啊啊。是第二次世界大戰時的東西，距今已有超過五十年的歷史了。』

這時，直到剛剛都在一邊旁聽的廣尾突然說了聲「等等」，然後插嘴搶過了話筒。

「這就說不通了吧？」

『哦呀……？我也聽說了。妳就是廣尾小姐吧？那個「ZOO老師」以前的同事。』

「是頭川，我才沒跟怪異共事過。不過這不重要……我記得印記的傳聞，是最近一個月才開始出現的吧？如果那份病歷上真的有紀錄，不是應該早在更久以前就傳開了嗎。」

『妳說的沒錯。這其中當然是有原因的……戰爭結束時，所有跟研究所有關的機密文件，全都被銷毀了。我猜包括保存在「九條館」的那部分也一樣……？』

的確，廣尾找到的『九條家』史料，所有跟陸軍有關的頁數都被撕掉了。

『我發現的那份病歷，是偶然之下才逃過被銷毀的命運。然後……接下來才是重點。當時那位印記發作的患者，其實是陸軍祕密研究所的人。』

「咦!?」

祕密研究所？聽到廣尾的複述，我忍不住貼近聽筒。

「那、那個，大門先生……」

『怎麼了，廣尾小姐？妳的聲音在發抖喔。』

「你該不會……？是想告訴我，那個詛咒的印記，是在戰爭時期所創造出來的『生物兵器』吧？」

電話的另一頭，傳來夾著咳嗽的苦笑。

『不論任何國家，都會有一兩個迷信鬼神的軍人嘛。而且在火燒屁股的二戰末期，就算真有那種計畫也不奇怪。』

「太不科學了……」

『啊啊，一點都沒錯。在痛苦的時候求助神佛來創造「生物兵器」，未免太異想天開。正因為如此……我認為那個兵器並不是印記。』

「……那，他們到底在製造什麼呢？」

『——似乎是一種名為「觀音兵」的產物。』

『觀音兵』？廣尾複誦了一次。

──『觀音兵』。這名字使人聯想到觀音像……五十年前……以及佛像……我的腦中浮現了幾條可能的線索。

「那是什麼……？你的意思是，我爺爺曾在『第十三陸軍技術研究所』研究那種超自然的東西嗎？」

『……哎？那個研究所的名字，我應該還沒提到吧？』

「因為我爺爺有那裡的古地圖。」

『真、真的嗎？』

「詳細的情形我也不清楚……但我爺爺似乎曾是陸軍的技術上尉……」

於是廣尾把目前所知有關古地圖和祕密研究所的事，一五一十地告訴大門。

『這真是太驚人了……換言之，我們這兩個祕密研究所相關人員的子孫，身上同時出現了印記嗎？』

「簡單說的話，就是這樣沒錯。」

『哈哈……所謂的因緣，還真是有趣呢。』

大門似乎在聽筒的另一端，深有所感地點了點頭。

「……可是，到底為什麼？」

聽到我的呢喃，廣尾把話筒遞了過來。

「為什麼事到如今，地下壕的存在會突然為人所知？」

地下存在著那樣的設施，下水道管理局當然不可能不知道才對。

『一點都沒錯。代表在這之前，這個情報一直被某人隱藏著。』

一群會因這份情報公諸於世而感到困擾的人。大門說。

『畢竟還有不少經歷過戰爭的人尚活在世上。像是H市的某某議員，就曾是我祖父的同事。還有……「九條家」也很可疑。』

「咦……這件事跟九條家有關？」

『哦，您不知道嗎？……啊啊，對了。您就是為了打聽陸軍跟九條家的關係才打來的呢。』

「啊啊。」

這也是當初拜託安岡幫忙的主要理由。

『九條家的族長在戰後，以協助戰爭的罪名，被剝奪了公職。至於他們到底協助了什麼，具體的內容並未公開。』

說不定，就是史料上提到的，『九條家』提供給軍方某樣東西的事。

而且被剝奪公職的意思，代表當時九條家曾對上層提供過某種會影響軍方名譽的東西吧。

『以我現在的身體，實在沒辦法親自前往地下壕。但如果有廣尾小姐的地圖……我認為有前去調查一趟的價值。』

五十年前從『H神社』被挖出的佛像。

在地下壕內依靠『修羅大人』的力量變異成『ZOO老師』的頭川。

戰爭時在『第十三陸軍技術研究所』被刻上印記的人。

還有，令人聯想到佛像的『觀音兵』這名字……。

『對於曾經參與過當年不可告人之醜事的大人物來說，那座地下壕，就像是應該永遠關閉的潘朵拉之盒……』

這種說法，就好像那座鐵門的後面，藏著什麼無法用世間常理衡量的危險之物。

『那麼，盒子裡到底隱藏著什麼樣的祕密呢……』

◆◆◆

結束與大門的通話後，為了更加接近印記的真相，廣尾和我決定動身前往地下壕。

但要是從之前去過的『人孔蓋小巷』的人孔蓋進入，八成又會被那個奇怪的老爺爺擋下來。所以，我們決定開車前往古地圖記載的另一個入口『M野南小巷』。

「從大門先生那裡弄清楚了很多事呢。」

「是啊。得感謝介紹他給我們的安岡女士。」

「啊、對了，八敷先生，你起床後什麼都還沒吃對不對？」

差點忘了。不間斷的調查，以及與安岡、大門的通話，讓我完全忘了午餐和早餐。被廣尾提醒後，我的肚子突然餓了起來，從安全帶下發出咕嚕咕嚕的抗議聲。

「在進地下壕前，先繞去便利商店一趟吧。畢竟也不知道下面會遇到什麼事。為了保險起見，最好買個麵包帶著。」

於是我按照廣尾的建議，在途中的便利商店買了食物後，再次朝『M野南小巷』出發。

『M野南小巷』，是另一條同樣人跡罕至的小路。這裡就跟『K宮町北路』一樣，有一個樣式古老的人孔蓋。我跟廣尾一邊留意周圍的情況一邊打開人孔蓋，迅速鑽了進去。

彷彿隨時會斷掉的豎梯、令人難以呼吸的腥臭空氣，全都跟上次進入時完全相同。而豎井的底部，依然是一片水泥造的堅實牆壁。

「這裡就是『第十三陸軍技術研究所』……比想像中還要煞風景呢。K宮町的下面，也是這種感覺嗎？」

「啊啊。看來這裡跟『人孔蓋小巷』應該是相通的沒錯。」

不過跟以前不同的是，在手電筒可照射到的範圍內沒有任何鐵門，也就是上次那老人出現的厚重門板。只有一條看不見底部的漆黑通道。

儘管底下並沒有暗到完全看不見的程度，但為了安全起見，我跟廣尾還是用手電筒照著腳下，放慢速度在地下壕內前進。

拱形天花板上以等間隔裝著一盞盞紅色的照明設備，那顏色令人聯想起以前不知在哪裡見過的暗房。滲水的牆壁上，染著一片片像霧霾一樣無法去除的水痕，感覺整座地下壕彷彿隨時都會坍塌。

前進了一會兒，廣尾緩緩開口。

「……話說回來。」

「——……」

「……這是什麼歌啊？」

看樣子廣尾也聽見了。一開始我還以為只是通道內的風聲回音，但現在看來似乎不是如此。

地下壕內，迴盪著一首軍歌。

快活且勇猛，卻隱隱夾帶著悲傷的男人們的歌聲。

這不是揚聲器，也不是收音機所發出的聲音。這裡就算真的有錄音機，也至少是有五十年歷史的老機械，不太可能還在運作。

「……光是聽著就讓人渾身不舒服。」

「說不定是在地下徘徊的軍人亡靈在唱歌呢。」

噫噫！廣尾的肩膀猛然一震。

「別、別說那種毫無根據的話啦！太、太不科學了！」

話雖如此，一群人在這種地方合唱軍歌，本來就很異常。

「這恐怕也是超自然現象。」

「別、別若無其事地說出那種話好不好。八敷先生，雖然你自己可能沒有發現，但你對怪異的世界太過習以為常了。」

廣尾說完，加快腳步超車到前方。

她說的或許沒錯。其實應該還沒有經過那麼久，不過這段時間我每天都在思考怪異的事情，跟『印人』一起行動，早晚都跟梅莉在一起。可能是因為這樣，我已經有點分不清現實和超自然世界的界線。即使找回記憶，回到安穩的日子，說不定會覺得那才是異常……我的內心對此隱隱感到不安。

之後，我們一邊聽著不絕於耳的軍歌，一邊沿著唯一一條路前進，最終遇到一扇與牆壁相連的生鏽鐵門。門上沾有血痕，仔細一看才看出是無數的血手印。

門內不知道會跳出什麼。可是，既然這一路上都沒發現值得留意的線索，現在也只能打開這扇門了。於是唧唧……我小心翼翼地推開生鏽的鐵門。門內是一間充滿發霉的氣味，貌似醫療設施的空間。這是——廣尾馬上起了反應。

「手術室。」

「咦……」

廣尾指著放在房間中央的大型桌台。

「正中央的那個，不就是手術台嗎？我們的研究室也是相當老舊的那種，裡面也放著類似的設備。」

廣尾說完沒有一絲躊躇，就踏進了那個氣氛凝重的房間，到處嗅了起來。然後她一臉沒事地轉向我，指著地板的角落說「幫我照一下那邊」。

我按照指示把手電筒轉過去，只見地上躺著一具屍體。

「……唔！」

我反射性地後退。

雖說是屍體，皮膚卻已完全風乾，幾乎跟木乃伊差不多。

同時屍體的頭部剛好被手術台擋住，從這角度看不清楚，不過以體格來看應該是女性。

「啊啊，你先別動，手電筒就繼續照著那裡。」

廣尾走到屍體前蹲下，像個法醫一樣開始檢查屍體的全身。她明明那麼害怕幽靈之類的東西，現在卻一臉若無其事的模樣，開始肆無忌憚地在屍體身上摸索。

「屍體就沒關係嗎……」

「哈？內臟和骨頭這種玩意兒，我們自己也有啊？有什麼好怕的……話說回來，這具屍體已經放在這很久了。這狀態比起醫生，考古學或人類學家更能派上用場呢。」

廣尾一邊說著，一邊熟練地把屍體從頭到腳摸了一遍，最後自言自語地說了聲「原來如此」，重新站起來。

「直接說結論，這具屍體很不正常。單從外表特徵來看，死因應該是頸椎切斷。」

「頸椎……是指脖子……？」

「對。而且，斷面的狀態非常古怪。該怎麼說呢？總之就是很粗糙。」

很明顯不是用手術器材切斷的。廣尾如此判斷。

「至於為什麼要做出這種殘忍的事，我也不清楚……」

有目的性地用工具砍斷頭部……這個地方雖然是手術室，但實際發生的事情根本不能稱之為手術……使人連想都不願去想的推測在腦中閃過，我不禁用力閉起雙眼。

「八敷先生。老實說，這具屍體實在太古老了，光憑它也查不出什麼。我們還是調查一下房間本身吧。」

「啊、啊啊……」

手術台的後面，放著一個有玻璃門的鐵櫃。我們心想裡面可能會有什麼線索，便依序用手電筒照了照內部，分頭調查。結果——。

「……？這是什麼。」

我發現了一本封面寫著『實驗紀錄・壹』的筆記。儘管文字已經大幅褪色，但還是可以勉強閱讀。

『實驗紀錄・壹』

實驗奇蹟般成……。這一……神……保佑……。
從H神社徵用……羅像，相傳……造佛……所造……。
使用同家……繳獲的【鑿子】……切斷……。
關鍵……工具的一致性，長年的悲願終於……。

紀錄到此結束。

『實驗奇蹟般成功了。這一定是神明的保佑。從H神社徵用的佛像，相傳是由造佛師一族所造。使用從該家族繳獲的【鑿子】切斷……關鍵是工具的一致性，長年的悲願終於……』

雖然不確定是不是完全正確，但上面的內容大概是這樣吧。

「嗯——……我說啊，這上面寫的奇蹟般的實驗，應該就是我爺爺和大門先生的爺爺他們，以前在這裡做過的實驗吧……？所以說，這裡的造佛師一族……」

「毫無疑問就是指『九條家』。」

而且上面還提到了『H神社』。根據筆記上的記述，從『H神社』被帶走的佛像，應該就是『九條家』的祖先所打造的。

「還有……這裡還寫著要用鑿子幹什麼……」

「啊啊……」

換言之，『九條家』交給陸軍的東西就是『鑿子』嗎？可是，陸軍究竟要那個做什麼？還有最後提到的「工具的一致性是關鍵」又是何意……？

不明的點實在太多了。這些情報以後可能會有用處，於是我把實驗紀錄的筆記收進懷裡。

「啊！八敷先生。這邊的櫃子，好像放著一個箱子。」

廣尾從玻璃門櫃裡搬出一個堆滿灰塵的鐵箱。我們一邊咳出吸進嘴裡的灰塵，一邊合力扳開生鏽的蓋子。

只見裡面放著兩本分別寫著『實驗紀錄・貳』和『實驗紀錄・參』的筆記。

同時，旁邊還收著一個由三圈鈴鐺組成的樂器。

「這是……鈴鐺？」

「啊，那應該是【神樂鈴】吧。喏，在神社之類的地方，不是常看到巫女手裡拿著嗎？會發出唰啷唰啷聲音的那個。」

經廣尾這麼一說，我的腦中也浮現類似的記憶。的確，這是巫女在祭祀時使用的道具。木製的握柄上，以圓錐狀裝著十五個小鈴鐺。儘管已經褪色，但握柄的部分還綁著五條不同顏色的帶子。

「小時候，爺爺常帶我到神社看巫女跳舞。我每次都會覺得那鈴聲好好聽。」

老實說，這實在不像是會在這種地方出現的東西。不過既然跟實驗紀錄收在一起，或許這也是探尋地下壕祕密的必要之物。

廣尾似乎也有同感，即刻將神樂鈴收入自己的包包。

至於那兩本筆記，也跟剛才那本一樣文字褪色得有點嚴重，但仍可勉強閱讀。

『實驗紀錄・貳』

第七十……次實驗 修羅像。

『男體女頭』的接……雖然成功……

怪現象，靈……頻發……繼續實驗……難……。

「……『男體女頭』？剛剛那份紀錄還勉強看得懂，但這一本完全不知在說什麼呢。不過這裡寫的怪現象，感覺讓人非常討厭就是了。」

「我想，這應該也跟『修羅大人』有什麼關係吧……」

『實驗紀錄・貳』除此之外便沒有其他內容。於是我們繼續打開放在一起的『實驗紀錄・參』。

『實驗紀錄・參』

跟淨化槽同……『半靈化』……攻擊……需要『靈具』。

破壞中心的人頭……。人頭……不破壞的話……。

『淨化槽』、『半靈化』。意義不明的詞語排列在紙頁上。不過，上面提到了兩次『破壞人頭』這句話，雖說只是文字，還是讓人不寒而慄。這筆記，到底是什麼東西的紀錄啊……？

就在思考之際，一種奇妙的感覺流過腦內。這就是所謂的既視感嗎？

總覺得，我以前好像也曾像現在這樣，看過和拿過這本筆記以及『神樂鈴』。

然後，那時也跟現在一樣，站在這個房間內思考這上面的文字究竟是何意。然而這兩樣物品，在我所知的記憶裡，應該都是第一次接觸到才對。

這種感覺到底是怎麼回事？

接著，不可思議的情景開始斷斷續續地閃過腦海，彷彿自己的思緒正逐漸脫離身體。

『──果然……是在這裡嗎。』

『──接下來去調查淨化槽吧。我想，應該就在那個「牆壁的後面」。』

感覺就彷彿『某人』站在極近的距離，低聲對著我呢喃。但下一瞬間，我馬上意識到那並不是『某人』，而是我自己的聲音。跟我的意志無關，不屬於自己的記憶、理應從未聽的話語，接二連三地從身體深處湧出。

『——那個房間，上次站在牆壁前的時候，我就有種奇怪的感覺。』

然後直到現在，那低語……。

『——小心那房間裡的箱子。』

即使我拚命在內心默念住口，依舊不由自主地從嘴裡漏出。

「喂，八敷先生？」
被廣尾叫住的瞬間，那股被附身的感覺頓時消失，我的聲音也停止了。
「你從剛剛開始就在碎碎唸什麼啊？」
「沒、沒有……」
「總覺得你好像在一直在說著意義不明的話……沒事吧？」
「沒事……只是有點出神而已。」
拜託你振作點。廣尾說完繼續轉頭往前走。不知是幸還是不幸，廣尾似乎沒有仔細聽到我剛剛的碎唸。
但話說回來，剛才的那個……該不會，是跟記憶一起消失的『原本的自我』在說話吧？
按照推測，可能是以前來到這裡時的記憶，意外喚醒了過去的人格。這麼說來，上次從『人孔蓋小巷』進入地下的時候，除了呼吸困難外，也有種奇妙的既視感。或許跟那時的感覺很類似。

「——……」

調查位於牆壁對面的『淨化槽』——那個疑似我自己的聲音是這麼說的……。於是我決定先不告訴害怕靈異現象的廣尾實情，提議前往古地圖上標註的『淨化槽』。

那個引導我一路來到這裡的奇妙聲音，已經再也聽不見了。

既然如此，只好相信『原本的我』，抱著賭一賭的心態放手一搏了。

◆◆◆

從手術室繼續往內部前進了一會兒，眼前便出現一扇用油漆寫著『淨化槽』的門。

這次的門似乎是要往外拉才能打開的類型。然而這門板卻異常地沉重，兩個人用上全力同時往外拉才總算開始移動。而打開門後，映入眼簾的——。

「這個、到底是什麼……」

是一個過於巨大的廣間。或許是因為這景象太過出乎意料，廣尾的眼睛瞪得老大。

「所謂的淨化槽，應該是用來儲存雨水或地下水的設備對吧？可是，該怎麼說呢，這裡怎麼看都只是普通的房間……？」

我們用兩盞手電筒四處照了照，但這房間裡確實是什麼都沒有。

這時，廣尾的手電筒，忽地照到某個微微彎曲的棒狀物。

「好像有什麼掉在那裡……哎，這是……刀？」

「啊啊，應該是軍刀。」

是一柄收在裝飾華麗的刀鞘裡的軍刀。恐怕在軍中也只是有將校級以上的軍官才能夠配戴的東西。將刀拔出刀鞘，只見刀刃缺損得很嚴重，超過一半的刀身都已生鏽。

不過，刃尖的部分還有著銳利的光芒，說不定緊急時可以當成防身的工具。於是我決定將這把【生鏽的軍刀】一起帶著。

然後，我們一邊注意四周一邊在漆黑的室內前進。不久後手電筒的光圈中央，出現了了一個奇妙的物體。

「嗯……？」

是一堆佛像的頭。

「哇……這是啥啊……」

只剩下頭部的佛像，有如團子般彼此靠在一起。這實在不像是以保存為目的之堆疊方式。

「堆得這麼隨便……這裡該不會是垃圾場吧……？」

「不知道……」

當然，這幅景象看了實在不太舒服。『原本的我』似乎曾打算調查這個『淨化槽』……。這個空間裡，到底有什麼呢。

就在這時——哐噹！一個沉重的機關音不知從何方響起。突然間，從牆壁的一隅射入微弱的光芒。

「什、什麼聲音？」

接著，一道寒冷的陰風忽地流過肌膚。隆隆隆……不明的混濁聲響開始慢慢靠近。

「喂，我有種不好的預感！」

「廣尾！先撤到外面去！」

於是我們轉身直衝而出，迅速握住入口的門把。但是這扇門原本就很沉重，加上設計得又不太好，一時之間完全推不動。

「嗚、咕……！」

「喂！為什麼打不開啊!? 快給我開門!!」

給我打開！廣尾就像在推貨車似地，顫抖著雙手全力按壓門板。然而沒過多久，一股冰涼的觸感從鞋底爬上。

「……!?」

是水。不知哪裡來的水淹到了鞋子！

我赫然抬頭，才發現牆面的一角，大量的水就像瀑布般灌進室內。

「開、開玩笑的吧……」

「這是地下水嗎!?」

水流絲毫沒有停止的跡象，如冰塊般冰冷的水，一口氣淹到腳踝附近的高度。腳尖逐漸失去了感覺，就像站在寒冬的海水裡一樣。

「這、這麼冷的水，沒過幾分鐘就會失溫死掉的！得快點把門打開！」

然而，不論我們怎麼推，門就是不動。水沒過多久就來到膝蓋的位置。再這麼下去，我們兩個不是凍死，就是會溺死在『淨化槽』裡。

「可、可惡！」

面對這絕望的狀況，我忍不住大喊著「開門！」拚命用拳頭捶打門板。

「拜託了！快點打開啊!!」

然後，就像是聽到了我們的叫喊，門的另一邊忽地響起沉悶的回應。

『——快摸金剛羅漢的頭！』

「……！」

『金剛羅漢啊！房間最裡面不是有一堆佛像的頭嗎？快去摸那個！』

我不知道聲音的主人是誰。但眼下是生死關頭，只能相信他了。

「廣尾，妳在這裡待著！」

我抬起大腿，在已經淹到腰部的水中跨步前進，走向放著一顆顆佛像頭的地方。然後，輪流抓起漂在水面上的一個個佛頭。

因為沒有身體，老實說每顆頭看起來都差不多，根本認不出哪個是金剛羅漢。

不過從金剛這名字判斷，造形應該跟菩薩或如來等面部柔和的佛像有明顯差異。

這時我在腳下發現了唯一一個沉在水底的佛頭。

那是張眼睛憤怒凸出，嘴巴大大張開，充滿魄力的臉。

「就是這個！」

我把手伸入水中，用力提起那個應該是金剛羅漢的佛像頭。

然後——。

哐噹！耳邊再次傳來機關音，積蓄在房內的水一口氣從房間的角落噗咕噗咕地排出。

看到水位慢慢下降，我跟廣尾都鬆了口氣。

「太、太好了……撿回了一命……」

聽到廣尾的聲音，門外響起一陣『哦～～呵、呵、呵！』的驕傲笑聲。

『都是多虧了俺的nice advice啦！小妹妹，妳就這樣繼續往前推，俺從這邊幫忙一起拉。』

隨後，大門就像門栓被解開似地順利打開，剩下的水順著通道快速流出。

而一臉威風站在門後的，則是先前在『人孔蓋小巷』地下遇見的那個老人。

「E———xcellent！」

◆◆◆

這裡是被老人當成巢穴的地下壕一角。我們把在便利商店買的食物交給他後，老人便——。

「WOWWWW！吃飯！吃飯啦！」

狼吞虎嚥地吃了起來。而坐在對面的我們……則圍著攜帶式的小型瓦斯爐，烤著早已溼透的下半身。

「嗚嗚……嗚咕、咕……」

廣尾似乎想說些什麼，但牙齒卻不停打顫，沒法好好咬字。

「啊——不用勉強啦，小妹妹。妳那樣還說不了話吧。這裡的水路啊，都是來自T尾山系的地下伏流，冷得跟北極一樣。在衣服烤乾前，妳就慢慢休息唄。」

「那、那就恭敬……不如、從命……嗚嗚。」

接著，老人轉頭瞄了我一眼，露出不懷好意的笑容。

「那，其他的咧？」

「……其他？」

「俺可還餓著咧？」

意思是剛剛給他的份還不夠吃嗎？於是我把自己買來當早餐的麵包也給了他。

哦呵！老人見了露出燦爛的笑容，又大口狼吞虎嚥起來。

看來他似乎已經餓很久了。再不然就是單純的貪吃。

在那之後，老人瞬間就把全部的糧食一掃而空，呼哈～～地吐了口氣，一臉滿足地靠在背後的水泥牆上。

「哈——這麼美味的東西，我已經十天沒嚐過了。」

然後老人表示自己叫【班西・伊東】，並補充「叫俺班西就行了」。想當然耳，這應該不是本名。

「……那你呢？又來俺的地盤搗亂嗎？」

「怎麼可能。這種下水道，誰會自願跑來……」

「你是瞧不起俺住的地方嗎？」

據他所言，自從十年前發現這地方後，他便一直住在這座地下壕中。

「沒有地方比這兒更快活啦。不僅不怕風吹雨打，也不用擔心可惡的小鬼來惡作劇。就是冬天的時候冷了點。」

廣尾和我雖然聽得目瞪口呆，但要不是班西住在這裡，我們肯定早就溺死在那房間了。想到這點，便覺得實在不好意思批評他。

至於『淨化槽』的機關，則是他以前撿到地下壕的史料時，看到上面寫的關水方法而得知的。

「那份史料……是陸軍製作的嗎？」

「誰知道。」

班西毫不在乎地說。

「那種東西，早就被俺拿去燒來取暖了。啊——那個時候吃的番薯，真的好美味吶——」

廣尾聽了，一臉不耐煩地湊到我的耳邊。

「喂，這個老爺爺真的沒問題嗎？」

雖然無法否認他的確有點可疑。但在沒有這火爐就會被凍死的現在，我們的立場處於下風。因此我只好安撫快要失去耐心的廣尾。

「……所以咧，你們兩個，到底在那種地方幹啥？」

「……啊啊，這就說來話長了。」

於是我將怪異，以及印記的所有已知情報，以及來到這座地下壕的經緯，概略性地向班西解釋了一遍。

「唔唔唔嗯……原來如此、原來如此。」

班西用力地連連點了好幾次頭。

「……老爺爺，你真的有聽懂嗎？」

「當然聽得懂。你以為俺是什麼人？俺可是班西伊東喔？」

所以呢？廣尾蹙起眉頭。但班西絲毫不介意，繼續加重語氣說下去。

「這座地下壕啊，可是『恐怖怨念』的聚集之地吶！」

「……怨念……」

「沒錯。照俺看來，你們都是被那股怨念捲進來的！」

班西的話完全沒有根據，可是，總覺得大致上並沒有錯。

「不瞞你們兩個，俺的身體裡可是流著高貴的血統。從以前開始就擁有『能看見非人之物的才能』啊。」

這句話是俺說的，所以你們可以放心地相信俺。班西自信滿滿地說。但就算不是廣尾，恐怕任何人聽了這句話都會狐疑的皺眉……。

「那麼，可不可以請高貴的班西大人告訴小人，究竟該怎麼做，才能逃出您說的那個恐怖怨念呢？」

「這還用說嗎？所有的漩渦都一定存在著『中心』。」

「中心？」

「沒錯。只要找到那中心就行啦。你們說的那個……怪異，是吧？去找出產生怪異的東西。也就是『詛咒的中心』。」

確實，我也隱隱覺得『H市』內存在著可說是所有印記元凶的某種邪惡之物。

『詛咒的中心』。

換言之只要找出那個產生怪異的存在，所有的問題都能迎刃而解……。

「……但話說回來，這裡本來是只有俺一個人知道的樂園。可是大約半年前，卻出現了一個奇怪的傢伙。」

「奇怪的傢伙……？」

「是個滿身香水臭的女人……那傢伙一直開心地叨叨念著什麼什麼大人的。」

「那不就是……」

我點頭回應廣尾的眼神。在班西面前出現的，肯定就是頭川沒錯。

所以為了躲開麻煩，班西曾暫時搬離地下壕一段時間。

「……然後，大約是十天前吧。俺想說那傢伙應該已經走了，就決定回來看看……結果這次又發現了更奇怪的傢伙……」

在班西心目中，比頭川，甚至比『ZOO老師』更奇怪的東西嗎……。

「——你們猜怎麼著，居然是會『走路的佛像』吶！」

聽到這句話，我和廣尾都瞬間僵硬。

「就連向來自認膽子不輸給任何人的俺，也忍不住嚇了一跳！而且身上還冒出了一個奇怪的瘀青……真是倒楣透了。」

說著，班西解下脖子上的骯髒圍巾。只見那下面——。

刻著一道紅色的印記。

「老、老爺爺!? 原來你也是『印人』嗎!?」

「俺沒聽過什麼印不印人的。不過在看到那個『會走路的佛像』後，這東西就冒出來了。」

在那之後，俺就變得經常忘記東西，真傷腦筋。班西咯哩咯哩地扭著肩膀說。

「身體也變得比以前遲鈍了……」

「喂，班西！」

「幹啥？」

「如果我告訴你，你身上的那個斑紋，就是那個佛像刻上去的呢……？」

聽到這句話後，班西忽地睜大眼睛，似乎很開心地咧嘴一笑。

「果然是這麼回事啊……！也就是說，那個佛像就是『觀音兵』了嘛。」

——『觀音兵』!?

「老爺爺！你是怎麼知道那個名詞的？」

「俺在地下壕撿到的史料上寫的啊。呃、俺記得……『觀音兵』好像是五十年實施的一個用靈力驅動佛像的計畫……『天佛計畫』中製造的兵器吧。」

『天佛計畫』——該怎麼說呢，真是個誇張又響亮的名字。

「班西，那份史料，你現在還留著嗎？」

「俺剛不是說了嗎？全都燒掉了。」

「……就是那一份嗎。」

「你都幹了什麼好事啊！像這份古地圖，在我們家族可是被當成傳家寶欸！」

看來這位來歷不明的老人的常識，跟我們似乎有相當大的差距。

「別擔心啦，廣尾小妹妹。俺的腦袋，可跟外面的凡夫俗子不一樣。上面大部分的內容都留在俺的腦子裡了。」

他真的都記下來了嗎？雖然很讓人懷疑……。

「既然如此，就拜託你快點告訴我們……」

聽完，班西再次露出不懷好意的笑容。

「俺告訴你的話，你會請俺吃飯吧？」

「如果我們能平安回到上面的話……」

「哦哦！俺有間定食屋一直想再去吃一次吶！」

「你想吃什麼都好。我請你吃個夠就是。所以拜託你先把『天佛計畫』的內容告訴我。」

那好唄。班西稍微清了清嗓子。

「——所謂的『天佛計畫』，是大戰末期由一位傳說中擁有高貴血統、受到神靈附體的將官提出的計畫。而這座地下壕『第十三陸軍技術研究所』，就是為了實行這份計劃而建造的。當時軍方為了製造『觀音兵』，用了許多佛像做實驗……而這些佛像，似乎都是從某間神社運過來的。」

那些佛像的來源，肯定就是『H神社』。

「為了讓靈力寄宿在佛像上，當時的研究人員嘗試過很多方法。像是從『T尾山』徵召山伏，或是從全國各地蒐集有靈力的寶物……。不過啊，只要是腦子正常的人類，誰都不相信這個計劃真的能成功。因為，這個計畫根本就只是那個自稱有神靈附體的將官，為了中飽私囊騙取軍方經費的幌子……」

換言之，『觀音兵』在當時，只被大部分的士兵當成普通的垃圾。

「但是，沒想到有一天，佛像真的動起來了……據說佛像在研究所中失控暴衝，造成大量人員的死傷。躺在地下壕內的那些腐屍和血跡，大概就是當時的犧牲者吧。儘管也有人幸運逃過一劫，可是那些生還者的身體上……都出現了像是被野獸咬過的紅色印記……至於『觀音兵』，則在大肆破壞後停止，從此再也沒有動過……」

「所以說，它在戰時失控的原因，至今依然是一個謎？」

「沒錯……呃呃，我記得上面的內容應該是這麼寫的。」

儘管很難令人相信，不過班西沒有理由說謊。

本不可能活動的『觀音兵』，五十年後的今天竟然又再次動起來……。

換做平常一定又要開始反駁「這太不科學」的廣尾，不知是不是連說話的力氣都被嚇飛了，只是呆滯地望著地板。

「班西，我有個問題想問你。照你的說明，『觀音兵』曾在五十年前停止過一次……那究竟是誰，用什麼方式讓它停下的？」

「呃呃，我記得……？好像是哪個靈能力者？用了某種道具？然後就這樣停下來了……」

「根本什麼重點都沒提到啊……」

於是我探出半濕不乾的身體，抓著班西的肩膀再次說了聲「拜託你」。

「最重要的部分！拜託你再想想！」

「就算你這麼說……大概是因為那印記的關係，俺也記不起來了。」

雖然的確有這個可能，但以老爺爺這吊兒郎當的性子，也有可能只是單純忘記了……。

看樣子要消除印記，必須先設法停止在地下壕某處活動的『觀音兵』。既然班西這條線靠不住，就只能尋找其他方法了。

「俺可不想因為這斑紋送命吶……小八你是這方面的專家吧。俺可就靠你囉。」

「不，我並不是靈能者……」

「可是，你已經跟好幾個怪異交手過了吧？就算是擁有高貴血統的俺，也辦不到那麼困難的事吶。」

這麼說來確實是如此。

實際上，這些日子以來我一直能聽到不可思議的聲音，又或是對某些事物有奇妙的預感。在有手術台的房間時，甚至無意識地說出奇怪的話。

我突然對蟄伏在自己體內的某種東西，感到害怕起來……我到底、是什麼人呢……？

「那，你們倆再來有啥打算？」

被班西冷不防一問，我倏地回過神。

「……啊、啊啊。我想繼續調查『觀音兵』和『天佛計畫』的線索。」

總算是找到『H神社』失竊佛像的下落了。把那些佛像帶回去供養的話，說不定印記就能消失。

「哼——嗯，是嗎是嗎。那，俺在你們把『觀音兵』解決掉前，就暫時待在這兒睡覺唄。」

至於請吃飯的事就等事情結束後再說吧。班西說完便作勢要鑽進旁邊的睡袋。

「給我等等，臭老頭。」

「嗯啊？」

「既然踩了進來，我可不會讓你就這樣逃跑。」

「真拿廣尾妹妹妳沒轍吶……也罷，畢竟俺也吃了你倆不少東西……」

那就幫你們一次唄。班西說完又爬了起來，從睡袋裡摸出某個東西。

「喏，這玩意兒就送你們唄。當作咱們友好的信物。」

班西拿出來的，是一支舊式的小鑰匙。

「這個是……？」

「是跟俺燒掉的史料放在一起的傢伙。俺特地留了下來。因為說不準能用來開什麼寶箱呢。」

明明是撿到的東西，還說得這麼了不起。但我們也沒有理由拒絕。

「謝謝，那麼我就暫且收下了。」

◆◆◆

於是班西加入了隊伍後，我們繼續往地下壕的更深處前進，來到一處天花板極高的十字路口。然而才剛踏入這裡，廣尾便說了聲「我說這地方……」，用兩手搓起自己的手臂。

「……不覺得比剛才更不舒服了嗎？」

「唔嗯。俺也沒到過這麼深的地方吶。」

感覺地下壕內的氣溫似乎下降了不少。

這時，不知哪裡突然傳來一陣粗獷的萬歲吶喊。

『萬歲——、萬歲——、萬歲——……』

「喂、這聲音是什麼啊!?」

「八成是在地下壕徬徨的亡靈唄。」

「這也是超自然現象的一種吧。」

「你、你們兩個都給我少胡說八道！」

在不絕於耳的軍歌下，事到如今這也沒什麼好大驚小怪了。然後，緊接著一個貌似指揮官的勇猛嗓音，在十字路口內響起。

『混帳！你們在搞什麼鬼！沒時間慢吞吞的了！本土決戰近在眼前，全都給我拿出幹勁來！全民玉石俱焚！無欲則剛！為了祖國都給我生！』

指揮官就彷彿還未發現國家已經戰敗，一個人五十年來，仍日復一日地重複著相同的演習。

然後，一個戴著軍帽的亡靈，就像是注意到了我們的存在，走來對我們問道。

『我軍一路勇猛地奮戰至今……可是，戰局卻不見一絲好轉……。即便如此，你仍認為我們能打贏這場聖戰嗎？』

我們無視亡靈繼續向前走，結果那亡靈卻大吼著『混蛋，你這也算是帝國的軍人嗎！』拿出軍刀刺向我們。然而軍刀卻像空氣一樣穿過身體，一眼便可看出是沒有實體的東西。

而且我感覺如果在這裡回答了他，之後只會繼續被糾纏。

於是我甩開糾纏不休的亡靈，絲毫沒有停下腳步，朝十字路口的方向前進。

不久之後，眼前又出現了一扇沾滿血汙的鐵門。

「……這裡，也是實驗室之類的地方嗎？」

「……啊啊，跟有手術台的那個房間是同款的鐵門。」

這裡面說不定也能找到實驗紀錄，於是我打開鐵門，直接走向跟上次一樣位於房間最裡側的鐵櫃。但就在經過手術台的瞬間——。

身體突然有股被電擊的感覺，四周的空氣倏地改變。有如摩斯密碼般的噪音在耳朵深處響起，緊接著一幅可怕的光景流入腦內。

不知什麼時候，中央的手術台上突然躺了一名穿著二戰時期服裝的女性。她的手腳都被綁住，似乎正在接受某種實驗。

而圍繞在手術台四周，貌似研究員的男人們，就跟剛才看見的軍人亡靈相似，一點也不像是活著的人。

直覺告訴我，眼前的情景，恐怕是五十年在這裡發生的事。

隨後，手持手術刀的亡靈聲音從『左邊』傳來。

『喂，這女人醒了喔。』

『無所謂，反正都是要死。』

『這倒也是。』

接著，就像是收音機轉台一樣——這次換成『右邊』響起如噪訊一般的細語。

『……你……聽得、見吧……。……別擔心……馬上……。』

然而，從右邊傳來的耳語說到一半便中斷，再次切換回身穿白袍的男人們的交談。

『喂，女人。妳希望被哪種工具切斷？我讓妳自己選。』

『不肯回答嗎？那就用軍刀吧。這也是為了祖國。妳就心懷榮耀地獻出這隻手吧。』

『這可是寶貴的素材，給我小心點切。』

視界隨著一陣血腥的聲響發生改變，轉眼間女性的手臂已經被切了下來。

『受不了，叫得像隻豬一樣……所以我才不喜歡處理女人。』

『別亂動！現在可是在為天佛進行神聖的『身首銜接』手術喔？』

女性的斷手處，被縫上一條不屬於人類的古怪手臂，而接下來似乎輪到頭部要被鑿子切下。

這些傢伙……到底在做什麼？難道想把這名女性的手臂和頭切掉，替換成別的東西嗎？

仔細一看，手術台的附近，還放著一尊沒有頭的佛像。

難不成……？這幅光景……就是『天佛計畫』的人體實驗？記得班西曾說過，他見到了一尊會走路的佛像。

這時，『左邊』的聲音突然中斷，換成右耳響起一個堅決的聲音。

『恨吧……恨吧……恨吧……。憎恨這世界，咬碎世上的一切……』

『這力量正是為此而生的……從此刻聽到這聲音的部分開始，毫無保留的注入吧』

『用我授予你的力量，把殺害你的那些人……憎恨、全部殺光吧……』

這個從『右邊』傳來的低語，究竟是什麼人？那聲線很明顯跟研究員們不同……。

這時過往的光景突然中斷，現世的意識恢復清晰。

「──八敷先生！八敷先生！」

「啊、啊啊……」

「你的臉色很不好……是不是，又看見什麼奇怪的景象了？」

「──……」

剛好班西也在，或許現在正是時候。於是我把進入地下壕後聽見的聲音，還有剛才看到的光景告訴二人。

「哦呀……原來小八你，竟然能聽見失憶前的自己說的話嗎？」

「不。只是感覺很像我而已……還沒有證據。」

「……所以，你剛才看見了五十年前的人體實驗？」

「……啊啊。那恐怕就是『天佛計畫』吧。」

「唔唔嗯。俺雖然不知道你為啥能看見那個。不過小八你或許也跟俺一樣，擁有高貴的血統吶……」

「我現在倒是沒有印象就是……」

就算真的有那種血統，可居然只有我一個人能看見那樣的慘劇，這能力也太奇怪了……。

又或者……就像剛才從『右邊』聽到的那聲音一樣，我也同樣被什麼人賦予了奇妙的力量。

「吶，小八啊。你能不能利用那個力量找出『觀音兵』的位置啊？」

「那種事，要是辦得到的話早就……」

「老爺爺，你自己也……是叫靈視嗎？你不是也有那種能力嗎？」

但班西馬上搖了搖頭。

「俺能辦到的，就只有感應靈力的存在罷了。」

才剛說完，班西就突然「嗯？」地睜大眼睛。

「……這是啥？」

「怎麼了，班西？」

「……附近……有個奇妙的東西在移動……」

「奇妙的東西……到底是什麼啊，老爺爺？」

「……不知道。可是，大概跟不久之前感覺到的氣息是同一個。」

班西口中的不久之前，指的應該不是半年前見到的頭川，而是後來回到地下壕時感覺到的氣息吧。

——換言之，『觀音兵』可能就在附近。

◆◆◆

「唔嗯！大概是那方向！」

跟著班西在通路間前進的途中，位於右手上的印記也不斷在發痛。而廣尾似乎也受到印記的影響，臉色看起來不太好。

「沒事吧，廣尾。」

「啊、嗯、嗯嗯。可能是太緊張了……」

我拿過廣尾的包包，一邊留意著她搖搖晃晃的背影，一邊在後面壓隊。前方不時吹來陣陣陰森的寒風，而且愈是前進就變得愈強。

「俺就是在這一帶感覺到奇妙的氣息……」

班西手指之處，是一扇釘著鐵鉚釘的門。也是我們在這座地下壕中，目前看過最巨大堅固的門扉。

而更令人在意的，是門的上下左右都貼了好幾枚符咒。

那些符咒看起來就像用來防止有人把門打開。然而所有符咒卻都被扯破了。

難道是被關在裡面的什麼東西，用蠻力衝破了這扇門嗎……。

我們合三人之力，才好不容易打開厚重的門板。瞬間灌入門內的氣流，捲起大片如粉塵般的灰塵。

「……唔。」

「這下啥都看不見啦。」

「不、不過，感覺裡面應該有什麼東西……譬如『詛咒的中心』，或是怪異的源頭之類……」

我們沒有馬上進入，決定先在門口觀察一下情況。

「……真安靜吶。」

「……啊啊。感覺不到有東西活動的跡象。」

『觀音兵』沒有在這房間裡嗎。

於是我們小心翼翼地進入房內，各自用手電筒和油燈依序探索房內的環境。然後，從黑暗中緩緩浮現的是——。

「……噫！」

數尊巨大的佛像。然而每尊佛像的頭部都被切斷，就跟在手術室看到的『無頭佛像』一樣。

「……不論是貼在入口的符咒還是這裡面，都感覺得到沖天的怨念吶。」

是因為這地方是用來堆積被竊，或者說是被徵收而來的佛像嗎……。

房間的中央，還放著一個長方形的箱子。體積不怎麼大，但也不是能一隻手輕鬆抱起的大小，看起來就像一具小型的棺材。

那箱子也跟入口一樣，周圍貼著大量的符咒。除此之外，箱子中間還有一個古老的鎖孔。一眼就能看出箱子裡封印著不好的東西。

「被上了鎖呢……」

「對了，小八。用俺給你的那個！」

被班西一語驚醒，我立刻把手伸進口袋，拿出他送給我的小鑰匙。就是跟地下壕的史料一起發現的那個。

把小鑰匙插入鎖孔，雖然因生鏽而遇到了一些抵抗，但鑰匙仍順利地滑入孔中。

喀啦哩地一聲後，我迅速打開蓋子，看向箱中。

「——……」

「怎、怎麼樣？」

「裡面裝了啥？」

「這……」

廣尾和班西分別在左右追問道。

我的應答聲，聽起來格外遙遠。

「小八？」

誕生怪異之物。換言之，也就是『詛咒的中心』。但那種東西——。

「沒有……」

「……哎？」

「這裡面什麼都……」

什麼都沒有。

「哈啊!?你在說什麼？那你手上的那個是什麼啊？」

她說的沒錯。正確來說並不是真的空無一物……箱子裡的確是有東西。

可是，因為實在太超乎原本的想像，所以我才沒有意識到它的存在。

鎮坐在貼著大量符咒箱底的——。

是『西洋風的坐墊』。

儘管已經褪色，但嫣紅的布料仍相當有光澤。

如果是在住家的話還暫且不論，但這東西怎麼看都跟這場所完全不搭調……。

「唔——嗯。雖然很可惜，但看來是撲空了。」

「……你說得對。」

「小八。那種東西，怎麼看都不像是怪異產生的源頭。」

「……啊啊。」

可是，這個房間內瀰漫的異樣空氣、羅列在房內的『無頭佛像』、貼滿這棺材般箱子的大量符咒。毫無疑問，這地方曾經封印著某個重要的東西……。

就在這時，入口附近突然喀唧——！傳來一道某種沉重物體著地的聲響。我們一齊回頭，只見視線前方——。

站著一具擁有六隻手，身形異常高聳的佛像。

噫！廣尾嚇得往後跳，班西則一邊大喊「就是這傢伙！」一邊躲到箱子後面。

「俺、俺看到的『會走路的佛像』就是它！」

「……！」

換言之，這傢伙就是『觀音兵』嗎？

只見『觀音兵』緩緩舉起左右各三隻的手臂，擋在房間的入口前。它的手裡握著兩柄鐮刀和兩支長劍，隨著手臂的移動，刀刃反射出刺目的寒光。儘管它長著一張佛臉，嘴巴卻像鱷魚一樣長長地裂開至耳朵——。

『……唔、……啊啊啊啊、唔唔唔。』

並發出有如從地底湧出的低沉呻吟。同時，不絕於耳的軍歌，也彷彿在讚頌『觀音兵』的出現般，變得更加響亮而雄壯。

軍歌和呻吟。兩個不協調的音色交雜在一起，竟混合成一種類似誦經的古怪旋律。

聽到那聲音，我趕緊豎起大衣的衣領遮住耳朵，另一隻空著的手則拔出在『淨化槽』撿到的軍刀。

因為生鏽得相當嚴重，這把刀也許只能當成鈍器使用。不過，就算只能稍微嚇退它也好。總之趁著『觀音兵』退縮的機會，先離開這房間再說。

我一點一點移動腳尖，緩緩靠近擋在門前的『觀音兵』。然後趁著對方舉起武器前，一口氣衝進它的懷中，用軍刀的刀尖瞄準它的胴體中央，一口氣刺進去。

鏦！軍刀的前端，毫無阻礙地插進有著木紋的心窩部。

——成功了嗎？

腦中剛閃過這想法的下一刻，我才發現刃尖並沒有刺進『觀音兵』的身體，而是像插中空氣一樣，直接穿了過去。

「小八！那傢伙是像亡靈一樣的東西吶！」

就跟在十字路口徘徊的軍人，以及幻覺裡看到的人體實驗研究員一樣嗎？

的確，仔細一看，『觀音兵』的六隻手臂和胴體都有著微微的透明感。

這麼說來，在第一個房間中發現的『實驗紀錄‧參』中，確實有提到『半靈化』這個令人摸不著頭緒的名詞。也許『觀音兵』的狀態就十分接近那個。

可是，就算知道這一點，我又該怎麼做？既然物理性質的武器對它無效，該怎麼做才能停下這玩意兒？

就在我拚命思考時，『觀音兵』已悄悄舉起手裡的鐮刀，畫出漂亮的弧線從我的頭頂揮落。

「……！」

我急忙往後跳。只見眼前某個東西四散飄落。是我自己的頭髮。

同時，一條細細的熱流沿著額頭流下。是血……。

班西撿起房內佛像的碎片朝『觀音兵』扔去。然而，那碎片同樣穿過了『觀音兵』的身體，直接飛到空洞的通道上。

藏在陰影中的廣尾大叫了聲「老爺爺！」。

「你沒有能祛除惡靈的護身符之類的東西嗎！」

「要是俺有那種東西，早就拿出來用啦!!你們才是，來這兒的途中都沒發現啥嗎!?」

「沒有看起來有用的啊！」

——就在這時。

視界倏地一歪，兩人的聲音從耳邊消失。跟上次一樣，感覺自己的意識逐漸飄向遠處。跟我自己的意志無關，嘴巴開始噗滋噗滋地自己碎碎念了起來。

『——只要使用能對抗幽靈的鈴。用來侍奉神佛的道具就行了……』

『——但那是巫女用的道具。要是碰到男性的靈力，一下就會壞掉……』

這也是我以前在地下壕見到的記憶嗎。也就是說……。

「侍奉神佛……巫女用的道具……」

聽到自己的喃喃自語，我赫然警醒，把手伸向躺在一旁地上的廣尾的包包。

「廣尾！用這個！」

我從包包裡拿出『神樂鈴』。

「待在那裡用就行了！」

快點搖這個——說完我把『神樂鈴』迅速扔向廣尾。

『神樂鈴』是巫女祭祀時所用的道具。男性是不能使用的。既然如此，由女性的廣尾來用，或許可以改變眼前的局勢。

「……雖、雖然不知道有沒有用。」

廣尾用雙手舉起『神樂鈴』，在黑暗中唰啷唰啷地搖了起來。

『……咕、……啊啊啊、啊啊啊……！』

突然，『觀音兵』的全身都開始震動。看樣子似乎是生效了。

廣尾又搖了一次，接著『觀音兵』開始僵直不動，身體透明的部分逐漸變得清晰。難道是『半靈化』的狀態解除了嗎？

我看準機會再次靠近『觀音兵』，然後對準它畫著日本國旗的胸部，將整支『生鏽軍刀』的刀身扔了過去。

『……啊。——啊。——啊——啊啊啊啊啊——！』

攻擊似乎生效了。『觀音兵』發出怪叫，身體開始左右大力搖晃。

原本被完全擋住的入口，終於露出足以讓一個人通過的縫隙。

「趁現在快逃！」

於是我們急忙鑽過縫隙，逃向外面的通道。

『……啊啊啊……啊啊啊——啊啊啊！』

然而『觀音兵』突然發出詛咒般的尖叫，舉起六隻長長的手臂朝我們襲來。

我和班西在千鈞一髮之際躲了過去，但廣尾卻被它抓到。

「嗚、嗚咕……！」

『……為了……祖國……』

回頭一看，只見劍尖已抵在廣尾的脖子上。

『獻上你的……、頭顱……』

我擺出架式，正準備用身體撞開抓著廣尾的六隻手臂。但背後卻突然響起一道聲音阻止了我。

「——慢著，八敷！」

「——!?」

轉過頭去，只見通道的正中央，站著一名身穿綠色風衣、氣喘吁吁的男人。

「……哈啊……哈啊。」

是真下。是那個在『H城樹海』掉進風穴後，就一直下落不明的男人。

「……真下，你……」

原來還活著啊!?還沒把話說出口，真下便搶先將某樣東西塞進我手裡。是一支握柄的部分沾滿血跡的【巨大鑿子】。

「……這是？」

「……我找到的……在那間洋房的、最裡面的房間。」

『巨大鑿子』的刃部，刻著『M・K』的銘文。跟在那間被鎖上的房內找到的雕刻刀一樣。握住那支雕刻刀的瞬間，我忽地有種朦朧的直覺。

我們一直在尋找的『詛咒的中心』。

誕生怪異的源頭……就藏在『九條館』的某處……。

「瞄準『聽見右邊聲音的地方』，大概。」

「『右邊』……」

「但究竟是什麼意思，我也不太清楚……」

於是我握住真下塞給我的『巨大鑿子』衝向『觀音兵』。然後瞄準抓著廣尾的堅硬右手，一口氣揮下筆直的鑿刃。

喀。——『……啊、啊啊啊……！』

削落右手後，緊接著再把鑿子的尖端全力刺向『右邊』的耳朵。

喀。——『……啊啊啊……啊啊啊啊啊……！』

然後拔出來再一次。這次我使出全身的力量，把鑿尖插進鼓膜的深處。鏗啷……『觀音兵』的體內，傳來某種物體碎裂的聲響。

啊啊…………啊啊…………。終於、可以、解脫了……。

『觀音兵』用女人的聲音，輕輕呢喃後，就像停止運轉的機械一樣，逐漸停下動作。

不久後，『觀音兵』的身體啪啦啪啦地解體，散落一地的頭部和六隻手臂，以及畫著日本國旗的胴體，逐漸在「眩目的光芒」中消失。

「停、停止了……嗎……」

「看來是吶……。俺的印記也消失了，肯定不會錯的。」

廣尾摸了摸剛剛被抓住的脖子，說著「我的應該也是」，低頭檢查自己的大腿。

然而，我的右手腕卻依然在發疼。又是只有我的沒有消失嗎……。

不過話說回來，剛才要不是真下及時出現，真不曉得會是什麼結果。

「……真下。」

「……啊啊。」

「謝了。」

真下的嘴角微微上揚。

「真是千鈞一髮呢。詳細的部分晚點再說。總之現在先回去上面吧。」

於是我們匆匆沿著老舊的水泥通道返回。路上，我忽地注意到。

原本瀰漫在地下壕內的沉重空氣正逐漸消散……而這不是錯覺的最好證據，就是先前一直感覺到的那種奇妙窒息感也消失了。還有軍人們的亡靈們也全都不見了。

也許那種窒息的感覺……。

正是在這五十幾年間，一直盲目相信著勝利，持續戰鬥著的亡者抑鬱的心情，滲透到這片空間而造成的也說不定……。

◆◆◆

爬出人孔蓋，再次回到『M野南小巷』的我們，全都在馬路邊直接坐了下來。雖然我們只進入了地下壕兩、三個小時，但外面的新鮮空氣和涼風，卻令人感到無比舒適和懷念。

「……話說回來，真下。」

「……怎樣？」

「沒想到你會做出這麼莽撞的行為呢。」

居然在完全不知道發生什麼事的情況下，拿著『巨大鑿子』跑進地下壕。

「……因為情況非常緊急啊。實際上也的確是如此。」

「總之先告訴我那支『鑿子』的事吧。那是在『九條館』找到的嗎？」

「……老實說，這件事不太容易解釋得清楚。」

真下說著忽地看向廣尾和班西。

「畢竟，似乎還有事到如今會因一點超自然現象就大驚小怪的傢伙們在場呢。」

「俺的身體可是流著高貴的血統。這點小事才嚇不倒俺哩。」

「這種不科學的東西，我現在還是有點難以相信就是了……」

「……也罷。總而言之，我就照順序說明吧。」

真下說，他在離開某個地方後，因為還是很在意後來的發展，便再次回到『九條館』。然而他回到館內時，那裡已是人去樓空，而且也不見梅莉的蹤影。

就在那時，他聽到了一個奇妙的聲音。

『快去二樓東南側的房間……』那聲音告訴他。

因為真下也曾在館內住過，所以他馬上就猜到是那間被上鎖的房間。

「雖然有點嚇人，但我好歹也跟怪異交了兩次手……」

事到如今已沒什麼嚇得倒他，於是真下迅速前往位於二樓東南側的房間。

「是那個放了很多鑿子跟雕刻刀的房間嗎？」

「沒錯……裡面還有一張梅莉的奇妙照片……」

「啊啊……」

「不過，照片的部分先放到一旁……。我在那個房間內，發現只有一支『鑿子』散發著微微的黑光。」

然後真下就像被什麼東西附身似地，不由自主地拿起了鑿子。那也就是剛剛刻有『M・K』銘文的『巨大鑿子』。

「……可是，到底為什麼？」

為什麼真下會把那支鑿子帶來給我？就彷彿十分確信這東西能消滅『觀音兵』一樣……。

「關於這部分，老實說我自己也不太清楚……。不過，就在拿起這玩意兒的瞬間，我又聽到了聲音。告訴我把這玩意兒拿去地下壕給你。」

據真下描述，那是一個嘶啞的女聲。

「女人的聲音……」

「啊啊。『瞄準聽見右邊聲音的地方』這件事，也是她告訴我的。」

根據安岡的情報，『九條家』在古時原是造佛師家族。

地下壕的實驗紀錄中也有類似的記述。也許當初雕出『觀音兵』基底佛像的……就是這支『巨大鑿子』吧。

還有真下聽到的聲音，跟以前引導我的那個不可思議的聲音，是同一個存在嗎？但那隻黑兔子明明已經死了……。

「……有關『鑿子』的部分，我知道的就這麼多了。」

「……啊啊。」

「話說回來，我從剛剛就想問了……那個女的，沒事吧？」

真下所說的女人，除了廣尾以外自然沒有別人。

「哎……？什麼意思？」

「她的脖子，不是在流血嗎？」

咦!?廣尾連忙摸向自己的脖子。

「哇哦，廣尾妹妹。妳的袍子上也沾到了血喔!?」

因為地下環境太黑所以一直沒發現……而廣尾似乎也因為一心只急著想離開地下壕，才沒注意到自己從被『觀音兵』鬆開後，就一直在出血。

「嗚……發現之後就突然痛了起來……」

真糟糕——廣尾開始在包包裡東翻西找。面對這種情況還能保持冷靜，是因為職業的關係嗎？

「啊——消毒水在跟頭川交手的時候用完了……」

「女人。別一個人嘟嘟囔囔的，快點去醫院吧。」

有些醫院晚上也能掛診——真下說完便立刻走去攔計程車。

沒想到真下竟然會這麼親切。而且似乎還對接下來要去的醫院相當了解……。

我開口問他究竟怎麼回事後，真下便一臉雲淡風輕地答道：「因為我今天早上還在那邊住院啊」。

真下說，他在掉進『H城樹海』的風穴後，幸運地被一株大樹的樹枝勾住，才減緩了落地時的衝擊。隨後，他趁著還有意識時好不容易爬回地上，就這樣獨立前往醫院。

「不曉得是因為撞到了頭，又或者是印記的影響，我想不太起來自己掉下去時的事情……而且不知道為什麼，我的鞋子和褲子上都沾滿蜂蜜……」

「蜂蜜……」

果然真下那時候是被『蜜蜂家族』的亡靈勾引，才掉入風穴的吧。回想起來，在真下失蹤的前一刻，曾依稀聽到「你也到……這邊來……」的奇妙低語。

「然後直到今天，我才終於吸到戶外的新鮮空氣。不過……」

由於忘了跟醫院拿止痛藥，所以現在風衣下的傷口還是痛得不得了。也因為這緣故，真下表示詳細的部分就等回去後再說。

然後，真下便帶著廣尾前往醫院，順便去拿止痛藥，並說隨後會再到『九條館』找我。

「畢竟我的信條是一旦踩進去的案子，就絕對要辦到最後……」

「……我明白了。那廣尾就麻煩你，不好意思。」

於是真下與廣尾坐上攔到的計程車，前往醫院。

而我也必須回『九條館』，好好思考下一步該怎麼做才行。

廣尾、班西的印記都消失了。只剩下我一個人的印記依然存在。而且記憶也還是沒能恢復。

這時，班西突然發出「唔哦哦哦」的怪叫。

「那，接下來就是實現咱們約定的時候了唄！」

是說請客的事嗎。真拿他沒辦法。事實上要不是班西，我們就沒辦法找到『觀音兵』。而且也得感謝他的記憶，才能得知『天佛計畫』的情報。

「我知道了。但是你說的那家店，這種時間恐怕已經……」

「別擔心，那是二十四小時營業的啦！」

◆◆◆

那是一間似乎不論白天晚上，都十分熱鬧的餐廳。

之前在地下壕時明明已經給他吃過不少東西，但班西的胃袋簡直就像無底洞。

只見這個由食慾化身而成的老人，轉眼間就把剛點的食物全都掃平。剛剛點的菜至少有十人份吧……走出餐廳後，班西一面叫著「Excellent」，一面滿足地拍著肚皮。

「果然還是這間店最棒啦！甜點也是最頂級的！」

「那就好。」

「真是謝謝你啦，小八。」

就在此時，遠方的天空傳來一陣地鳴般的隆隆聲。

「嗯……？是打雷嗎。」

明明已經快要天亮，天空卻還一片黑暗，似乎便是因為那片雷雲。

「吶，你知道嗎？」

班西眺望著烏雲密布的天空，嘴裡喃喃說道。

「如果天空一直打雷，就代表梅雨季要結束了喔。」

「——……」

又是跟在地下壕時一樣的既視感。

如果天空一直打雷，就代表梅雨季即將結束——我以前也聽過一樣的話。而且……眼前的景象恐怕也相同。

「若天氣變得乾燥點，就可以睡在公園了吶。」

可是一去回想，右手腕的印記就像在阻止我似地隱隱作痛。真是可惡。

「那，小八。咱們就在這兒解散唄。」

班西似乎打算就這樣走回去，讓鼓成氣球般的肚子消化消化。於是他對我揮了揮手，踩著懶洋洋的腳步向前走去。但走到一半，又突然發出怪叫，然後驚慌失措地跑了回來。

「等、等等，小八！」

「怎麼了嗎？」

「…………俺……想起來啦。」

班西的身體微微發抖，眼睛瞪得跟盤子一樣大。

「之前因為印記的關係忘記了……原來、俺『以前』……就見過你一次啦。」

「咦……!?」

班西的自白令我瞬間屏息。『以前』，就見過我了？

「那、那到底……」

是怎麼回事！我衝向班西，抓住他狼狽的身體。

「喂，班西！你說的『以前』是什麼時候!?」

「呃呃呃……這個嘛。」

班西用手扶著下巴，發出「唔唔嗯……」的聲音陷入思考。看來是因為剛取回記憶，所以對時間順序還有點混亂的樣子。

「拜託你一定要想起來，班西……！」

「啊……！」

擠成一團的眼睛猛然睜開。看樣子總算是想起來了。

「對啦。俺記得咱們第一次見面，是距今五年前的時候。最近一次的話，應該是十天前唄。」

「——……!?」

腦髓彷彿被一道電流擊中。十天前，正好就是我到達『九條館』的那天。所以我在失去記憶之前，曾經見過這個男人嗎？

還有，五年前又是怎麼回事？

「拜託你告訴我……我……到底是什麼人？」

「這俺就不曉得了。因為俺對你的名字沒興趣，而你也從來沒告訴俺。」

「那，僅就你知道的部分也沒關係。請你告訴我，你所知道的我。」

或許是因為說來話長，班西突然在旁邊的啤酒箱坐下。

「……五年前，你突然在地下壕出現。並說願意請俺吃飯，要俺告訴你有關『天佛計畫』的內容。」

換句話說，五年前的我，就已經知道『天佛計畫』的存在了嗎？

「但是，俺感覺你比起『觀音兵』，好像對以前的『九條家』更有興趣。」

「……等等。為什麼會冒出『九條家』？」

「當時……也就是戰爭的時候。『九條家』的族長曾積極地協助『天佛計畫』。畢竟他是很有名的靈能者，大概是因為這樣才被軍方找上的唄。聽說那個族長上繳了幾個『九條家』密藏的靈寶獻給軍方……而你當時一直纏著俺問這件事。」

「那些上繳的東西是什麼，你知道嗎？」

「嗯。地下壕裡有張清單有紀錄。呃呃，俺記得是……」

鏡子、勾玉、土偶、人偶、鑿子、佛像……從下咒道具到除魔用具，各式各樣的物品都有。而那些物品後來都被還給『九條家』。

「總之，那陣子你常常到地下壕來，但有一天突然就沒再出現了……。直到十天前俺才又再見到你。」

班西說，那是他在地下壕內遭遇『觀音兵』，暫時逃出地下壕時的事。

「俺從人孔蓋出來，正好遇見經過附近的你。為了慶祝這段緣分，俺就巴著你再給俺請了一頓飯。」

雖然從別人口裡聽來有種奇怪的感覺，但班西所描述的『我』，正是失去記憶不久前的『我』。

「你說你之前那段時間一直待在國外，直到最近才回來……好像說是一個月前唄？對啦對啦，印記的事，就是那時你告訴俺的。」

「那麼，那時候的我，身上就已經有印記了嗎……？」

「唔嗯，俺也記得不是很清楚了，不過好像是有印記。而且你的樣子看起來也怪怪的。」

常常好像要想起來什麼的時候，又突然說不出話。班西說。看來印記的症狀已經相當嚴重了。實際上，幾個小時之後，我就連自己的名字和過去都忘了。

「話說回來……俺啊，有件事想告訴你。」

「……什麼事？」

「俺班西・伊東啊，比起這世上的大多數人，人品都要高潔得多。所以才沒法適應俗世的骯髒空氣，過著這麼孤僻的生活。」

「幹嘛突然說這個。」

「但不管肚子再怎麼餓、再怎麼窮，俺也不會去做違背天道良心的事。你應該理解俺吧？」

「所以說，你到底想跟我說什麼啊？」

「俺啊，是不會當小偷的。吶，這還你。」

說完班西從懷裡取出一支手錶和錢包。兩樣都是設計十分典雅的骨董貨。這個是……？我看著班西。

「十天前，你忘在剛剛那間餐廳的東西。」

「……！」

快讓我看看——我迅速收下錢包打開來，在裡面尋找能得知自己身分的線索。然而裡面全完全沒有駕照或會員卡之類的物品。

「……俺可沒動過裡面半樣東西喔。」

「啊啊，我知道。」

我說完又重新打開來檢查一遍。然後，我注意到放卡片的夾層內夾著一張似曾相識的名片。

【九條館館主 靈學治療師 九條沙耶】

「——……」

「啊啊，那張名片啊。你那時也給了俺一張。但因為俺一向不把用不到的東西帶在身上，所以馬上就還給你了。」

第一次造訪『九條館』時，我的口袋裡也放著九條沙耶的名片。班西退還給我的八成就是那張吧。已經不需要懷疑了……果然我在跟這男人見面之後，就幾乎失去了所有的記憶。

「還有哇……關於『觀音兵』，你也說了跟廣尾小妹妹一樣的話。『把人類的頭接到佛像上，根本不可能讓佛像動起來』。」

「可是，實際上不就動起來了嗎……」

「俺是這麼說的。結果啊，你回了俺一句很奇妙的回答。」

『五十年前，在地下壕發生的超自然現象，原因跟『天佛計畫』無關……。一切都是因為《那傢伙》剛好也在那裡。』

「——那傢伙……？」

「除此之外你還說了這樣的話。」

『在我身上留下印記的就是《那傢伙》。《那傢伙》很享受我失去記憶，畏懼死亡的模樣。我曾

成功殺死《那傢伙》一次。但是，才過一天就……。果然要徹底解決《那傢伙》，只能使用跟五十年前相同的手段……』

我的心跳愈來愈快，額頭沾滿汗珠。

失去記憶前的我，原來早已知道在自己身上刻下印記的《元凶》是誰。

「喂，班西！《那傢伙》到底是誰？十天前的我有告訴你嗎!?」

「這個俺也很好奇。但是，你卻答不出《那傢伙》的名字。而且看起來不像是故意隱瞞，而是真的想不來的樣子吶……」

又是印記的影響嗎……。

「好啦……俺知道的事情都已經告訴你了。那差不多可以出發咧。」

「……去哪？」

「等上了你的車再告訴你。」

◆◆◆

班西指示的目的地，是至今已踏足過許多次的『H城樹海』。

至於為什麼要來這裡，班西只說等到了再告訴我後，便在車上呼呼大睡起來。

這已經是我第幾次站在這地方了呢。氣氛詭異的圓拱門，還有蒼鬱的樹林，全都跟往常一樣。

「小八。你應該知道『H神社』在哪兒吧？麻煩你帶路唄。」

「你沒去過嗎？」

「唔嗯，只在十天前聽你說過地址而已。」

於是我領著班西撥開草木，在昏暗的林徑上前進，最後總算到達『H神社』境內。為數不多仍留在神社內的『無頭佛像』，於手電筒的光照下，略顯感傷地從黑暗中浮現。

「哼嗯……『天佛計畫』用的佛像，就是從這裡被偷走後運到地下壕的吧。」

「啊啊，應該是這樣沒錯。」

「可是……那尊佛像真的跟『詛咒的中心』有關嗎……？」

「——……」

關於印記的源頭，有一種說法是從此地被盜走的佛像在作祟。但是，十天前的我，根據班西的描述，曾經這麼說過……。

『在地下壕發生的超自然現象，原因跟『天佛計畫』無關。一切都是因為《那傢伙》剛好也在那裡。』

「……然後啊，十天前你跟我說過，那間神社裡，好像存放著一個很重要的東西。說什麼為了淨化附著在那東西上面的汙穢，必須把它放在這裡之類的……」

班西走向那間小神社，伸手打開格子門。唧——……門軸吱吱作響，門板緩緩打開……。

「……嗯嗯？」

然而，裡面什麼都沒有。

「這不是什麼東西都沒有嗎？到底怎麼搞的啊，小八……？」

「不……幾天前我來的時候，裡面就已經是空的了……」

「這就怪了吶。我記得十天前的你，明明說了裡面放著一個束口袋哇。」

聽到束口袋三個字，我忽地回想起一件事。

以前克莉絲蒂在車庫找到的檔案中，的確有提到『H神社』祭祀著一個小束口袋。

「班西，你有聽說那個束口袋，裡面裝了什麼嗎？」

「一個拳頭大小的佛像……好像說是『H神社』的御神體……」

「那個……是『念持佛』嗎!?」

「啊啊，對啦對啦！是叫這名字！」

『念持佛』正是五十年前，九條家的族長用來鎮壓地下壕騷亂的道具。

結束一系列的談話後，班西說了「好啦」，逕自轉過身。

「……俺的任務到這裡就結束咧。」

俺已經連甜點的份都努力過了，差不多該回家哩。班西說。

「也是……」

既然念持佛不在這裡，繼續待著也不是辦法。

十天前的自己到底有何計畫，老實說我還是沒搞懂……不過——

我已逐漸看清位於這一切事件中心的存在之真面目。

◆◆◆

我一邊行駛在已經完全瞭若指掌的道路上，腦中一邊整理從班西口中得到的資訊。

五十年前，『觀音兵』在地下壕的啟動與暴走……。

那並不是陸軍的實驗成果，而是《那傢伙》幹的好事。過去的我這麼說過。

當時，面對《那傢伙》和『觀音兵』的威脅，陸軍無計可施；最後由靈能力者的『九條家』族長出面，使用『念持佛』解決這起事件。

然而……。

《那傢伙》——依然存在於這個時代。

然後，失去記憶前的我，也打算跟五十年前一樣，使用『念持佛』來對抗它。

為了淨化汙穢，十天前的我把『念持佛』放在『H神社』。然而，『念持佛』卻不知道什麼時候消失了。究竟是誰，又為了什麼目的而拿走的呢……？

這對失去記憶前的我而言，應該是意料之外的狀況。

還有《那傢伙》的真實身分——儘管沒有證據……但我已隱隱猜到了。

——『九條館』的大門，已近在眼前……。

終章

烏黑的雲層中，迴盪著地鳴般的轟響。
就跟十天前，我在這個地方抬頭仰望『九條館』時的天空一模一樣。
當時我的腦中霧濛濛一片，內心充滿不安和混亂。然而，現在已沒有那種感覺。抱著近乎確信的預感，我沒有一絲躊躇，筆直走向玄關。
推開門，門廳的景象一如往常。中央的大鐘發出不絕於耳的滴答聲。戶外的光線朦朧地灑落在地板。燭台上的燭火靜靜地搖曳。跟平常一樣，高雅而又美麗的空間。
然而，右手腕上卻有一股異樣的痛感。每往前踏出一步，便悶沉地發熱，有種彷彿皮膚被炙烤般的尖銳痛楚。
看來，《那傢伙》已經完全不打算隱藏自己的氣息。
「——歡迎回來。」
清澈的嗓音在大廳內迴盪。果然……我抬頭一看，只見梅莉坐在平常那張紅色的老沙發上。
「我們，又見面了呢。」
現在我已可完全察覺到。那人偶隱藏在溫柔話語之下的，血淋淋的惡意……。
「居然、已經再生了嗎……」
「有整整一天的時間，十分足夠了。」
喀噠。梅莉的垂下白皙的腦袋。
「那隻兔子突然攻擊我的時候，我著實吃了一驚……但預料之外的發展，也格外有樂趣呢。」
梅莉以前被我抱著前往『H神社』時，似乎就已在樹叢間發現了黑兔的存在。

「那隻兔子，因為太過想念八敷大人，所以好像一直都跟在您的附近。還真是，有勇無謀的舉動呢……」

她的話中似乎別有含意。難道她知道那隻兔子的真實身分嗎……。我開口詢問後，梅莉像在微笑般，稍稍垂下那對碩大的眼眸。

「這個問題還請您自己思考。您究竟是何人……只要知道了這點，答案自然就呼之欲出。不過……只要我留在您身上的印記一日未消，那便是不可能的。」

我身上的印記是梅莉所刻這件事，我從樹海回來的路上就猜到了。

話雖如此，她一臉泰然道出真相的模樣，仍不禁給人一股被詛咒般的毛骨悚然感。

「妳、到底有什麼目的……」

「——『將生者逼至死亡的深淵，使其被恐懼和絕望吞噬』。此即怪異的悅樂，我以前不是就告訴您了嗎。也是為了這目的……我才請您出手相助的。」

「我幫助妳？胡說什……」

「哎呀，您還未發現嗎？八敷大人，您不是已經好幾次引領可憐的『印人』們，自投羅網深入怪異的巢窟嗎？」

「……咦。」

每次看到印人們在怪異面前驚慌逃竄，面對迫在眉睫的死亡而瑟瑟發抖的模樣，她便壓抑不住內心的喜悅。梅莉說。

「那份恐懼和絕望，著實令人身心舒暢。」

換言之，她之所以會協助『印人』們，純粹是為了給予他們更大的恐懼。梅莉大言不慚地自白道。

「若只是要殺死你們的話，僅需用印記的詛咒，看著你們自己發作便行了。」

「——……」

蠟燭的火焰，就像在舞動般搖曳。

之所以像這樣與我說話，也純粹是為了引導我發現這絕望的事實，給予我更深的恐懼而已吧。

隱藏在那美麗臉龐下的可怕靈魂，想必對我此刻蒼白的表情感到十分滿意。

「……那麼……那些怪異，也是妳為了這個目的而製造的嗎？」

「正是如此。所以在聽到克莉絲蒂大人嚷嚷『印記的根源是佛像的詛咒』時，真的感覺十分有趣呢。因為你們愚蠢的模樣太過滑稽，害我忍不住也陪你們演了齣家家酒。」

那個時候，梅莉主動提議「前往『H神社』或許就能找到跟怪異有關的線索」，讓我帶她前去樹海。看來這一切，全都是謊言。

「這不是當然的嗎……區區幾尊壞掉的佛像，怎麼可能做得了什麼呢。」

感覺梅莉的話語一瞬間出現了遲疑。然而那份懷疑，很快便被梅莉的話語蓋過。

是錯覺嗎……。

「五十年多年前，我的力量被『九條家』的族長封印，關在了狹小的箱子裡……但在五年前，多虧了『某位大人』之手，我終於又醒了過來。」

「……某位大人？」

「是的，我真的全心全意地感激那位大人。」

說出這句話時，梅莉的聲音稍微變得柔和了些。

「雖然那個時候，我的狀態還連說話都辦不到……但在我甦醒的那一刻，『H市』內所有含冤而死的亡靈們，全都化成了怨靈，並變異成後來的怪異。」

「『H小學校』的虐童事件」、「『蜜蜂家族』的集體自殺」、「長谷川聖子的強暴與自殺」。

它們都是在五年前發生的案件。

「然後大約一個多月前，我終於完全取回了『力量』。同一刻，與我存在聯繫的那尊佛像也重新動了起來。然後……被復活的佛像殺死的女人，似乎也受到了我的力量所影響。」

她指的肯定是『觀音兵』和頭川吧。

頭川她，把梅莉的力量誤認為是『觀音兵』降下的天啟……。

然後依循『修羅大人（梅莉）』的聲音指引，自己也變異成了『ZOO老師』。

「取回力量後，我便跟五十年前一樣，授予了那些化為怨靈徘徊在世間的怪異們『某種力量』。那是能將『印人』們逼至恐懼深淵的『力量』，也是連繫我與諸位的『力量』……就是印記。」

我理解為什麼她想將我們逼至絕境。但是，有必要將自己與我們聯繫起來嗎？我詢問後，梅莉的長髮輕輕一晃，答道「當然有必要」。

「唯有與之聯繫，我才能就近品嘗到諸位的恐懼。就像現在……」

喀啦哩……。

放出黑暗光芒的雙眸，抬頭直視著我。

「八敷大人，我很可怕嗎？」

「──……」

「請回答我。」

「──……當然可怕。」

在這麼邪惡的存在面前，怎麼可能不感到恐懼。

「很高興您如此誠實。」

接著──。

劈哩！耳邊響起一道瓷器破裂般的聲響。只見梅莉端正的臉上，迸開一小道裂痕。

「從您宣示要『對抗印記』的那一刻開始……對於這一天的到來，您知道我已經期盼了多久嗎……」

裂痕就像在侵蝕那張如白雪般的光滑肌膚般，一點一點地延伸。

「這十天……我一直透過印記，品味著您內心的恐懼……」

劈哩……。

「那味道濃密且黏膩……就像蜜糖一樣甘甜……」

不知不覺間，那張臉上已經爬滿細微的裂痕，就像乾旱的土壤。剝離的表層，啪啦啪啦地崩落。

然後梅莉的身上放出強烈的靈壓，一口氣震碎了玻璃，裝在牆上的照明也瞬間爆炸四散。

「每次嘗到那股滋味，我便有種想破壞你的衝動……可是，我一直在忍耐……」

因為我不是會殺雞取卵的愚人——梅莉一邊說著，一邊發出彷彿再也忍不住似的笑聲。然後，那張有如花苞般的小嘴，第一次緩緩張開了。

『啊『阿』……。但是是……我再也忍『不』住了……。就像從『澄』熟的果實……擠出『裏』汁一樣，好想把從『燭』漸壞掉的你、體內流出的……甜『每』恐懼，舔得一乾『貳』……『淨』……』

梅莉的上唇和下唇，開始喀噠喀噠地顫抖……。方才張開的嘴唇，似乎還只是在變異的過程。

然後，喀啦！她的下顎整個脫落，臉孔分成上下兩段。

眼睛、鼻子、嘴巴、球體關節，全身的各個部位都噴出血來；積蓄在眼窩邊緣的紅色液體，就像決堤般源源不絕地湧出。

潔白的臉頰流下數條血痕，將整張臉染成恐怖的顏色。

然後，她的右手——。

『……八敷……大、人……』

——浮現出印記。

『……我……要……殺……殺了……您、您您您』

瞬間，梅莉散發出一股彷彿能把人全身壓碎的強烈氣場，洶湧撲來。

「……唔、咕！」

我迅速抓住樓梯的扶手，但還是承受不住那股幾乎要把人攔腰折斷的壓力，跌倒在地。

「……嗚嗚、……咕！」

右手腕就像要融化般地迅速發燙，無法按照意識活動。只見印記深紅如血，思緒也急速朦朧。如暴風雪般的白色黑暗，彷彿要將記憶、眼前的恐懼、以及一切的一切都吞噬，在腦中激烈地吹襲。四肢就像跟地板同化一樣，無比沉重。

印記大限將至的最後症狀，開始在全身上下發作。我心想不能繼續待在梅莉附近，必須立刻離開，像狗爬一樣爬上樓梯。

就在這時，耳邊響起某人的低語。

『……調查……我房間的……鮮紅……之物。』

是一道嘶啞的女聲。我的房間？紅色……？

這聲音的主人是誰？是安岡說過的『與我存在緣分之某人』的聲音嗎……？

這時，喀吱、喀吱……混雜著大時鐘的鐘擺聲，記憶的碎片，在腦海朦朧浮現。

『——我想把這藏在門廳的大鐘內。』

『原來如此……這點子不錯。紙類文件一旦被發現就會被銷毀，但對手是古人偶，改用錄音檔的話說不定不會被發現。』

過去的我，站在大鐘前和某人對話……。

『……時間差不多了。把這東西藏好後我就動身去神社。』

『……我送你到門口吧。』

一邊說著一邊靜靜露出微笑的，正是第一天來到這裡時，死在二樓房內的女性——九條沙耶。

「…………九條……沙耶。」

『我的房間』就是九條沙耶的房間……。我努力爬上樓梯，就跟那天一樣，衝進九條沙耶的房間內。

房裡跟大廳一樣昏暗。我依賴窗外的閃電照明，在屋內前進。

那聲音要我『調查鮮紅之物』。於是我把桌子、床、絨毯，房裡所有的家具都翻了一遍。可是，卻什麼也沒找到。

『……八敷大人……您、您在、哪裡、呀……八敷大人人人人……』

梅莉已來到附近。我急忙關上門，鎖上門鎖。雖然不知道這樣擋不擋得住，但應該可以爭取一點時間。

紅色之物……紅色……。到底指的是什麼？

這時，在電光的照射下，我瞄到了地板上九條沙耶的血跡。距離那天已過了十日。血當然早就乾了。

剛才因為房內太暗而沒注意到，但血跡上似乎放了什麼東西。是一個小束口袋。我急忙撿起袋子，把裡面的東西倒在手掌上。

那是一尊拳頭大小的佛像。

「……這就是『念持佛』嗎。」

佛像上沾滿類似血痕的髒汙，發出不祥的氣場。恐怕，這上面的汙穢還未淨化完成。

而在碰到佛像的瞬間，記憶就像鎖鏈般一個接著一個復甦。

五十年前，『九條家』的族長用這尊『念持佛』奪走了梅莉的力量，並將它放進梅莉的體內，藉此封印了她。而在一個多月前把『念持佛』從梅莉身體裡拿出來的人……。

——就是我。

我用組裝人偶用的工具將梅莉解體，從她的體內取出了『念持佛』。

至於自己為什麼要這麼做，原因仍想不起來。但總之因為那樣，梅莉才取回了『力量』。

同時，當時從梅莉體內取出的『念持佛』，就跟現在一樣沾滿血汙。這個汙穢，或許是這五十年來持續封印梅莉的『力量』所造成的……。

於是我為了淨化汙穢，將『念持佛』放到清淨的『H神社』內。恐怕剛才在大時鐘前看到的記憶，就是出發前往神社前的記憶吧……。

而如今已是七月。過了六月末的『夏越之祓』，汙穢理應已被淨化了才對。然而『念持佛』卻依然沾滿血汙。到底是為什麼……。

「——……」

該不會……。

是被黑兔子拿走了嗎？

梅莉說過，她曾在神社附近見到黑兔。與此同時，兔子也見到了梅莉，因為害怕『念持佛』被那傢伙發現，才不得已拿走了『念持佛』。按照推理應該是這麼回事。

換言之，『念持佛』的汙穢還來不及得到淨化，就離開了『H神社』……。

這下子根本無法對抗梅莉的力量……。

這時，隔壁的房間傳來「唧……」的開門聲。

是梅莉在找我嗎……？可是那傢伙應該可以感知到『印人』的氣息才對……。為什麼不直接進來這房間呢？

這時，我察覺到從腳下傳來的清淨之『氣』，赫然領悟。

難道說……是沙耶的血在保護我？

『……將它……帶去我最後嚥氣的地方。』

耳邊又聽到聲音。

「最後嚥氣的地方……」

聲音主人的『她』最後嚥氣的地方，如果不是這裡的話……剩下能想到的，就只有那個地方了。

於是我趁梅莉還在隔壁房裡搜尋的空檔，再次衝向大廳，前往黑兔的死亡之處。

然後，來到兔子最後斷氣的那張紅色沙發前。

那個一直在幫助我的存在……。

如果她化成了其他型態——那麼那隻黑兔子，肯定就是沙耶沒錯。

即使失去了生命，沙耶也依然在守護失去記憶的我。

「沙耶……這樣就行了嗎……？」

接著，就像是在回應我一樣，手裡的佛像發出淡淡的光芒。

『用那尊佛像……覆蓋人偶咒力的源頭……黑色的『死印』……』

之後，我便再也聽不到那低語，而『念持佛』上的汙穢也消失無蹤。

同時，二樓的樓梯間，猛然浮現一道黑色的人影。

『……找找找找找……到你你你了了了了了了……』

蠟燭的火焰，變得前所未有地巨大，有如地獄的業火般熊熊燃燒。

一股巨大的邪氣以梅莉為中心，急速在大廳內擴散；大廳內的擺設陸續爆碎。然後，隨著一聲可怕的呻吟——。

『……好想、快、快點點吃吃吃吃……了了……您。好想吃……吃吃吃吃吃……』

漆黑的臉中，噗嘩地噴出大量鮮血。

染滿血液的禮服，變成略帶深紅的黑色，裙子的表面發出濕濡的光澤。

她如今的模樣，已完全沒有過去那尊美麗人偶的半點痕跡。

而隨著梅莉一步步靠近，我的右手腕也愈來愈痛。那黑色的腳趾每踏下一段階梯，印記便噗通、噗通……地收縮，腦海的空白急速擴張。

就連想反抗『死亡』的心情，也在急速地消逝。

『……啊啊啊、啊啊啊……啊……』

『詛咒的中心』竟已如此接近。可是就算想逃，身體也不聽使喚。

『……八敷大大大大……人……』

一瞬間迫近眼前的梅莉，將那隻沒有體溫的手，伸向我的脖子。

「……唔、咕……嘎啊！」

喉嚨被用力擠壓，再這麼下去，恐怕連頸骨都會被折斷。

然而，先被折彎的，卻是梅莉的脖子。

『……脖子……啊……啊啊啊……扭……扭扭……扭曲……曲曲曲曲曲……』

喀、喀、喀，那張滿臉是血的臉漸漸往詭異的方向扭轉。

難道說……是因為我下意識地握緊了手裡的『念持佛』嗎？昏沉朦朧的思緒也稍微清晰了點。

於是我再次握緊『念持佛』，努力撐住逐漸變得空白的意識。

現在的話……手還動得了……。

機會大概只有一次。萬一錯過了這機會，我恐怕就會死在這裡。

我拚命移動跟鉛塊一樣沉重的雙手，迅速抱住梅莉。

然後把渾身的力量集中在握著『念持佛』的右手——。

按向梅莉的『死印』。

『……啊啊……！』

一陣燒焦的聲音後，梅莉的全身開始浮現一道又一道的印記。

『……啊……啊、啊啊——………！』

帶有血色的印記，或許正是被她所殺之人的詛咒。

『啊啊啊啊啊啊啊啊啊啊啊啊啊啊啊啊啊啊啊啊啊啊啊啊啊啊啊啊啊啊啊啊啊！——！啊——啊——啊——啊……啊……啊！』

彷彿空間都被撕裂般的慘叫，震碎了天花板的吊燈，猛然砸落在大廳中央。

鏗鏘！伴隨著激烈的衝擊聲，燈泡裂成無數塊碎片，銳利的玻璃片如大雨般淋在我和梅莉的頭上。

然後梅莉就這樣頹然一倒，手腳、身體、以及頭部紛紛解體散落在地板上——。

變成無數分散的零件，完全分不出哪裡是哪裡了。

「——……………哈啊……哈啊……」

血泊中，兩顆人偶用的玻璃眼珠，就像在看著我一樣滾到腳下……。

同時，刻在身上的印記，也從右手腕上逐漸消退。

◆◆◆

——在那之後過了兩個月餘。不時吹拂而來的涼風，預示了夏天的結束。

我在整理文件的時候，有天突然心血來潮，又重新放了一遍在大鐘內找到的錄音帶。

聽得到嗎——這是按下播放鍵後聽到的第一句話。

說出這句話的，不用說當然就是我自己……【九條正宗】的聲音。

為了以防萬一，我決定用這種形式，把目前為止的一切記錄於此。

因為紙本的文件和檔案，有可能會被那人偶銷毀。但如果是文明的利器，或許不會被她發現。

……那麼，該從哪裡說起才好呢。既然無法確定誰會聽到這段錄音，我想還是從頭說起比較妥當。

事情的發端是在五年前。

妹妹沙耶在整理倉庫的時候，發現了一具裝著人偶的桐木箱。第一眼看到那東西的瞬間，我便馬上意識到這是非常危險的存在。但還是花了一點時間，才完全理解它的真面目。

如果當時有留下紀錄的話，就能更快發現真相了……但當年封印了那具人偶的我的曾祖父，還來不及把真相記錄下來便突然離世，因此沒能把那具人偶的事告訴子孫。

即便如此，我還是查到了那具人偶，在戰時曾被上繳給陸軍研究所的紀錄。

告訴我有關那間研究所情報的，是一位住在地下壕內的奇妙老爺爺。

在那之後，我為了蒐集人偶的情報，遠渡重洋前往外國。然後，在四處查訪後，找到了一間製作人偶的工房……但那間工房的傳承卻因世界大戰的混亂局勢而中斷，結果，還是沒能查出那人偶的由來……。

不過，我無論如何都不想放棄，仍繼續在歐洲各地調查。沒想到途中卻遇上意外……重新醒來時，已經過了整整五年……。

在我失蹤的這段期間，沙耶繼承了『九條家』。

然而，我原本就對家族的繼承權沒有興趣。而且，我還想在國外多調查一點有關人偶的情報。

因此我說服沙耶，讓她對外繼續宣稱我下落不明。如此一來，九條正宗在戶籍上便依然是存活的狀態。因為假死的話，護照和駕照就無法使用，會造成許多不便。

……話題扯遠了，還是回到人偶的部分吧。

變成半幽靈狀態的我，在一個月多前回到了日本。在外國與其他靈學專家討論後，我判斷不能繼續放著那具人偶不管。

那具人偶中，放著一尊用來壓制咒力的小佛像……也就是『念持佛』……。但封印的力量已經臨近極限，再放著不管的話，『念持佛』將會毀壞。那麼一來，就再也沒有其他方法可以壓制咒力，可能演變成最糟糕的情形。

那麼，究竟該怎麼辦才好……。

幾經思考後，我得出的結論……就是暫時取出『念持佛』。

取出『念持佛』後，將之放在清淨的場所一個月，淨化上面的汙穢，再重新埋回人偶內。

如果這方法成功的話，應該就能再封印人偶的力量幾十年。

……然而，最大的問題是這一個月。

取出『念持佛』後，我無法預測人偶的詛咒究竟會造成多大的影響。

當然，我會盡最大的努力預防災厄……可是我的力量跟『念持佛』相比，簡直有如兒戲。很可能會跟五十年前的慘劇一樣，再次出現犧牲者……。

可是，這是必要之惡。為了避免更大的犧牲，這是『不得已的結果』……。

接下來，我就會開始拆解人偶，取出裡面的念持佛。

希望我所想像的最糟糕事態不會發生，這段錄音也不會派上任何用場。

如果……聽到這段錄音的你的朋友或家人，成為了詛咒之犧牲者的話……。

──請原諒我。

『我』說完最後這句話後，錄音便結束了。

「──……」

跟第一次聽到這段錄音時一樣，心頭湧起一股憤怒之情。結果，把『念持佛』從梅莉體內取出後，H市內便接連出現印記的犧牲者。

而我自己，也失去了唯一的妹妹沙耶……這也是『不得已的結果』之一嗎……？但另一方面，我也可以理解不得不採用這方法的理由。要是繼續放著不管，『念持佛』的封印將會自己失效，梅莉也會再次甦醒。

對於過去自己的判斷，我既有種『無法原諒』的心情，同時也有種『無可奈何』的感覺。

這兩種情感，同時存在於現在的我心中。想要化解這份矛盾，看來還需要一點時間。

而我自己身為『九條正宗』的記憶，老實說直到現在也依然沒有全部回想起來。

不過在戶籍上，我毫無疑問就是九條正宗。所以，我順理成章地繼承了這個家。

說實話，我的心情很複雜。但我想這也是報答拯救了我的沙耶最好的方式。明天，辦完所有手續後，我打算馬上去沙耶和黑兔子的墳上報告這件事……。

接著，我整理完所有跟『九條家』有關的文件後，為了著手處理下一項工作，回到自己的房間……也就是位於二樓最裡側的工房。
就在這時，玄關的大門忽地打開。我探頭一望，只見那個連門也不敲就擅自闖入的，是一手拿著威士忌，面帶冷笑的真下。
「唷，『九條家』族長……前‧八敷一男。」

◆◆◆

「……然後呢？那座地下壕內的佛像，都重新供養起來了嗎？」
真下一邊點著菸，一邊在沐浴著夕陽餘暉的椅子上坐下，開口問道。
自從那天以後，這還是真下第一次來洋房造訪。
那天早上，真下從醫院趕過來後，是他幫忙照顧了失去意識的我……不過，當時的經過我已完全不記得了。
自此以後，每次在電話裡，他總會不停拿這件事調侃我忘恩負義。不過，在調查『斑男』的過程中，真下倒下時，也是我將他一路背到山中小屋的。所以，算上這次的事，我們倆也算是扯平了。
我們靜靜地乾杯後，繼續閒聊。
「啊啊。主要是克莉絲蒂在辦。」
「畢竟那個前主播，之前一直嚷嚷著是神社在作祟嘛……」
「後來她還有打電話給我，說她最近正在寫散文……」

「散文？」

內容似乎主要是描述自己的戀愛經歷。但因為內文太過敏感，所以出版社都不太願意接手。她打來的目的似乎只是想找個人吐苦水。

「真是拿那傢伙沒轍……」

下次也請她喝一杯吧。真下哼笑了兩聲。

「啊，對了。小萌……就是渡邊萌她──」

聽說成為了『月刊歐帕茲』的工讀記者。直到現在，她也經常跑來打聽怪異的話題。還有，她似乎也很擔心那天在『九條館』外見到的小學生……但他後來到底怎麼樣了，我也不太清楚。

順帶一提，我和真下在『H城樹海』附近見到的那個騎摩托車的高中生，果然也是『印人』。不久之前，他才看到了沙耶雜誌上的文章，跑來了『九條館』。雖然當時他的印記已經消失，但他似乎很想知道為什麼會出現印記。

「哦……」

真下一邊應聲，一邊大口乾掉第二杯威士忌。然後，他又向我打聽其他他不認識的『印人』們後來的狀況。

「說不定能作為以後的參考……」

參考？不曉得他指的是什麼……不過或許是因為今天所有事情都總算告一段落，真下帶來的酒，喝起來格外美味。

於是我也倒了第二杯，把在調查『怪食新娘』和『ZOO老師』時認識的人們後來的故事告訴真下。

森宮鈴順利見到了自己的父親。

事情結束後，她曾為了讓雙親復合的事，前來尋求我的建議，而我也盡力回答了她……最近他們一家三口似乎終於恢復到偶爾一起吃飯的狀況，希望我的意見有稍微幫上忙。

而中松榮太，還是跟以前一樣，老是泡在網路論壇上。

不過跟以前稍有不同的是，他最近似乎開始到就業服務處接受輔導。據他所說……似乎是想以大人的身分，給小鈴建立一個好榜樣。先不論動機，至少這不是一件壞事。

安岡都和子則跟以前一樣，依然在銀座當占卜師。她似乎把我也當成了靈能力者……經常介紹有靈障煩惱的客人到『九條館』來。但每次遇到這種請求，我根本就不知道該怎麼處理。老實說，真希望她別再這麼做。

然後，關於柏木愛，我終於在量販店的電視上看到了她。她的確是個看起來很受歡迎的偶像。另外，她從安岡那邊聽說了我的事後，還特地送了一張感謝卡和『Love & Hero』的演唱會門票給我。不過身為一個中年人，獨自去參加偶像演唱會，難度實在有點太高了。

「……啊啊，對了。不久之前，我碰到了廣尾圓。」

「那是……在醫院嗎？」

「嗯。好像跟我一樣，是去做舊傷複檢的。還有，雖然不太清楚目的，不過她現在似乎偶爾還會跑到地下壕去。」

是出於研究者的好奇心，又或是單純想尋寶呢？儘管不知道理由，但她大概是想把古地圖上的所有房間，都親眼調查過一遍吧。

「還有，那傢伙說她每次下去時，那老爺爺就會來找她吵架，嫌她很礙事呢。」

「班西嗎……」

完全可以想像他們兩個吵架的情景。畢竟他們倆個……都是半斤八兩的怪人嘛。

在那之後，班西・伊東又搬回了他最鍾愛的地下壕。偶爾，他也會頂著一身臭氣跑來找我。目的當然是為了討飯吃。

另外給了我『觀音兵』情報的大門修治，在那之後可能是因為放下了心中的一塊大石，身體狀況似乎好轉了不少。現在，他正為了公開當年地下壕的真相並建立慰靈碑，努力遊說當年的相關人士。

命運與印記糾纏的『印人』們，如今都回到了原本的日常生活。

未來，他們再見到怪異的可能性……恐怕已經沒有了吧。

「話說回來，這座大廳……」

真下轉著杯子，抬頭望向天花板。

「又變回原本的樣子了呢。那天回來找你時，簡直就像發生過大地震一樣。」

「……啊啊。」

那張紅色沙發雖然缺了一支腳，但後來也重新修復，擺回了以前的位置。

明明只有不祥的回憶，我卻還是把它修好了。連我自己也不曉得為什麼要這麼做。可是，總覺得唯有看到那張沙發，這裡才有『九條館』的感覺，內心也會跟著平靜下來。

真下一臉看不出心思的表情，靜靜地凝視那張紅色沙發。沉默之間，只有大鐘鐘擺單調的擺盪聲，淡淡地於大廳內回響。

最後，真下從懷裡掏出一份貌似古文獻的文件，扔到我面前。

「這個是……？」

「有興趣的話就讀讀看吧。是高度機密的東西。我用不少危險的管道，才好不容易弄到這玩意兒。雖然無法完全斷定……不過，這上面記載了可能是那人偶由來的情報。」

我的心臟噗通一震。那人偶……指的自然是梅莉。

「……該不會，又是讀過之後會讓人噁心到睡不著覺的東西吧？」

「這我就不知道了。要怎麼理解這上面的內容，就看你自己了。」

真下說完，不知什麼時候又倒了第三杯威士忌放到嘴邊。

可是，還真奇怪。我知道真下不是什麼壞傢伙。不過，他可絕對不是那種和藹可親，或是會主動關心他人的男人。

然而，今天他不但主動詢問其他『印人』的情況，還特地帶了酒和文獻送我，未免也太親切了吧。

他的這些行動恐怕另有目的。我偷瞄過去，只見他也正好看著這裡。

或許是因為早有預感會眼神相交，我忍不住揚起嘴角。

「……所以，你今天來找我是為了什麼事？真下。」

「那我單刀直入地說了。其實這兩個月來，我一直在做準備。」

因為要準備的東西太多，所以期間才一直沒有來拜訪。

「所以說到底你到底想幹嘛？」

「我準備開一間偵探社。」

「……？偵探社？」

「啊啊。你有沒有興趣加入呀？」

雖然不曉得他到底是不是認真的，但之後真下留了新據點的事務所電話，告訴我「考慮看看」後，便離開了『九條館』。

看樣子，他想開的不是一般的偵探社，而是以解決超自然現象事件為主的偵探社。為了這個目的，他才特地前來挖角我。

真下似乎也跟安岡一樣，誤以為我擁有靈力之類的力量……。

總之我先倒了杯水，稍微洗去腦中的酒精，重新坐在椅子上讀起真下留下的文獻。

文獻中記載的，是一則關於某個『被詛咒的人偶』之傳說。

——一說認為，這具人偶是在十九世紀末，由某位人偶師用魔術製造的。

而另一個說法，則認為是某位悽慘死去的少女之靈，附身在人偶上。

在遙遠的過去，世間還經常出現怨靈，或被原因不明的疾病肆虐之年代，曾發生過一個人體冒出奇妙斑紋，最後神祕『死亡』的奇怪現象。

為了解決這現象，當時的幕府和靈能者，決定獻祭一位擁有神性的少女。少女的姓名並沒有留在紀錄中。但是，相傳從西方漂泊至日本的那位少女，有著一頭金色的頭髮和碧藍的雙眼，是個十分美麗的女孩。

而在獻祭之後，怪事雖然成功得到鎮壓……但過了不久，人們的身上又再次出現奇怪的斑紋，最後以不可思議的死法死去。

於是，政府再次進行了使用活人獻祭的不人道儀式……然而，這個儀式隨著時代演變，最終改以灌注靈力的精緻人偶代替活人獻祭的風俗。

文獻認為，這可能就是『被詛咒之人偶』的起源。

大略讀過一遍後，我闔上了文獻。

雖然記錄了許多種說法，但是到頭來，梅莉誕生的經緯依然是個謎。唯一可確定的事實是，梅莉的歷任擁有者，全都一個一個悽慘地死去。

然後在大正時代，喜歡蒐藏珍奇異品的『九條家』族長，收購了一尊外形與梅莉十分相似的人偶。

雖然不知道那位族長當時到底知不知道詛咒的傳聞，又相不相信它……。

但從結果來看，這個行為引發了後代的一連串慘劇……。

另外，梅莉產生明顯的自我意識，並得到誕生怪異的力量，似乎是在地下壕事件發生前不久的事。

也許是實驗的犧牲者和佛像的怨念，成為了壓倒駱駝的最後一根稻草也說不定。

要是沒有那座地下壕……梅莉現在，可能就不會擁有那麼強大的力量。

但不論那傢伙的真面目為何，因為她的存在，才導致那麼多人的命運陷入癲狂，乃是不爭的事實……現在的我所能做的，就只有努力不再重蹈那個悲劇。

該回去房間工作了……。

梅莉的處理，必須在今晚搞定才行……。

◆◆◆

咚——咚——……一如以往的報時聲，在大廳內回響了十二次。

我抱著穿好衣服的梅莉，緩緩走下樓梯。

每走下一階，那金色的長髮便跟著搖擺，黑色的鞋尖也輕輕地晃動。

花了兩個月的時間，我終於把梅莉組裝回原本的模樣。

雖然靈力似乎沒有跟著復原……。

但依然是一具讓人看了就毛骨悚然的人偶。

想要長期封印她的力量，光是埋入『念持佛』是不夠的，除此之外還必須進行其他的儀式。

儘管這些儀式花費了不少時間，不過今天也終於要結束了。

我小心翼翼地把梅莉放入預先在紅沙發上準備好的桐木箱內。

在燃燒的燭光下，我望著箱子內緊閉著雙眼，一動也不動的梅莉。

她現在的姿態，就只是一具楚楚可憐的美麗西洋人偶。

「——……」

我不知道現在的她究竟有沒有意識。可是，等到幾十年後，『念持佛』的效力減退，梅莉的力量將再一次恢復。在那一天到來前，我必須找出將這具被詛咒的人偶，完全從這世上消滅的方法才行……。

這時，箱子裡突然——。

「……」

湧現一股強大的氣場。回過神時……只見從箱子裡伸出的那隻小手，已緊緊抓住我的右手腕。

不可能……我的視線往下飄，只見那雙琉璃色的眼珠緩緩張開，梅莉……正緊緊盯著我瞧。

「梅莉……妳？」

「又……見面了呢……」

「為什麼!?」

『念持佛』已經埋進去了，靈的儀式也都做完了。可是，為什麼梅莉還能動？究竟是什麼樣的力量，讓梅莉動起來的!?

我用力想甩開她，但那隻手就像詛咒一樣怎麼也甩不開；被她抓著的部位，開始湧現如灼燒般的痛楚。

「……咕、咕唔……快、快放開。」

接著——。

那透著一抹微微血色的嘴角，一瞬間看起來就像在微笑一般。

「……八敷大人因恐懼而扭曲的臉……果然、非常……有魅力呢。」

「……嘖！放手！」

「好想永遠像這樣……、近近的……」

「放手!!」

「一直看著您……」

梅莉此時此刻的眼眸，比過去見過的任何時候都要來得清澈無暇。

然而，那長長的睫毛，最終還是緩緩闔上，包住了那有如寶石般眩目的眼珠。

抓著我右手的力量，也一點一點減弱。看樣子她似乎無法繼續維持意識。

「——……。等時機來臨，我必定……」

「——會再次……」

「——去見八敷大人的……」

喀噠。發出一道微弱的關節聲後，梅莉的手垂落在箱子外面。

「……唔、……哈啊、…………哈啊。」

我像是從惡夢中甦醒一樣，一邊用力喘氣，一邊抓起那隻手，重新放回箱中。

「——……」

可是，在強烈的安心感中，卻夾雜著一絲奇妙的情感。在我心底微弱蕩漾的那種心情，究竟是什麼呢……。

還有，為什麼我——。

「梅莉。」

會無意識地，喊出她的名字呢。

但是，梅莉沒有甦醒。

「——……沒錯。」

不用醒來。

不用醒來也沒關係。

一切的一切，都始於五年前我打開這箱子的那一刻。

消滅這具人偶，是生於『九條家』之人的責任；同時，恐怕也是我這一生都無法擺脫的詛咒。

直到將妳從這世上完全消滅的那一天到來前……。

妳安靜地睡吧……。

——梅莉。

〈終〉

本書為原創作品。
本故事純屬虛構，
與真實存在的個人、組織、團體沒有任何關係。

〈作者簡歷〉
雨宮ひとみ（Amamiya Hitomi）

編劇、小說家。曾任雜誌編輯，後成為自由作家。寫過劇本、小說、漫畫原作、遊戲、Drama CD的腳本。小說版『櫻之雨 圍繞著我們的奇蹟』、『Fire◎Flower 各顯特色的多彩生活』、『ACUTE』、『ReAct』、『ハッピーシンセサイザ』、『ドブネズミアクターズ』的著者。除此之外，亦參與過『銀狐』、『梅露可物語』（TV動畫）的腳本創作。此外，亦是Experience繼『死印』後“靈異驚悚”系列第二彈『NG』的前傳小說「浦島女 誕生篇」的主筆。

插畫——Ena

死印
（原著名：死印）

2020年4月1日　初版第1刷發行

原　　作：エクスペリエンス
作　　者：雨宮ひとみ
譯　　者：ASATO
編　　輯：魏紫庭
美術編輯：黃郁琇
發 行 所：台灣東販股份有限公司
發 行 人：南部裕
地　　址：105台北市松山區南京東路4段130號2F-1
電　　話：(02)2577-8878
傳　　真：(02)2577-8896
郵撥帳號：14050494
總 經 銷：聯合發行股份有限公司
地　　址：新北市新店區寶橋路235巷6弄6號2樓
電　　話：(02)2917-8022

Printed in Taiwan
購買本書者，如遇缺頁或裝訂錯誤，
請寄回調換（海外地區除外）

TOHAN

國家圖書館出版品預行編目(CIP)資料

死印 / エクスペリエンス原作 ; 雨宮ひとみ著 ; ASATO 譯 . -- 初版 . -- 臺北市 : 臺灣東販 , 2020.04
364 面 ; 12.7×18.8 公分
譯自 : 死印
ISBN 978-986-511-306-3(平裝)

861.57　　109002457